CARTEA R

Ioana Nicolaie a publicat volume de versuri (*Poză retușată*, *Nordul*, *Credința*, *Cenotaf*, *Autoimun* – desemnat de USR Cartea Anului în 2013), antologia *Lomografii*, trei romane (*Cerul din burtă*, *O pasăre pe sârmă*, *Pelinul negru* – a obținut Premiul pentru proză al revistei *Ateneu* și a fost desemnat Cartea Anului în 2018 de către „Cititorul știe mai bine", concurs inițiat de Librăriile Cărturești) și literatură pentru copii (*Aventurile lui Arik*, *Arik și mercenarii*, *Ferbonia*, *Vertijia* și *Călătoria lui Medilo*). A fost nominalizată la premii naționale și internaționale, cel mai important fiind *Eastern European Literature Award*. Volumele ei au fost traduse în bulgară, sârbă, suedeză și germană. A fost inclusă în douăzeci de volume colective românești și în numeroase reviste și antologii străine. Invitată pentru lecturi și conferințe la numeroase festivaluri naționale și internaționale de literatură. Este membră a Uniunii Scriitorilor din România și a PEN România.

IOANA NICOLAIE

CARTEA REGHINEI

HUMANITAS
BUCUREȘTI

Redactor: Iuliana Glăvan
Coperta: Angela Rotaru
Tehnoredactor: Manuela Măxineanu
DTP: Corina Roncea, Dan Dulgheru

Tipărit la Real

Descrierea CIP a Bibliotecii Naţionale a României
Nicolaie, Ioana
Cartea Reghinei / Ioana Nicolaie. – Bucureşti: Humanitas, 2019
ISBN 978-973-50-6438-9
821.135.1

EDITURA HUMANITAS
Piaţa Presei Libere 1, 013701 Bucureşti, România
tel. 021 408 83 50, fax 021 408 83 51
www.humanitas.ro

Comenzi online: www.libhumanitas.ro
Comenzi prin e-mail: vanzari@libhumanitas.ro
Comenzi telefonice: 021 311 23 30

De ce mă tem, aceea vine peste mine;
de ce mi-e frică, de aceea am parte.

Plângerea lui Iov

I

Viața a fost atunci, singura viață a fost atunci. Trei ani până la ești proastă ca o vacă, taci. Trei ani fără ai ajuns cu burta la gură. E chiar începutul, și-n jurul grădinii răchițile au crescut până la cer. Damian taie mlădițele, le împletește, face gardul. În fiecare aprilie-l face, seva a pătruns sub lemn și lumea-i deodată mai moale. E sprinten, fuge, creangă păcătoasă, până la urmă tot o să stai cum te-așez. Dar nu suduie niciodată cu de-alea rele și nici cu de-alea sfinte.

De-acum m-a luat. Un fiu de pastor e cinste, zice tata.

— Cinstea ta, Reghină, și n-ai iertarea mea dacă nu vezi. Faci șaișpe ani mintenaș, ți-a venit vremea, caută-ți fete pentru druște, că te îmbraci mireasă curând.

Dar druștele-s ca de funingine, că dacă nu mai suntem cu popii, altfel e cu nunțile noastre. Pun degetul pe fetele ce nu mă mai pot însoți până la biserică și le șterg una câte una ca de pe-un ceaun înnegrit de flacără. Palma rămâne murdară. Îmi aduc doar două prietene să-mpletim coronițe. Migălim din cele neasemuit de frumoase, că s-a făcut mai, și nunta e chiar mâine, în ultima duminică din lună.

Pe Damian l-am văzut mai întâi într-o seară de iarnă. Când n-ai ce să faci și te duci peste deal, tocmai în Șanț, la o șezătoare. E ger, scârțâie cizmele negre, văcsuite. Mi-am pus o fustă lungă, înflorată, și, în partea de sus, o bluză subțire, cu mâneci brodate de mine. Nici nu dau jos cojocul, că-l ghicesc în camera din spate, în capătul mesei. Stă cu alți tineri, zic ceva despre caporali, instrucție, ce-am mai înghețat în post, făcând de gardă, mă mir că mai am picioare, muream de durere când dam jos bocancii. Și să vezi cum și-a zburat unul creierii.

Avea glas clar, răspicat. De ce-l ascultau când vorbea?! Dar nu m-am uitat într-acolo, mai bine să rămân cu spatele. Valer era cel ce-mi scria mie scrisori din armată, Valer se înrolase acum jumătate de an. Ce-mi mai făcea semne din tren, cum îi scânteia fața. Trenul Iași–Timișoara pleacă din gară la ora 11 dimineața, când soarele a sărit peste carieră și-a umplut linia ferată de batiste. Nu le puteam socoti, se făcuseră prea multe, îmi înțepau albul ochilor.

— Doi ani de armată și, când mă întorc, ne luăm, nu se poate altfel. Promite că facem așa, promiți?

De la atâtea secunde și minute, și ore, și zile, și valize de lemn pe lângă pantaloni negri, de doc, și cămașă albă, nu mi-am putut opri niște lacrimi. Am dat din cap că da, dar numai rămășag nu e asta.

Acum, la șezătoare, mai bine-mi văd de lucrul meu, migălesc de câteva zile la o față de masă. Cos ruje mari, pe un câmp de panama. Îi fac ușor, linie de silon după linie de silon până schimb tot relieful, de-ajunge viu, îți sare iute-n ochi. Am marginea făcută la toți, urmează să cobor în prima petală. Și fetele astea cântă, pe cele mai multe nu le-am văzut niciodată, ce se mai întrec una pe alta! Murmur și eu ceva vesel, moroșenesc, însă numai în gând. Fetele străine caută spre băieți, aruncă priviri, îi cheamă. Mireasă ajung, uite, după nici șapte luni, numai eu.

Florile-s pe tot pământul, și pe stânca din spatele casei, și pe lângă pârâu, și de-a lungul Ilvei, și prin fânețe, și în visul cu iarba până la brâu, și aici unde, de doi ani împliniți, nu mă mai pot mișca.

— Pune ochiul-boului, zic, și clopoței mari, albaștri. Ia și trandafiri de după straturi. Rupe crenguțe de măr!

Și facem așa, ura-voinicilor într-o parte, punți vișinii în alta, câteva gălbenele, deși ele o să se ofilească, iar, la sfârșit, adăugăm pârâu de mușcate. Albe și roșii, puzderie, au umplut pridvorul ca niciodată. Dacă m-aș ascunde în capăt, după butoi, m-ar înveli încetul cu încetul bobocii. Ar ieși drept din mine, cu frunze cu tot, poate m-ar vindeca, căci mușcatele, e știut, pot să-nchidă orice rană. Ar șterge spaima, durerea, ar tămădui ce e-n cap și printre oase.

Să tot fi bătut orologiul de nouă când Damian m-a suit pe capra furgonului făcut de tata, cu niște roți vioaie și cai cum nu mai sunt alții. Mama m-a strâns doar o dată în brațe.

— Să ai noroc de-acum, Reghină, numai Dumnezeu o să fie mereu lângă tine.

O rândunică a coborât deodată, pe neștiute, de mi s-a izbit de-un umăr și-apoi și de murg. Norocul ei că s-a putut întoarce prin aer, că altfel nimerea printre lemnele de foc aduse de astă-iarnă. O fi fost pui, că era vremea lor, uneori mai vâram mâna-n scorburi să-i luăm, fără să știm că, dacă-i atingem, mamele n-o să-i mai hrănească. Ce mai tremuram, dacă aveam să scoatem la lumină vreun șarpe?

Ia-ți mireasă ziua bună, de la frați, de la surori, de la căsuța cu flori. Scândura învelită cu țolul de lână pe care stăteam se-arăta grozav de tare. De la gospodari plecam, da, de la casă mare, cu bujori gata să plesnească, cu fântână cu o roată care nu scârțâie, cu șură, cu acareturi și cu potriveală. Plecam și de la soră, Maria, ce mai sărea prin curte în rochița ei albastră. Și mă mai duceam și de la cealaltă soră, Valeria, moartă la nouă ani, de la copita unui cal. O lăsam și pe mama acolo, Arsînica, ea care știa pe de rost stele și-orașe, care potrivea din zori difuzorul și putea să-ți spună și despre țări de foarte departe. Înțelegea maghiară, deși asta nu-i mai era de nici un folos. Încă ținea într-un cufăr două șiruri de bani de-argint, de pe vremea imperiului. Talerii de pus la gât. Numai ce-avea să fie în Văralia, la nici zece kilometri, adică dincolo, peste măgura măierenilor, n-avea cum să prevadă mama.

Damian a sărit pe capră, în stânga mea, și-a apucat frâiele. Cu trenul nu te puteai duce decât pe tine, cel mult o traistă. Or, noi aveam de cărat un început întreg de viață. Patru bărbați aburcaseră lada cu zestre și-o potriviseră cu niște funii groase. Aveam de toate acolo, anii din urmă doar cususem și țesusem pentru ea. Până și fața de masă grea de ruje stătea la locul ei, bine împăturită. Trântiseră lângă ladă și doi ieduți legați de picioare, ce behăiau fără oprire.

— Voie bună, socri dragi, rămâneți cu bine!

Poarta mare, de lemn, cu acoperiș de draniță, s-a desfăcut într-o parte. Ulița era uscată, nici o baltă, ce noroc avuseserăm, se zbicise fiecare margine, cum ar fi fost după o ploaie? Așa ne-am dus, printre vecini, voie bună, lele Aurică, lele Sabina, lele Ioana. Voie bună, bade Anton, bade Alexandru. Eu m-am făcut nevastă de-acum, și merg tocmai la oraș, la Văralia, unde viața-i nespus de bună. O să-mi găsesc de lucru poate. Sau o să stau, ca mai toate femeile, acasă. O să sclipească locul, o să-mi aștept bărbatul cu prânzul sau cina puse, o să fac straturi încă din primăvară și-o să culeg coșuri mari de legume și de-arpagic, o să sap și-o să strâng, o să cos și-o să țes, o să fiu mereu trează, de la primul cântat al cocoșului, până grozav de târziu, de-ncap zeci de ani înăuntru și nu se mai face odată noapte. Și-o să-mi cresc copiii, ce dacă vă par în ceasul acesta numai o biată fetișcană, de unde așa supărare? Că binele așteaptă să-l iei, e cât dealul peste care-n două ceasuri am trecut.

Damian s-a uitat numai la mine, îi juca zâmbetul ca apa-n pahar, ce mai codană-și luase. Abia aștepta să-mi vadă iar părul, prins acum în coc de nevastă, să-l răsfire-ntre degete, să mă țină în brațe. O să-l iubesc, mi-am zis, când am ajuns la primul pod peste apă. Bolovani rotunzi sclipeau pe sub Someș.

Am intrat în Văralia pe la prânz, după ce-am ocolit cariera de piatră și-apoi și tunelul. Casele se-nghesuiseră una-n alta, cu grădinițe de legume-n față, cu spoieli verzi sau albastre. Nu știam ce să fac sub baticul strâns sub bărbie. Așa c-am înțepenit ca lumânarea. Damian râdea, mi-am adus nevastă, gata cu tinereţile, ce, credeaţi că n-o să mă aşez la casa mea?

— Oi fi umblat eu din floare-n floare până la ăştia douăzeci şi patru împliniţi, dar a venit vremea să culeg numai una.

Şi s-a uitat la mine. Cerul se lipise de cămaşa descheiată la gât. Două pete din el, nespus de albastre, i se puseseră încă de la-nceput între pleoape. Ne-au depăşit două maşini mari, pline cu piatră. Ce fum gros lăsau în urmă. Oraşul se deschidea pe lângă râu, ca să cadă spre dealurile din partea cealaltă. Acolo erau hotelurile şi domnii care veneau să se trateze. Dar noi nu ne-amestecam cu ei, de ce s-o facem?! Suiam deja pe uliţa a treia, treceam de linia ferată, lăsam cimitirul în urmă, ne poticneam pe un dâmb abrupt ca să răzbim până la urmă deasupra, aici, atât de-aproape de viitoarea noastră grădină. Răchiţile se urieşiseră în partea de jos, salcâmii se înmulţiseră-n partea de sus. Pe de lături începeam să ne micim noi, până nu mai rămâneam nici cât o furnică. Dar braţele să le ţinem bine întinse, cum să se strecoare străinii-năuntru?

— Aici e al nostru, Reghina. O să ne fie bine, doar să ne-arătăm vrednici. E numai lucru şi lucru.

Şi m-a dat jos ca pe-o pană. Casă zugrăvită alb, cu obloane deschise. Casă cu tindă şi cu grajd, cu şopron şi cu moine întinse de jur împrejur. Casă cu pământ galben, tare ca piatra, în grădinuţa din faţă. O să-mi iubesc şi bărbatul. Dealul ţâşnea drept în faţă, până aşa de sus că nu se poate găsi nici un drum de plecare. Oraşul are o turlă ascuţită, de biserică austro-ungară. Poate noaptea, când totul e negru, să ne mai sprijine pe toți cu firele-i nevăzute. Nu și ziua, nu când viața crapă din toate încheieturile și-ar putea ieși la iveală tot ce-i grozav de bine ascuns. Nimic rușinos nu trebuie dat pe față când te faci nevastă, dar nimic, orice-ar fi, pumnii strânși, fălcile încleștate, să nu scape nimic, niciodată.

2

Suspinele îmi sunt hrana de toate zilele, zis-a Iov.

Stau aici, paralizată și oarbă, iar geamul mai că se sparge de la cum ciocăne toate în el. Și burta mea e uriașă, un harbuz crescut peste măsură. Nu e primul, nici al doilea, nici măcar al șaptelea nu e. Copilul cel mic merge de-a bușilea, pământul e uscat, nimic nu te poate murdări. Toamna a stropit totul cu o brumă timpurie.

— Hai să strângem prunele! le-am zis celor mari. Măcar câteva găleți, că e vreme bună de dulceață.

Și ei, dacă-i sâmbătă, iar școala s-a terminat mai devreme, m-au ajutat. Numai unii s-au dus după oi, clopotul cel mare, de berbec, umple Coasta. Și alții au mânat juncana pestriță și pe cea roșie, de parcă ar fi târât pe uliță un ceas. Adică timpul, cu forma lui de vacă umplând altă vacă, și tot așa, sus, până spre jumătatea cerului. Acolo, pe-o spinare mușcată la sânge de tăuni, nu vreau eu să mă uit decât în jos. Și tânjesc numai după vara de când am venit în Văralia, cea care-a ținut trei ani. Damian e la Războieni, Amalia și Mărina dorm cu mine, sunt o fetișcană subțire.

Dar acum, ce necaz, m-a izbit în burtă altă vacă, una cu mult mai târzie. Doamne, cum mi-a suit durerea-n gât, mai să-mi sfărâme capul. Dar mi-am prins bine fruntea, mă apăr greu, n-o las să înnebunească. O leg cu fâşii mari, aşa cum i se pun mortului pe sub bărbie. Mă ţine un timp, trebuie să mă-ntorc, să tot fie în luna a şasea pruncul. Pete mari, ca pielea de castană, mi-au crescut pe obraji. Şi faţa mi-e suptă, deşi mai grasă n-am fost decât o dată, pe o vacă şi mai de sus, unde-am simţit prima oară sfârşitul. Pe vremea când pieptul mi se umpluse de ouă clocite.

Însă-n sâmbăta de care zic, se ivise peste grădină un fel de sirop. Galben, ce-ţi intra amărui până-n cerul gurii. Nu se duce uşor, poţi să bei oricâtă apă. Damian e la serviciu, face naveta la Rodna, la gară, nu la mină, de unde ies mereu accidentaţii, nu e lună fără vreun alai de ţintirim. Acolo îngrijeşte vagoane, întinde păcura pe şine, strânge şuruburile traverselor, ajută la umplerea cu minereu a marfarelor.

— Şi aur se scoate din munţii ăştia, mi-a zis odată când se găsea-n toane mai bune.

Dar ce-are a face bogăţia cu noi? Acum, dacă am strâns cartofii, nu le mai ghiorăie maţele de foame copiilor. Avem şi mălai destul, e copt, o să-l culegem zilele astea. Şi casa o să se umple de pănuşi, o pernă de zece metri va fi. Vom sări toţi prin ea, ce mai veselie, doar Damian să vină mai târziu. Când intră el, un pic de catran cade mereu pe podea. Şi stropul creşte, se întinde, începe să fiarbă. Nici nu pricepi când ceva din adâncul lui începe să strige, să ardă, cum de mai rămân întregi pereţii? Copiii plâng lângă mine, cei mici un pic mai tare. Din ochii celor mari iese o vâlvătaie, e vânătă, acum se face un zid. Căci ei, dacă au crescut, se pun între mine și el. Părul li se smulge-ntr-o parte, urechea plesnește, pumnul mai dă o vreme. La sfârșit, când Damian a plecat, nu ne putem lua ochii de la cucii maro pe care i-am tras nu demult cu rolul.

— De când se poartă așa?! zice fata care numai ascultă.

Nu răspund. Nu din prima vară. Nu din primul anotimp, cel care-a ținut trei ani. Nu de când iarba creștea câțiva metri și te puteai ascunde oriunde în ea. Dacă bubuia în carieră, totul se legăna, nimic n-avea să sugrume iubirea. Că păturile alea, mâncarea de mămăligă pomenită cândva de Mărina, încă erau întregi. Dar fetele mele care mă-ngrijesc poate nici nu mai sunt în preajmă, deși aud ușa sobei și-apoi și un mixer.

— Dulceață! Ați strâns perjele? îi întreb în ziua aceea de toamnă.

— Da! răspund copiii. Ce bine că ne faci dulceață!

Dulcele nu-i pe toate drumurile la noi, zahărul se ia raționalizat, ca și uleiul, ca și pâinea. Noroc că ouă găsim în cuibare, deși trebuie să dăm o grămadă la stat. Și-avem și lapte destul, nu-mi cresc micuții cu ceai, ca vecinii. Ce burți mari și umflate au copiii ăia. Și-și fac nevoile în pat până târziu, mult după ce merg la școală.

— O să fac cea mai bună sâlvăiță! zic.

Băiatul cel mai mare mi-a adus deja căldarea. E înalt și deștept, cel mai bun la română, să știți, să fiți mândră de el, m-a oprit dirigintele în drum. Am spălat-o bine, că după atâta mâncare pentru porci, va fierbe, iată, ceva pentru noi. Apoi ne-am așezat pe verandă, în casa cea nouă, în care deocamdată nu stăm, căci încă n-a venit gheața care să rupă acoperișurile și să ne surpe pereții. Are peste zece ani de când am ridicat-o, din bârnele aduse de tata. Dar apoi nu ne-am mutat în ea, prea stătea în mijlocul grădinii, așa că a rămas netencuită, lemn peste lemn și-un acoperiș în care, în hornul nefolosit, și-a făcut cuib buha ce se-aude noapte de noapte. Numai iarna se uită și ziua spre noi.

Dar acum e toamnă, desfacem prunele, au un tiv vânăt pe margini și zeama nespus de dulce. Pe cele mari, cu coaja aburită și încă pline de tărie, le mâncăm cel mai cu poftă. Nicicând parcă n-au avut așa un parfum, de răzbate prin harbuzul meu și coboară până-n adânc unde, într-un leagăn de lemn, doarme o fată. Sau poate-un băiat, încă nu știu cum i s-au împăturit hăinuțele de călătorit înspre viață. Despicăm miezul, palmele ni se fac lipicioase, sâmburele nu trebuie să rămână, ce ne-ar mai rupe măselele. Nici viermele nu e bun, căci nu e scârbă mai mare decât să-l vezi crescut acolo, în ascunziș, dolofan peste măsură. Nu te uiți la el, doar îl arunci cu tot cu prună în altă găleată. Mizeria asta nici măcar la borhot n-o poți răsturna.

În butoaiele din spatele casei, e raiul viermilor, nu alta. Cât a fost august de lung, am tot strâns de sub pruni căzăturile. Le-am răsturnat unele peste altele, s-au înmulțit muștele, un nor mirositor a împroșcat din ele. Cea mai tare țuică, o minune, te arde până-n stomac. Prin locurile astea, nici tu, Damiane, nu ești bărbat dacă nu torni arsură de-asta în tine. Din vara aia lungă de tot n-ai mai dat pe la biserică, Damiane. Lasă că taică-tu, pastorul, te-a blestemat, să nu mai ai nici o zi de liniște și să sece sufletu-n tine. Iar asta te chinuie, câte-o ruptură mai apare din când în când sub coaste. Îndeși repede cârpe străvechi înăuntru, lână roasă, purtată, peste obielele pe care uneori, ca să nu-ți degere picioarele, le mai pui în bocancii tăi de navetă. O zdreanță, cel mai greu de suportat, că e roasă și deșirată, o azvârli cu ură și peste mine. Mi se lipește de harbuz, nenorocită ce sunt, uite, te umplu de plozi, toantă fără minte, de ce nu-s ca altele și se prinde totul înăuntru?

— O sută de litri scot anul ăsta! i-a zis Damian bărbatului Mărinei.

Sunt prieteni la cataramă acum, când iau salariul sprijină împreună birtul. Dar măcar nu-s alcoolici, ca mai toți de pe ulița asta. Dacă-și fac țuică, măcar n-o să arunce banii pe apa sâmbetei. O să și-o fiarbă cu secărea și-o să-și mai aducă prietenii în câte-o seară. O să bea până când o să-și verse fierea, unii o să doarmă prin șanțuri, alții, cu greu, și, fără să știe cum, vor ajunge în miez de noapte acasă. Damian își va fi sfârșit căinarea, mi se va fi pus în genunchi, iartă-mă, Reghină, iartă-mă, nu-s decât un gunoi. Ce de sare mi se va usca atunci, din loc în loc, pe față. Va rupe obrazul, nu alta, va roade adânc perna. Sunt ultimul om, Reghină, bătut de Dumnezeu. Ajută-mă! Voi strânge fără un sunet tot ce-a vărsat lângă pat și-l voi asculta cum plânge până când cade în somn. Suspinele se vor chirci încetul cu încetul, perje mai întâi, apoi numai niște agrișe. Părerile de rău se vor face afine, tot mai negre, până când, dimineața, se vor storci din nou în stropul acela de catran.

— De ce nu faci de la-nceput dulceață? mă-ntreabă copiii.

Sunt nouă, fete și băieți, așteaptă dulcele ca pe cea mai bună prăjitură. Pe care nu și-o pot cumpăra niciodată, se vinde numai pentru turiștii stațiunii. Vremurile de-acum sunt cu mult mai sărace, scârțâie din toate încheieturile.

— S-ar strica-n câteva zile! răspund. Dulceața nu ține, una-două se-acrește. Mai bine fierb sâlvăiță, așa cum m-a învățat mama. Căldarea trebuie lăsată câteva ceasuri în clocot, zeama e musai să scadă, că de-acolo începe mai târziu stricăciunea. Zahăr se adaugă numai când vrei să mănânci. Scoți borcanul din beci și-l răstorni în blid. Amesteci bine cu țucărul până acrul se preface-n cea mai bună dulceață.

— Nu mai pot de poftă! O să mănânc toată ziua din ea!

— Când venim de la școală și mâncarea nu-i gata, ne hrănim cu dulceață.

— Când e seară și dumneata încă stai la coadă la pâine, rugându-te să nu te-ntorci cu traista goală, o să ne potolim foamea cu dulceață. Cu brânză și cu dulceață.

— Ajutați-mă să întețesc focul, am zis.

N-a fost nevoie de mai mult, că băiatul cel mare a adus vreascurile, ba a crăpat și câțiva bușteni mai uscați. Când flacăra s-a făcut potrivită, am turnat în căldare patru lighene de prune.

— Ce de sâlvăiță! Ne-ajunge cel puțin o lună.

La cel dintâi clocot, niște raze au pârlit vârful teiului. Gata, trecuse de patru, nu mai era mult până când soarele avea să-și facă derdeluș peste casă. Am tot amestecat în căldare, prunele nu trebuiau să se prindă, focul n-avea voie să muște. Ce ghem de miros s-a făcut pe lingura de lemn mai întâi și-apoi, după nici un ceas, și pe mine. O renglotă de peste nouăzeci de kilograme eram. Copiii au fugit care încotro, unul a adus lanțul cel mare, ca să-și facă leagăn în mărul pădureț. Poștașul rus din vecini, Lavrenti, a trecut pe uliță fără să dea binețe. De mai mulți ani, de când ne-am judecat pentru nuc, ne avem precum câinele cu mâța. Între timp nevastă-sa și-a luat lumea-n cap, cu cei trei copii mai mari. Pe cel mai mic l-a ținut la el, ce-o să-l mai alinte, uite, în fiecare săptămână-i aduce ce n-avea nimeni în văgăuna aia de stațiune. De ce-l trimiseseră tocmai la mama naibii, într-o așa pustietate? Și-i dăruia băiatului câte-o revistă frumos desenată. Iar revistele astea mai ajung câteodată și pe la noi, prin casă.

Gândul s-a rupt deodată, căci poarta a scârțâit tocmai atunci într-un fel anume. Era Damian. Cum de venea mai devreme? Luase trenul de patru și jumătate, nu pe cel obișnuit, de șapte.

— O zi da, o zi nu! i-a cerut șefului. Pot așa să-mi văd și de gospodărie.

Muncea, bietul, câte șaisprezece ceasuri în ziua cu naveta. Iar în ziua de-acasă tot atât lucra, din zori până când răzvrătirea-i pune-n orbite numai praf.

Sâlvăița sfârâia ușor, linguroiul răzuia marginile înnegrite, o vecină s-a ivit undeva, în josul uliții. Am știut că-i acolo, i-am auzit glasul, Viorica trebuia să fie. Apoi n-am mai înțeles mare lucru, nu i-am mai ghicit nici pașii care-n septembrie acela n-aveau de ocolit nici o baltă, ce neted era drumul și cum se umpluseră merii de ionatane și gustave.

Damian a trântit poarta, se întorsese mai repede, găini nenorocite, iar ați intrat între straturi? Să vă crape capul, vă tai, vă zdrobesc până la ultima! Porcii au început să grohăie, câinele, Novac, s-a tras pe lanț până în cușcă. Prunele au sărit din căldare și-au fugit în toate părțile. Iar în gâtul meu s-a ivit un nod care-a crescut, de mi-a înțepenit capul. Harbuzul de sub rochie a început să se zbată, Doamne, să nu crape tocmai acum!

— De ce-ați cules perjele? a izbucnit Damian. Cu ce mai umplu eu înc-un butoi?

Încremenesc. Stropii de sâlvăiță sar ca năpârcile și mă mușcă zdravăn de mână. Brațul mi-a amorțit din senin, pe-alocuri pielea sfârâie. În ce cotlon să mă ascund? Cum să ajung departe de tot, poate chiar aici unde zac paralizată? Ca să nu văd cum lopata hăpăie din pământ, o halcă zdravănă din care sare gunoi și praf. Să nu amuțesc că țărâna aceea se răstoarnă peste sâlvâiță în căldare. Să n-am genunchi de noroi, peste care cad, de ce-s pedepsită așa, ce le mai dau eu de mâncare? Apoi totul se învârtejește, niște sâmburi mai mari ca dosul de palmă îmi lovesc fața. Ține, proasta pământului, învață-te minte, de nimic nu ești bună. Și mă sprijin cu spinarea de măr, se-ncovoaie parcă și el, numai să nu mă asurzească, să nu mai urle-n halul ăsta văzduhul.

— Ce-ai făcut, omule fără minte? aud glasul Vioricăi, vecina sosită-n fugă.

Totul se prăvale, până și vaca mea de departe, cea mai de jos, prima, cu spinarea ei scăldată de raze și poate și de iubire. Soarele a ținut atunci trei ani și poate c-a fost destul pentru o viață întreagă.

— Nu ți-e rușine, Damiane? îl înfruntă. Dulceața era pentru copii!

Îi smulge lopata din mână și râcâie iute-n căldare, ca să scoată de-acolo murdăria. Să nu atingă nimic, nici cojile răsucite de prună, nici mirosul sugrumat, nici harbuzul meu în care pătuțu-i o grămăjoară de așchii.

— Îl mânii pe Dumnezeu, vecine, când te-ai sălbăticit așa? Că vorba umblă, să știi. Curva de după Borcut la mulți le mănâncă zilele.

Soarele e un fel de păianjen, cum de-am ajuns lângă el, în otavă? Linguroiul scoate argilă și fire de paie, noroc că nu apucaseră să se scufunde, zice Viorica. După un timp, poate că lung, perjele sar peste mine și reintră iute-n căldare. Viorica le mai amestecă un pic, hai, vino-ți în fire, zice, lasă-l pe Damian, c-o să i se întoarcă toate. O să-l răsplătească Cel de Sus după fapte. Bărbatul meu nu aude, s-a dus cine știe unde, s-o întoarce târziu, în miez de noapte. Copiii îmi aduc o ulcică de apă.

— Spală-te, mamă! Nu pot să te văd așa, zice unul.

Lacrimile le-au murdărit și lor obrajii.

— Gata, a trecut vijelia, îngaim.

Harbuzul e întreg și la locul lui. Ne mai strângem o vreme unii în alții, dar nu mult, că liniștea e deodată prea mare. Viorica a plecat și ea.

Amestec de zor în căldare, sâlvăița-i în clocot, de-acum o să ne prindă înserarea. Și ne prinde.

3

Stau ghemuită-năuntrul capului meu. Uneori mă acoperă un fel de întuneric, dar așa, numai amurg, ca atunci când vederea mi s-a dus. Alteori, ca acum, se deșiră o lumină mare. Ce mai strălucește totul!

Un jar cât patru roți de căruță a sărit peste Coasta Morii și se mișcă lin de tot pe cer. Acela e soarele, răsare devreme, e începutul de vară. Razele-s cu pensule mici, amestecă roua. Când picurii-s șterși rămâne-n urmă un verde mai tare. Un ceas mai trebuie și, de la căldură, se va ridica pâcla de pe toată grădina. Va pluti peste ierburi ca un cearșaf din țesătură tot mai rară. Văd deja locurile goale din el, tot mai zdrențuite, tot mai cât să te strecori tu, nevasta copil ajunsă acolo spre prânz. Să te ții bine, Reghina, căci încă poți să te înalți tot mai sus, în dreapta o să zărești hotelurile, în stânga, Coasta lui Ianăș și-un nuc mare, de mejdie, iar dedesubt, patru locuri împrejmuite de-un singur gard.

— Un frate mai am, a zis Damian. Că sora, Dochia, e degeaba, doar așa, de umplutură. N-o dă deșteptăciunea afară din casă. Eu moștenesc casa mamei, frate-meu rămâne în cea a tatei. Locurile de-aici aproape că ne-ajung. Mai sunt și altele, mai sus, către munți, ți le-arăt după ce mă întorc din Războieni. În Vâralia, dacă-i prea pietros, n-au naționalizat pământul.

Dar tu, nevasta copilă de nici șaisprezece ani, în loc să te înalți, asculți cu tot mai mare atenție. Socrii așteaptă la poartă, o să vină și fratele, Alexandru, aduce el juncana. Cât despre soră, ea n-a fost de găsit azi. Dacă-i sărbătoare, zici că o apucă strechea. Niște fire ca de păianjen încep să se-așeze pe tine. Sunt fine, au boabe de rouă pe ele, nu-ți par prea grele, așa cum se-mpletesc cu viteză tot mare. Nici nu simți cum încep să te tragă-n jos.

— Plec peste patru zile, Reghina... Oare te descurci cu toate?

— Ce-avem noi care să fie prea greu de făcut? am răspuns.

Seara s-a lăsat, primirea-i gata, socrii s-au dus la Caba, unde au ei casa. Ne-au dat binecuvântarea, ea de sub vițele-i blonde, subțire ca mine aproape, el de sub ochii tot albaștri, dar parcă mai întunecați. Am asudat un pic de la sfială, o noră de pastor nu-i de ici, de colo. O să-l iubesc cum se cade pe Damian, e frumos și deștept, tocmai a intrat la școala de ceferiști.

Lada de zestre parcă-i neatinsă, pusă cum e pe două lavițe, în tindă. Ca să-i deschid capacul, trebuie să mă sui pe-un scaun. N-am luat din ea decât hainele de purtat, sveterele aduse de Ispas din Armadia și rochiile făcute la croitor. Nu pânzăturile, iile, fustele largi brodate, nici chitonul sau pieptarele. Și nici iernile lungi în care le-am lucrat pe toate cu mâna. Nu cearșafurile, fețele de masă, perdelele sau cingeauăle. Nu ciocănitul lui Valer la geam.

— E un sărăntoc, a zis tata. Nu cumva să te-ncurci cu el! Nu vezi, Reghină, îți vrea numai starea.

— Nu văd, tată. Nu te băga.

De ce mi-au venit vorbele astea în cap? Căci nu despre Valer e vorba acum. N-am cum să nu-l rup din mine ca pe-o poză scorojită. Viața mea începe-n sfârșit, trebuie să fie frumoasă. Și mă uit de jur împrejur. O să-mi iubesc bărbatul în casa aceasta pe care încă n-o cunosc. Vița-de-vie, crescută pe-araci, s-a-ntins către uliță. În șopron behăie iedușii mei, îmi cer de mâncare. Iau cu furca fân din pod, îl arunc pe lângă scară, o să hrănesc mai întâi vaca. Pe-asta, pătată, a adus-o Damian. Și mâța ce lincheşte-acum din străchioară e tot de la el. Restul zestrei mele, juncana și cele douăsprezece oi, o să vină-n două zile cu tata. Anul ăsta s-a dus mai devreme pe munte și-acum, cu nunta, și-a lăsat de izbeliște stâna. Se descurcă păcurarii, nu-i vorbă, dar acolo, în creierul Suhardului, sunt tot felul de fiare.

— Le știi și tu, Reghină, că doar ai pățit destule. Oile, una-două se duc într-o falcă de lup sau, și mai rău, spre vreo prăpastie.

N-am dormit aproape deloc în prima noapte. Dacă mă făcusem la nici șaisprezece ani nevastă, o iubire scurtă, icnită, mi-a sfredelit burta. Carnea tremura pe mine încă din amurg. O să doară, știam, o să fie cum nu vrei să spui sau să-ți mai aduci aminte. Numai să pătezi cearșaful cu sânge! Că altfel e mare rușine. Altfel te-ar putea sui-n tren să te trimită acasă. Bărbatul, se știe doar, nu se cade să se procopsească cu una care-a trecut pe la alții.

— Hai, mi-a zis Valer, suie-te-n căruță, că te duc eu până la pod.

Razele împachetau drumul, niște fâșii piezișe în aerul amiezei. Caii dau din copite, unul, sâcâit de muște, își plesnește crupa cu coada.

— Ce-ai rămas pe gânduri, Reghina? Vino odată. Că mai ai drum lung până acasă.

De la mătuşa asta până la noi mai am de mers cam vreun ceas. Şi-mi place cum se-nvâltoreşte praful când îl atingi cu pantoful! Se ridică pe vârfuri lucioase, se risipeşte pe pulpe. Deodată e cald, sub cozile grele, împletite, simt pârâiaşe de sudoare.

— Ce-i cu sfiala asta, Reghină? Treci sus, lângă mine.

Inima-mi bubuie sub bluză, ce să fac? Dar Valer n-a mai stat pe gânduri, m-a prins iute de subsuori şi m-a tras în dreapta lui, pe capră. Şi-am coborât împreună Arşiţa. Ce mai şfichiuiau razele, îmi puneau pe obraji pete mari de roşeaţă. Căci mă bucuram şi râdeam parcă mai tare decât trebuia. Da, acum că-şi terminase şcoala, o să se facă gestionar. Poate la metalochimice unde se vând, de fapt, de toate, de la aparate de radio, până la mobilă din aia, de domni, cu ape întunecate. Sau poate la alimentara unde-i mai bine ca oriunde că pe mâna ta vine toată mâncarea. Sau poate la aprozarul ăla mic, de lângă canton. Deşi, dacă se gândea bine, acolo nu prea i-ar plăcea, fiindcă n-ar avea mai nimic la vânzare, când şi când nişte mere ce putrezesc pe dată.

— Că-s aduse de-aici, din livezile de la Bistriţa, numai căzături. Restul se trimit în oraşe mai mari sau la export.

Oamenii nu se uitau către noi, dar ştiam că ne văd, de parcă tot satul s-ar fi aflat sub o singură pleoapă. Ne-am oprit lângă linia ferată, ce bine că s-a ridicat podul ăsta, a zis el, că acum treceţi şi voi apa ca oamenii.

— Aici, Reghină, ni se despart drumurile. Mai ai doi paşi până acasă, nu-ndrăznesc să te duc eu până-n ocol. Baciului nu cred să-i placă.

Și când a zis asta, mi-a atins părul cu mâna. Ca o frunză întâi, apoi apăsat, cât să simt căldura trecându-mi pe sub cămașa subțire, ca să se strângă apoi toată-ntre coaste. Și m-a sărutat pe creștet deodată, nu mai mult de-o secundă.

— O să te iau de nevastă, Reghină, așa să știi! a șoptit. Vin să te cer într-o seară. Și-a pornit-o încet, di, di, calule, hai către gară.

Soarele, în partea-n care se ducea el, n-avea să apună nicicând. Dar nici pentru mine nu mai avea să răsară.

— Vezi că aprind un pic lampa, a zis Damian. Să nu te sperii.

Și-a bâjbâit după chibrituri, deși ele erau acolo, pe colțul mesei, exact unde le lăsase. Îl ghiceam pe întuneric, în dreptul ferestrei, un fel de trunchi prin care nu se mai putea strâvede nimic. A râcâit cu unghia sticla lămpii, ce asurzitor auzeam. Și sticla a clinchetit de la metal. Gata, acum o ridicase. Nici n-a atins bine fitilul, că a țâșnit o pară de foc, iar lumina s-a răsfirat numai pete prin casă. Un cerc mare, de umbră, gol înăuntru, s-a ivit deasupra, pe tavan. Razele-au început să vopsească pereții, într-un loc cu albastru, în altul cu margine galbenă și, de jur împrejur cu niște păretare, covoare înflorate ca pe-aici, bătute-n cuie. Ștergarele de podoabă, cu altfel de modele decât făceam eu acasă, se ghiceau șase, șapte de-o parte și de-alta a blidelor de ceramică, agățate și ele sus, spre tavan. Dar în penumbra aceea, nu zăreai nici florile de pe ele, nici cocoșii cu coada înfoiată, nici stropii de albăstrele cu tulpini verzi, răsucite.

Damian se deșirase de tot, îi ghiceam brațele puternice sub cămașă. Și-acum, dacă a aprins lampa, de ce-amorțise acolo, cu spatele? El, care se mișca mai iute ca oricine, el, care nu stătea o clipă în loc, de parcă cea mai mică întârziere l-ar fi ars, de ce nu se clintea? Mai mult, în loc să se-ntoarcă spre mine, s-a dus spre dulapul căruia i se întredeschisese ușa. Trebuia închisă pe dată, potrivită-n lăcaș, izbită cu genunchiul ca să nu se mai obrăznicească nicicând în afară. Acolo se-agață pe umeraș costumele, apucase să-mi zică, și paltoanele, și hainele mai bune. Dincoace, pe rafturi, se vor împături cele ale vieții de zi cu zi, dimineața curate și pe seară murdare, cu dâre groase de tină, de balegă, cu stropi de sudoare, cu muncă, cu felurite nemulțumiri șiroind din ele.

Geamul despărțit în trei, cu o parte ce se putea deschide, s-a umplut deodată de lună. Răsărise și ea de după Coasta Morii, tot ca o roată, doar că de data asta mai mică, numai cu niște umbre, toate ale rătăciților de pe bietul nostru pământ.

Damian n-a venit nici atunci către mine, ci s-a-ntors într-acolo și, prin sticla pe care tot el o tăiase cu diamantul și-o potrivise-n lăcaș, s-a uitat un timp, cât de lung timp, la discul acela de pulbere. Într-un târziu a zis:

— Ce cald e aici, Reghină, se vede că de-acum e vară.

Și-a scârțâit fereastra, de-am auzit deodată, ascuțit, o pasăre de noapte.

— Avem și buhe pe-aici! a șoptit. Să știi că nu-i vreun strigoi. Te pomenești că mi-era teamă de duhuri?

— Nu, nici vorbă, Damiane, de ce să-mi fie frică de morți? Uneori, când mă doare una sau alta, mai vorbesc cu Valeria. Ți-am zis de sora mea moartă? Dar vorbele acestea din urmă n-au mai ieșit.

Luna-l măsura pe Damian, numai pe el, căci pe patul unde stăteam într-o rână, mă orbea lampa. Stropea și cuierul, hainele din cârlige, unele de iarnă, dar altele subțiri, ca pentru vremea asta. Mai departe, spre colț, lumina nu răzbătea. În locul acela, pe masa mică, era loc să țin farfurii și tigăi. Pe polițele atârnate urma să păstrez boia și piper. Și cafeiul pe care trebuia să-l fierbem cu lapte. Și alte borcane, felurite, cele mai multe goale. Oalele și cratițele aveau să se zvânte deasupra sobei, pe-același perete. Două lavițe, un pat gol, căci cine să mai doarmă acum în el, rost avusese mai demult când locuiseră părinții acolo, și două taburete, asta ne era în ceasul acela averea. Și-un singur scaun cu spătar, bun pentru oaspeți.

Abia după ce-am văzut în minte toate astea, Damian a tras aer în piept, tare, doar o dată. Și, ca și cum ar fi scăpat cu greu dintr-o apă nespus de adâncă, s-a întors în sfârșit către mine.

— Reghină, nu vrei tu să te ridici un pic?

Cum să nu? Doar să nu mi se mai împăienjenească ochii... Un rău scormonitor nu mă lăsa să mă salt în picioare. Când totuși tălpile mi s-au lipit de podea, o dâră a curs spre genunchi. Am simțit-o rece, poticnindu-se un pic, ca să se oprească de parcă nici n-ar fi fost.

— Te pomenești că... a încremenit deodată Damian.

Iar mie abia atunci mi-a înghețat inima, încă un pic și sloiul dinăuntru avea s-o facă zdrențe. Dacă pe coapsele mele se-ntărea altceva? Damian, nădușit, a smuls lampa din cuiul ce-o ținea-n tavan ca s-o apropie iute de mine. Ușa a-nceput să joace-n țâțâni și dulapul să sară. N-am mai știut mare lucru, până când el m-a întins din nou pe pat.

— Gata, Reghină, am văzut. Ce-i tremuratul ăsta pe tine? De ce ți-o fi ție frică? De ce te zbați așa, fata mea dragă, de ce? Liniștește-te.

M-a strâns la piept și mi-a sărutat obrajii. Lampa i-a căzut din mână și s-a făcut țăndări. Noroc că nu s-a vărsat și petrolul, ce duhoare s-ar fi culcușit atunci în casa noastră.

A doua zi, am strâns cioburile cu grijă și l-am trimis să ia altă lampă. Să mai avem una, că nu se știa niciodată. Oricum ne trebuia felinar și la grajd, în toamnă, încolo, că acum, dacă ziua era atât de lungă, hrăneam pe lumină animalele. Apoi, în ligheanul în care mă spălasem pe întuneric, în miez de noapte, am început să clătesc primele haine. Două cămăși de dormit și un cearșaf roz, cu broderie la mijloc. Cu apă rece, ca să iasă bine petele de sânge. Burta mă durea încă, așa cum avea să mă doară încă patru zile, până când Damian a plecat la Războieni, la școala CFR unde trecuse examenul cu puțin înainte de nuntă.

4

De ce nu mi-am dat sufletul la ieșirea din pântecele ei? se căinează Iov.

Copil, în copil, în copil și tot așa, până la doisprezece. Primul, cel mai iubit, cu buclele lui de tăciune. Al doilea, fetița foc și pară. Al treilea, leit pastorul, pe el îl pun lângă suflet, zice soacra. Și-l cere să-i țină de cald, tocmai când moare, fără munții ei, la bloc, într-un apartament înghețat. Al patrulea, o fată care numai ascultă. Își ia caietele și se trage-ntr-o parte. Al cincilea, măgureanul, cel batjocorit că seamănă atâta cu mama. Al șaselea, fata cu aur în fiecare mișcare. Al șaptelea, negricioasa, care fuge desculță în rochița ei roșie, de catifea. Al optulea, fetița pe moarte, cea despre care mi s-a spus că nu va merge, că nu va vorbi, că ne-a venit pentru pedeapsă. Dar ea e acum lângă mine, mereu lângă patul de pe care n-o să mă duc decât în țintirimul unde de doi ani mi se tot sapă groapă. Dar eu țin de șindrilă, tare, tare, încă n-o las în furtună. Căci vreau să spun mai departe, viața mea e un fermoar nepotrivit, din care toate dau pe din afară. Pun așadar dinte de lumină și dinte de întuneric, le trag unul după altul, cu tot mai mare greutate. Căci poate așa, când totul va sticli de curățenie, când podelele vor fi frecate în adânc de tot noroiul și vor azvârli spre tavan aburi fierbinți, când cingeauăle și așternuturile vor fierbe în ultima leșie, când de pe clanță se va fi dus orice luciu și casa veche va fi fost surpată de grindină, când se va fi sfârșit căderea cu șoldul meu rupt, când nu vor mai durea tijele de lângă oase, când nu mă voi mai zvârcoli lângă pat unde-am căzut, știind că uite, acum mor de durere, când copiii vor fi toți, ca unul, aici, lângă un căpătâi orb, din care, după o vreme, nu se mai aud nici cuvintele, doar un strigăt continuu, totul se va face de rouă, și eu, ce fericire, voi fi găsit pentru noi toți iertarea.

După zid încă stau strâns ghemuită, m-am făcut fetița din casa cu mușcate în care-am văzut cerul. Vulturoaica încă n-a coborât, iar peștii, cleni cu spinări cafenii, se mai pot prinde cu palmele. Cunosc tot lucrul de mână, sunt vrednică-n toate, doar să potrivesc un așa fermoar nu-mi stă-n putere. Alb lângă negru, obraz tânăr lângă vânătaie, o dragoste mușcată de bici. Mama și tata. Socrul și soacra. Eu și Damian. Și-al nouălea copil, cel care s-a suit pe-un stâlp de înaltă tensiune.

Când ne-au adus curentul a fost o mare bucurie. Muncitorii au transportat întâi stâlpii, niște trunchiuri drepte de copaci, bine curățate de coajă. Au făcut gropi, le-au potrivit adânc în pământ, le-au pus un fir metalic de susținere. Damian a lucrat cot la cot cu ei și, când s-au suit cu picioroangele cârlige rotindu-se în jurul stâlpului, le-a dat pe rând firele. Dar de ce mă gândesc acuma la asta? De ce văd în fața ochilor masa în jurul căreia i-am strâns pe toți străinii aceia ca să le pun înainte niște mâncare? De-acum n-o să ne mai luptăm cu lampa, au zis ei. Nici de felinare n-o să mai fie trebuință, e o nimica toată să tragă firele până în casă și-apoi și până la grajd. Ba și la casa cea nouă, din mijlocul grădinii, deși nu-i gata, să-i facem rost de prize și de tablou electric, că ne instalează ei tot. Am așteptat noi mai mult ca alții, dar uite că până la urmă a ajuns civilizația și-acolo, pe Strada Uliului, la marginea orașului, ba și mai deasupra, până pe poduri, la vecinul cu casa lui aproape în câmp. Dacă vrem, o să ne putem lua și televizor. De-acolo, de sus, poate prindeam și vreun post străin, numai să ne facem rost de-o antenă bună. Dar de ce mă gândesc tocmai acum la astea?

Stâlpii de înaltă tensiune au fost aici de când m-am pomenit în Văralia. Înalți, cu scobituri în ciment, ca un fel de scară. Iar de pe la jumătate în sus cu niște brațe răschirate de care atârnă câte trei fire groase. Treceam pe lângă ei când mai aveam cărarea spre paznicul din carieră și puteam coborî pe ea până la șosea și la râu. Apoi muncitorii au fost mutați și n-a mai rămas după ei decât sârma ghimpată. Cine să creadă că niște copii ar sări peste ea și s-ar duce și mai departe până la stâlpi? Băiatul meu, al nouălea, cel curentat, va face asta, deși când mă găsesc eu de trei zile în adormire, după ultima naștere, n-am cum să bănuiesc viitorul.

Îmi vin în minte ceilalți copii, uite-l pe-al zecelea, bun de-alinat, câtă singurătate. Și-al unsprezecelea, băiatul meu cu păr îngeresc. Și-al doisprezecelea, fetița pe care-a alăptat-o o femeie străină, căci eu am murit câteva zile. Încă n-am deschis ochii, mă mai odihnesc puțin, deși aud tot mai limpede ce se petrece în jur.

O să se ducă, au zis asistentele. Și rămân atâția orfani. N-o să mă mai întorc în veac printre vii, de ce mi-au făcut așa o anestezie? Și cu cezariana asta, tăiată pe-altă cezariană, că-i minune cum de n-am dat ortul popii, ce doctor plesnește de mândrie? Mamă eroină, nu? Da' de ce nu mi-au legat trompele odată? Oameni fără inimă. Acuma, dacă o să mor, ce-o să-mi facă amărâții de prunci? Eram cardiacă. Știau, dar nu le-a păsat. O groază de copii am, te pomenești că-mi rămân de izbeliște.

Nu m-am trezit de trei zile. Cum se face oare că dorm și totuși aud?

— O iau eu pe micuță, tocmai zice un glas de femeie. N-am văzut copil mai frumos ca ea. Știți cum o cheamă?

— Nici nu cred că-i declarată la biroul de nașteri. Dacă n-a venit nimeni s-o caute pe mamă, cine să-și facă drum pentru ea? Am trimis vorbă printr-o lehuză din Maieru, poate reușește să anunțe familia. Că dacă femeia asta nu s-a trezit după naștere, se pot aștepta la ce-i mai rău. Măcar să se pregătească un pic, să nu le vină vestea ca un trăsnet.

— O înfiez... Dacă tot o hrănesc de trei zile, de la sânul meu suge, de ce să n-o duc acasă? E o minune de fetiță.

— Nu-mi ia nimeni copila! dau să strig.

Dar afară nu răzbate nici măcar o șoaptă. Bat cu pumnii în ceva, degeaba, pereții nu se mișcă. Somnul e bumbac lipit adânc de obraji.

— Tot timpul moare câte una de la anestezie. Mai bine te chinui trei zile, dar nu ajungi la cuțit.

— Păcat că n-avem în salon pe nimeni din Văralia. Ca să ne lămurească. Femeile locului nasc în Armadia, doar cazurile grave ajung aici, la județean.

— Nu-mi las eu copiii! dau să zic.

Ușile au balamale, se aud niște găleți, farfuriile de tablă pocnesc pe etajeră. Miroase deodată a clor. Aerul e clor, pereții sunt clor, corpul meu e ars peste tot de clor. Pielea nu mă mai încape, trebuie să ies, să mă duc odată spre fereastra pe care-a deschis-o cineva larg, de mă orbește soarele. Ce bună-i căldura de-acolo, cum mă adună ca pe niște vreascuri către ea. Nu toarnă naft pe mine, nu se trântesc ușile, nu urlă nimeni, nu plânge nici primul născut, nici al cincilea sau al șaptelea. Asta mă îngheață, ce-or face oare copilașii? Îl văd pe Damian, tocmai le pune tocănița în blide, îi mulțumește lui Dumnezeu pentru hrană. Nu s-a bărbierit încă, deși e noapte și-a doua zi, la patru, se trezește pentru navetă. De-o lună sunt în spital, de-o lună! Clorul sfârâie, îmi umple gâtlejul, nu se mai poate.

— Nimeni nu-mi ia copilul! strig din nou.

De data asta, ce minune, parcă se-aude. E o șoaptă întâi, dar buzele încep să se miște. Ziua se hurducă, ce gălăgie! Amiaza se sparge-n curtea spitalului ca zece sticle pline cu apă. Fereastra se trântește cu zgomot. Iar eu, cu mare greutate, deschid pleoapele.

Străina vede, nu-i vine să creadă, veniți, a deschis ochii. Și se-agită și râde cu toată fața. A stat atâta acolo, m-a îngrijit, a chemat asistentele să mă curețe, mi-a picurat apă pe buze.

Atunci, în ceasul acela de prânz, am înviat prima oară din morți. Mi-am luat în brațe ultimul născut, e fetița mea, o s-o duc acasă peste zece zile, când tăietura se va fi prins bine și ațele îmi vor fi fost scoase de-o stagiară. N-o să se mai întâmple nimica rău, mă va fi încurajat ea, numai să nu ridicați mai mult de două, trei kilograme. O vreme, până vă puneți cu totul pe picioare.

— Doamnă, am lipsit șase săptămâni de-acasă!

Cum s-or fi descurcat copiii? Cum le-or fi făcut pe toate, mâncare și curățenie, animale și straturi, că a venit primăvara și-a fost de săpat grădinuța și de pus arpagic. Narcisele s-au trecut, stânjeneii sunt cât poarta.

— A plouat continuu, mamă! îmi ies înainte cei mici. Se bulucesc, vai, câtă bucurie.

— O mocirlă și-o apăraie, unde să te mai joci?! Vai de voi.

Îi iau pe rând în brațe, nu ne vine să credem. O lună și jumătate s-a trântit cu zgomot în urmă, să nu te mai duci niciodată, mamă, să nu mai stai atâta-n spital. Părul blond sau brunet a crescut, cârlionții trebuie luați cât mai iute sub foarfecă, poate chiar în după-amiaza aceea.

Dar acum vine prânzul, ce faci de mâncare, mamă? O dâră albăstruie crește dinspre hoteluri. Boțul de plâns s-a liniștit, doarme în leagăn. Ploaia se oprește deodată. Damian e la serviciu, prichindeii au răsturnat casa. Ce dezastru-i aici. Trebuie să curăț cumva, dar cum? Mai întâi am să pun niște cartofi într-o oală. Îi găsesc în tindă, i-au adus poate pentru porci, nici nu știu dacă ne-au mai rămas în beci. Să merg până acolo mi-e greu, mi-a fost rău un pic și-n salvare. Șaizeci de kilometri în care-am icnit mereu.

— Ce ne dai să mâncăm, mamă? zic iar copiii.

Cei mici, nu cei mari care-s la școală. Doar unul a lipsit, ca să scoată oile pe coastă. Nici nu știe că m-am întors, că-s acolo, în casă, și-mi trebuie apă. Cum s-o aduc de la fântână, că abia mi s-a închis tăietura? Iau totuși găletușa, nu încap decât cinci litri în ea, o să scot mai puțin și-o s-o car eu cumva înăuntru. Văd negru când mă aplec peste ghizd, ce ochi uriașesc se uită la mine de-acolo. Îl zgândăr puțin, nu mult, căci mă-nțeapă durerea. Apa se mișcă-n găleată, ce bine, o să fac o ciorbă de cartofi, doar pâine să cumpere careva. Sar de pe-o piatră pe alta, curtea e numai pârâiașe, cărarea s-a adâncit în mocirlă. Văd negru din nou, nu e bine, de ce n-am rămas eu în casă? Atâta apuc să gândesc, căci covorul acela murdar mi se smulge brusc de sub picioare. Și cad peste găleată. Nu mai văd nimic, o minge spartă m-am făcut, de ce nu oprește nimeni asta? Numai niște petice am în loc de burtă. Iar mâna mi-e strâmbă, un fel de ciot prins sub găleată. A început să se scufunde-n țărână, mă trage cu totul după ea. Cu mocirla asta, nimeni n-o să știe că m-am dus dedesubt, în nici o săptămână locul o să se zbicească. Moartea e mai bună ca durerea asta prea mare. Mă pregătesc o secundă nesfârșită, îmi pun hainele cele mai bune, sunt gata. Dar ce se-aude? Copiii lipăie cu tălpile goale, fug către mine. Unul mă trage de rochie, altul vrea să-mi apuce brațul.

— Lasă-mă! Mi-am rupt mâna. Abia atunci o tină sărată prinde să-mi curgă pe obraji.

Damian, când m-a găsit seara, n-a zis nimic, numai ochii i s-au mărit de groază de cât de umflată-mi era încheietura. Cât despre copila din leagăn, la ea s-a uitat abia după câteva zile, când deja o trecuse la alocație.

— Lasă, Damiane, o s-o crești și pe ea ca pe ceilalți, îi zisese secretara în timp ce-o scria-n registru. Așa ți-a fost ție dat, să ai mulți copii, nu ca mine, nici unul.

La spital nu m-am putut întoarce nici a doua zi și nici după o săptămână. Mâna se vindeca rău și trebuia îndreptată. Când m-am pus un pic pe picioare, m-am dus să mi-o potrivească o babă. Știam că durerea o să fie nespus de mare, că doar mai trecusem prin ea. Și m-așteptam ca oasele să nu mi se mai lipească bine la loc. Dar cu timpul m-am vindecat, strâmb numai un pic, un străin n-ar fi putut să vadă. Și mi-am făcut lucrul, mereu, la fel ca mai înainte, când născusem un băiat, primul, de patru kilograme, sau mai apoi, când unii mi-au venit prea devreme, niște pisoi neajutorați, iar una s-a născut cu tălpile-nainte și cea făcută s-asculte n-a vrut deloc să se-arate, s-a strâns în ea și-a dat să fugă îndărăt, poate înainte de viață, de-a fost cât pe ce să murim amândouă. Și-au mai fost pruncul cu gâtul strâns de trei ori de cordon și cei cu cezarienele.

Nu-i nimic mai greu în secunda dintâi când tragi lumea-n plămâni decât să-ți câștigi porția de viață. Apoi zilele se topesc, unele după altele, pare că țin, când de fapt nu-s decât zahăr și sare răsturnate-n aceeași ulcică. Iar la sfârșit, adică acum, când stau paralizată de peste doi ani, desparte grâul de neghină, tu, biată fetiță, dulcele de sărat, bob cu bob, neînțelegând de ce întârzie atât vulturoaica. Și potrivește cum trebuie fermoarul, alb și negru deopotrivă, nu te mai scapă nimic de asta. Lumină și întuneric deopotrivă.

5

Am nevoie de sare. Acum, că Damian s-a dus să se facă acar, trebuie să-mi găsesc curaj și să caut autoservirea. Prima casă-i mai jos, după dâmb, iar în partea asta, dincolo de bazine, se mai găsește o casă. Pe lângă ea am trecut ieri când l-am dus pe Damian la gară. Pășesc pe lângă răchiți, port sandale de pânză, ulița e mocirlită în părți, roți de căruțe scot mereu apa din șanț. Un cărăbuș se zbate ca o morișcă, iute, iute, acuși o să dărâme lumea. Începe cu mine, mă simte ca pe-un arc, merit niște bobârnace. Are spinare ca de cafea, i-o văd dintr-o parte. Ce zi înmuiată în lumină!

Am isprăvit cu vacile, l-am hrănit și pe Bălan, ce m-am bucurat când m-am pomenit că mi-l aduce și pe el tata. Îl știu de mic, că doar e un cățel smuls din gheare de vulturoaică. Acum mă păzește, nu-mi poate intra nimeni în curte fără să dea dulăul de știre.

— Dar aici, Reghină, nu-i nici un pericol, niciodată! Oamenii se știu cu toate ale lor, mai bine și-ar tăia o mână decât să deschidă pe-ascuns ușa cuiva.

N-am cheie, cum nu are nimeni. Nici la poartă n-am zăvor, o închid cu cârligul, să nu-mi iasă iedutii afară. Oile, douăsprezece, nu le-am mai adus încoace, mai bine să le suie tata în munte. O să coboare cu turma la toamnă, când nu vor mai da lapte, și noi o să luăm plată pentru ele cel puțin șapte cași mari de brânză. O să-i sărăm, o să-i mărunțim bine, o să opărim bărbânța și-o să avem până-n primăvară. Ba o să mai putem da și în vecini, întotdeauna se găsesc unii care au mai mare nevoie.

Damian s-a suit de aseară-n tren, i-am făcut cu mâna până când n-a mai rămas din vagoane decât un șuierat. Apoi m-am întors pe drumul știut, peste traverse, direct pe linia ferată. În stânga s-au deschis două uliți, le-am lăsat în urmă. După o vreme, am cotit pe-aici, pe unde tocmai cobor, am venit în sus, până se termină casele, și-am luat-o pe lângă pârâu, de-a lungul povârnișului, bună ziua, am strigat la ultima curte, dar nu era nimeni. Cum nu e nimeni nici acum, când pătrund între case, găinile zburătăcesc, uliul, uliul, strigă undeva o voce răgușită. Femeile poate-s la lucru, prin spate, e vremea celui de-al doilea prășit. Un tânăr sparge butuci într-o curte, n-are cum să mă audă. Și doi câini încep să mă latre ca turbații. Dac-ar ști ei că nu mi-e frică de fiare adevărate, darămite de niște lățoși ca ei. Mă prefac că iau o piatră și că-s gata să-i nimeresc. Strig numai de două ori, tea câine, tea!, și să-i vezi cum se-ascund. Schelălăie până în capătul curții, spre șură. Tocmai atunci iese stăpâna.

— Apără și ei, dulăi de ispravă, că ăsta le e rostul, zice femeia.

Are pielea albă, întinsă, și ochi verzi sub năframă. E mai degrabă tânără, deși o viță sură i-a alunecat pe frunte.

— Și-apoi bine fac, că așa le-aude vrednicia și mama, continuă femeia. Și mama se bucură.

Rămâne o clipă pe gânduri.

— Ai văzut-o, nu? mă întreabă. I-ai dat bineţe?

Ridic din umeri, poate că da, nu știu. Numai că eram nouă aici, adică abia ajunsesem în oraș.

— Sunt nevasta lui Damian. Vin de peste Măgură.

Și-am arătat în spate, cumva oblic, spre niște munți care nu se zăreau din locul acela.

— Uite ce cuminte m-așteaptă mama azi, s-a luminat femeia.

Poate că nu mă auzise, oricum nu se mai uita către mine.

— Nu ești supărată, mamă, nu?

Și-a rostit asta mai tare, de m-am gândit că bătrâna-i printre castraveți, poate-i plivea, dacă nu smulgi de câteva ori buruiana, leguma se-ofilește și moare. Sau s-o fi dus îndărătul casei, la coteţe, să hrănească păsările. Pui, pui, pui, azvârle grăunțele, deși e cam târziu, ceasul bisericii tocmai bate de zece. Și nici nu i se aude glasul. Nu mai pierd vremea și zic:

— Știți cumva unde-i alimentara?

— Cum să nu, sunt două, una-n stațiune, dar aia-i mai mult pentru domnii de la blocuri. Și pentru turiștii ce se tratează. În orașul ăsta vin mereu oameni ai muncii, o să vezi. Dacă vor să cumpere ceva, o conservă, un borcan de dulceață, găsesc acolo. Dar ție ce-ți trebuie?

— Sare.

— N-are rost să bați drumul. Du-te la autoservirea din sat, cum îi zicem noi. De la gară cobori ulița și-apoi o iei în dreapta, pe șosea. În stânga, lângă biserică, într-o casă mică, e pâinea. Cel mai repede ajungi tot pe linia ferată, nu te gândi la trenuri, trec doar trei cât e ziua de lungă. Și mai sunt, din vreme-n vreme, mărfare. Dar șuieră de te trezesc din morți, n-ai cum să nu le-auzi. Rar taie pe câte-un om. Nu-i așa, mamă?

De data asta nu strigă, ca și cum bătrâna ar fi acolo, lângă ea. O găină mare, albă, a început tocmai atunci să cotcodăcească.

— Eu, copilă, zice femeia, am venit noră acum cincisprezece ani. Noroc c-am nimerit un om blând, care-și vede de serviciu, de casă. Lucrează la mină. Nu-i cheltuitor, nu prea bea, aduce toți banii. Bine-ar fi să fie și-al meu, Damian, tot așa. Îl cunoșteau toți ca pe-un cal nărăvaș, oare o să pot eu, o fetișcană, să-i pun zăbală? Dar acum, dacă mă luase, însemna și asta ceva. N-am dreptate, mamă? Uite ce fătucă frumoasă ne-a venit nouă de-acum vecină. S-a pomenit nevastă aici, deasupra, în grădina cea mare. Cu gard înalt de răchiți... Mai știi, mamă, nu? Cea căreia i-a crescut un tei la drum. În două săptămâni înflorește, de umple de mireasmă toată coasta. Și pe mejdia de sus e și-un rând de acăți. Exact cum zici, mamă, acela e un loc mai aparte. Ierburile se fac peste noapte de-aproape doi metri. Dar nu le vezi, cum nu ghicești nici fântânile. Se deschid cu ghizdul în jos, în pământ, de-n partea de sus ghicești numai un cerc de mocirlă. Ferească Domnul să calci din greșeală în el. Dar poate astea-s povești. Mai bine să n-o speriem pe vecină, mamă. Că-i tânără tare.

Și s-a uitat la mine cu multă căldură.

— Trebuie să plec, mulțumesc!

Și-am dat să fac un pas. Ce-o fi pățit biata? Dar femeia m-a oprit, făcând semn cu o mână.

— Ai avut o zi bună, mamă? Ai petrecut din nou, cu prietenele tale, la o masă lungă de tot? Toate sunteți tinere, doar un pic mai mari decât fătuca asta? Și-ați copt pâine destulă, și prăjituri, și colaci de sărbătoare? Niște oameni povestitori au stat cu voi la masă? Că așa e acolo, cineva povestește, iar ceilalți ascultă. Povești vii, cum rar găsești cât ești în viață. Le vezi, le simți cu toată carnea. Iubești în ele, te bucuri, ajungi în locuri neumblate. Dar mereu e-o primejdie, rămâi la masă cât știi să te ții departe de pericol. Un pic de nu ești atent, un gând rău să ai, că te-nhață sălbăticiunea. Și nimeni nu mai află nimica de tine.

Am vrut din nou să plec, dar Saveta – căci așa se numea femeia – nu m-a lăsat. Voia s-aud și eu ce-i spunea mama.

— Și-atunci ce-i de făcut, mamă? Să trăim cum se cuvine, zici? Să ne punem comoară de omenie pentru vremea cealaltă? Că-i singura care ajută. Noi, femeile, să nu ne gândim că nu ne așteaptă cea mai bună viață, unele poate o să nască prunci morți, pe altele o să le umple bărbații de sânge. Toate vor munci greu, din zori și până noaptea, noroc mare-ar fi ca, la răstimpuri, să simtă și bucuria. Restu-i pulbere și vânt. Ce bine știm noi asta, mamă. Ții minte când ne-am dus, o dată, o singură dată, de Sfântă Mărie, să ne rugăm la

Rohia? Ne-am luat inima-n dinți și ne-am dus. Ca să-i treacă fetiței mele boala, deși nici nu știam pe-atunci că după niște ani o să ni se întâmple un așa necaz, prea ne-a izbit din senin. Abia venise pe lume, împlinise patru luni, când noi ne-am dus să ne liniștim și să ne-apucăm mai zdravăn de viață. Ce-am mai înconjurat în genunchi biserica! Și-acum văd în fața ochilor coatele tale roșii de sânge. Numai că eu, mamă, am priceput cum peste turlă s-a coborât deodată un nor. Dumnezeu ne lasă pe ogorul bun, mi-am zis, dar noi, ca niște oameni fără minte, tot îngropăm din loc în loc bucăți mari de piatră. Și când aceea scrâșnește sub plug, unul dintre noi nici nu mai are zile. Așa și fetița mea. Dar acum scânteiază, nu? Trebuie că s-a făcut o tânără nespus de frumoasă. E școală și-acolo, zici? Adică învață mai departe carte? O aștepți tu uneori și-apoi străbateți drumul ăsta, de-ajungeți aici tocmai pe seară, când ochii mei nu vă mai pot descoperi. Și rămâneți o vreme aici, să-l vedeți și pe Căliment al meu. Se întoarce de la slujbă, îi torn ciorbă, e de cartofi la vremea asta, deși încă nu s-au făcut cei noi, și-apoi tăiem drept, în felii mari, pâinea. Trăim și noi, mamă, cum știm și cum putem. Iar voi, de pe partea cealaltă, vă uitați la noi, la toți, ca prin sticlă. Suferiți doar că nu vă mai aude nimeni. Cine să vă poată ști după pojghița aia?

Dar n-o mai ascult, gata, mi s-a făcut deodată frig, deși soarele e sus. Grăbesc pasul, voie bună, zic, mă duc la autoservire, o să vin acasă cu sare.

Mama Savetei, aveam să aflu curând, murise cu niște ani înainte. Dar i se-arăta, zi de zi, pe ploaie sau pe arșiță. Se-așeza pe gardul de sârmă ca pe-un scaun, nu-i trebuia nici un sprijin ca să rămână în aer. Și-avea și-un fel de măsuță, făcută pe stâlpul porții, unde mereu se găsea o farfurie cu mâncare. I-o punea Saveta, așa, pe la zece, în fiecare dimineață. Nu uita nici ulcica plină cu apă.

Cobor ulița gării, ajung pe drumul cu mașini, cauciucuri uriașe rod asfaltul purtând în remorci măruntaie rupte de piatră. Căruțele, trase de murgi, cară lemne sau fân. Furgoane vezi rar, că nu oricine poate să-și facă. O femeie bătrână duce un sac într-un căruț. Are poale albe și pânzături negre. Apoi totul se petrece mai repede, ceasul din turn bate de unsprezece. N-a fost coadă mare, am cumpărat ușor, sare și macaroane. Am luat și pâine, neagră, de doi lei cincizeci bucata. Miroase îmbietor, ce-aș mai mușca din ea. Aici, la oraș, nu mai trebuie să fac eu aluatul, să aștept să crească, să-l pun în cuptor să se coacă. Brutăria e mare și toți trebuie să cumpărăm numai din ea. Cum altfel să faci dacă aici grâul nu crește, iar în alte părți, mai la câmpie, oamenii nu mai au pe ce cultiva? Totul e al statului. Noroc că noi mai putem crește câte-un animal, ceva. Măcar avem mereu lapte proaspăt.

Ulița Savetei avea să rămână mult timp ca o graniță. Pe marginea porții, o mamă și-un copil mort de-o boală ciudată se legănau deseori. Într-o vinere neagră, micuței i s-a-ngălbenit pielea, de la un ceas la altul, deși nu era gălbenare. I s-au învinețit ochii, deși nu părea a fi vătămată. Cu numai câteva ceasuri mai înainte fusese pentru-o injecție la dispensar.

Când fetița s-a stins, Saveta a fugit prin sat nu un ceas, nu zece, ci până n-a mai avut puteri. A căzut într-un târziu în fața celor două hoteluri de zece etaje. Căliment a adus-o cu furgonul acasă. Apoi s-au ocupat de toate cele trebuincioase înmormântării, de popi, de prapuri, de bocitoare. N-au mai avut niciodată copii. După nici o săptămână, Saveta a început s-o vadă pe mama ei moartă pe gard. Și-a vorbit cu ea, și s-a făcut înțeleasă. Nu doar o dată, ci zi de zi, până când, după mulți ani, n-a mai fost nici Saveta.

6

— Șpuri! Șpuroaică! Auzi tu? a îndrăznit o dată soacra.

Vara de trei ani se sfârșise, începuse toamna din care nu prea știai ce să alegi.

— De parcă el ar fi un sfânt.

Nu, nu era un sfânt, doar că ea nu-mi putea zice prea multe. Și nici sprijin nu putea să-mi fie, cuvântul ei se spărgea ca strachina ce-o cumperi din piață. Celor doi fii le mergea gura ca o meliță stricată, mereu îi găseau vină. Nu vedea că sora asta nu seamănă-n partea lor? Mică, bondoacă, o zvârlugă fără minte, nu puteau fi din aceeași plămadă. Îi făcea de rușine.

— Măcar de i-ar veni mintea la cap! N-o strunește nimeni pe nebună. Când vrea să plece-n sat, lasă lucrul și pleacă. Când îi tună să se ducă-n Armadia, la târg, nu-i om s-o oprească.

Numai că aici, în Văralia, oamenii n-au timp de pierdut. Sunt toți ca niște ceasuri întoarse, tic-tac sar dimineața, cocoșul cântă la trei, dar din așternut ieși cam pe la patru, își hrănesc pe rând animalele, vacile au ugerul greu, uf, pe cel umflat un pic poate l-a mușcat nevăstuica. Se umplu șiștarele, se toarnă-n sticle apoi și se duc la centrul de colectare. Darea către stat e de atâția litri pe an, și ouă trebuie duse, și, când tunzi lâna, o dai aproape pe toată. Și vacile, când îmbătrânesc, se predau la centru, nu pot fi tăiate, e interzis să le apropii de gură, chiar de ai zece copii. În timpurile astea așa se face, să înțelegem, se ia câte-un pic de la fiecare până se umple hambarul.

Eu încă n-am copii, mă uit la soacra asta a mea, ce femeie frumoasă! Are părul mai mult blond decât cu vițe albe. Și ochii ăia de cer din care-a luat și Damian. De ce-o fi rea? De ce toți zic că-i rea și că te ia la trei păzește când ți-e lumea mai dragă? Se plânge acum că fata n-o mai ascultă, că umblă cum nu trebuie. Acum, să zic și eu, ca nevastă tânără ce mă aflu, cine-o să se mai însoare cu una ca ea?

Tic-tac merge ceasul, nimeni nu stă o clipă, lemnele trebuie aduse, casele trebuie ridicate, pământul se sapă, se ară, se plivește, se seamănă, se culege, fânul se taie, legumele nu cresc, porumbul e zdravăn, șanțurile se sapă, piatra din carieră se cară cu spatele, covoarele trebuie țesute, hainele nu se croiesc singure, cine mai coase ștergare? De ce-o fi rea soacra?

— Fata asta n-a avut niciodată minte, ce să fac? zice ea. Uite, Damian a fost mereu bun la școală. I-a plăcut. Își lua trăistuța, punea mămăliga cu brânză înăuntru, nu uita tăblița și abecedarul și venea cinci kilometri până-n Văralia. Că după ce m-am împăcat cu omul meu, ne-am mutat de-aici, din grădina asta, tocmai la Caba. Acolo, sub grohotiș, în munte, că e mai ușor cu animalele. Da' cu apucata nu m-am descurcat. Ce pacoste. Când mă gândesc cât de mult mi-ar fi plăcut mie să merg la liceu, în Armadia. Pe vremea aia, că m-am născut în 1907, făceai totul pe ungurește. Și învățai și germană, că aia avea să-ți prindă bine oriunde te duceai. Noi aveam munții ăia doi, dinspre Cormăița, ne descurcam cu toate. Și-am făcut șapte clase, că atâta m-au lăsat. Nu că nu s-ar fi putut, dar ce-i trebuia știință unei fete? Să-nvețe de-ale casei, țesutul, cusutul și torsul, să fie cuviincioasă, că mult câștig o să aibă-n viață, nu? Și-am fost și așa, Reghină, ca domnișoarele ce veneau să bea apă minerală de la băi, de-aici, ca fetele sclifosite care nu se gândeau decât la trusou. Deși dac-aș fi putut să-mi pun straie de flăcău și să-mi văd de carte aș fi ales oricând asta. N-a fost ușor cu mine, nu, Reghină, fiindcă n-am vrut să rămân o simplă țărancă. De-aia nici nu m-am măritat decât târziu, că toți mi s-au părut prea înceți, ce să vorbesc eu cu ei în serile lungi de iarnă? Când l-am întâlnit pe Maxim, socrul tău, a fost altfel. Numai că lui mai mult decât de deșteptăciune sau de frumusețe îi păsa de pământ. Aveam din belșug. Noi, râmbulenii, am avut mereu. Grădina asta, cât o vezi, era a noastră. Dar și în jos, pe unde e acum țintirimul. Dar și în Dosul Gârciului. Dar și dincolo, pe Cormaia. Eu m-am măritat cu el de drag, el m-a luat pentru avere. Și-am venit mai întâi aici, în casa asta pe care el, după o vreme, a început s-o ocolească. Când am auzit zvonul cu femeia cealaltă, i-am zis să se ducă, că mie nu-mi trebuie lături. Ne-am scos ochii atunci, ne-am hârâit mai rău ca lupul și câinele. Dar până la urmă și-a strâns ce-avea și s-a mutat peste apă. N-am mai vrut să-l văd deloc, un an am făcut orice să nu-mi iasă-n cale, trebuia să mi-l scot din cap. Pe-atunci nu era pastor, că nici nu-ncepuse războiul și nu erau pocăiți pe-aici. Era doar un bărbat voinic, lat în umeri și cu niște ochi albaștri ce te-nfioară. Dacă sufletul ar fi o casă, apoi al meu în fiecare cameră l-ar fi avut tot pe el. Numai că am zidit toate ușile, să nu cumva să mai pătrundă înăuntru. Auzi, să mă ia pentru zestre, nu pentru mine! Nu puteam suferi o umilință așa mare. M-au căutat iute flăcăii, că doar eram înstărită și-abia așteptau să le arunc o privire. Pe ăla pe care l-am lăsat să stea mai mult pe lângă mine, adică două săptămâni numărate, l-am ales pentru că râvneau la el multe fete. Frumos, cu mustață roșcată, dar fără carte. Lucra orice, era și isteț, serile abia aștepta să-i mai citesc din cele trei volume în maghiară. Îi traduceam totul, că el ce să priceapă? Dar nopțile îl trimiteam acasă. N-a fost timp destul să-l las înăuntru, Reghină, oricât a umblat vorba după aceea. Dar mi-a trecut prin minte asta, căci bărbatul meu deja făcuse-un copil în partea cealaltă. Numai că, să vezi și să nu crezi, așa, pe la un prânz, n-o să uit niciodată ceasul acela, Maxim mi-a intrat valvârtej pe poartă. Cum am îndrăznit să mă arăt în lume cu altul? Cum l-am lăsat să intre-n curtea noastră? Ba a mea, am răspuns. Dar el m-a luat ca un fulg, pe sus, și nu s-a mai oprit din sărutat. Cum să mai fi aruncat cu lemne după el, așa cum parcă voisem să fac? Păi nu tu, bărbate, te-ai dus primul? l-am înfruntat. Credeai c-o să te plâng aici, ca proasta? Ce dacă-i supărată mama, eu îmi văd singură de viață, auzi, nu e nimeni să mă calce-n picioare! Îi ardea sufletul, nu vedeam? El numai pe mine mă iubea, de ce nu pricepeam? Cu mine-și vedea zilele, cu mine avea de gând să trăiască. Și din ceasul acela așa a fost, cu dragoste și cu înțelegere. Dar apoi a venit războiul și l-au luat și pe el laolaltă cu alți tineri. Și-a fost greu, ani lungi de frică și de cutremur. Dar el a scăpat și, până la urmă, a intrat din nou pe poartă. Se schimbase atât de tare. Fusese rănit, îl împușcaseră într-un picior și, de la mocirla-n care zăcuse, începuse să-i coacă în rană. L-au târât așa, mai departe, și, dacă nu l-ar fi îngrijit un tânăr din Cluj, n-ar fi trecut necazul. De la soldatul ăsta a auzit despre pocăiți. Și tot de la el a primit cea dintâi Biblie. A citit-o din scoarță-n scoarță și s-a jurat înaintea lui Dumnezeu că dacă-l scapă cu viață el se face predicator. Și s-a ținut de cuvânt, Reghină. La întoarcere, primul lucru a fost să strângă câțiva frați și câteva surori într-o casă. Din râvna aceea a lui a răsărit biserica noastră. Nu el, nu Maxim îmi zice de șpuroaică, ci numai băieții ăștia doi pe care eu i-am crescut. Damian și Alexandru. Nu s-au înțeles niciodată cu ea, de-aia-mi scot mie ochii. Dar vorbesc cu păcat, nu m-ascultă.

Trei zile după mărturisirea asta, Dochia a lăsat totul și s-a dus la lucru-n livezile de pe dealul Bistriței. Nu cu două-trei fete de seama ei, cum s-ar fi cuvenit, ci cu unul din Maieru. N-a rămas mult pe-acolo, s-a întors după numai o lună. Socrul i-a dat o bătaie soră cu moartea, iar soacra n-a mai vrut s-o primească în casă. Îi lăsa de mâncare, o trimitea la lucru, dar în odăile cele îngrijite ea nu mai intra. Cât a fost cald, fata a dormit în pod. Când s-a mai răcorit, Dochia a început să verse din senin, de n-a mai știut soacră-mea ce să facă. Nici pe gânduri n-a fost vreme să stea. A luat-o peste deal și-a dus-o tocmai pe Ilve, la o vindecătoare. A făcut ce-a făcut femeia aceea, cu andrele sau cu ierburi, căci pruncul Dochiei nu s-a mai născut niciodată. L-au strâns ca pe o gâlmă crescută peste măsură și l-au aruncat poate-n râu. Sau l-au pus în pământ, sub cine știe ce prun. Sau l-au ascuns, cât mai departe, în vreo pădure.

După întâmplarea asta, soacra n-a mai putut vorbi o săptămână. Uciderea de prunci era un păcat de moarte, pastorul predica asta la fiecare adunare. Uite cine pângărise acum biserica! În rai nu intrai cu ușurință, trebuia să te albești în viață cât mai mult, cât mai spre adâncă durere. Copilul nevinovat nu-l puteai omorî fără ca asta să lase îndărăt o rană. Și-a lăsat rană, una tot mai adâncă, dar nu în Dochia, care s-a măritat după doi ani cu un maistru constructor de la blocurile ce se ridicau în stațiune. Nu în fata zăludă care s-a liniștit cu totul, ce mai ciorbe a învățat să gătească, ce frumos s-a aranjat mai târziu în apartamentul primit de la stat! Nu în femeia care n-a mai avut niciodată copii. Ci-n soacra, în femeia frumoasă până și pe patul de moarte. Înainte să-și înghită limba, când înghețase deja de câteva săptămâni în blocul neîncălzit unde se mutase la fiică-sa, când făcuse tumoarea și, fiindcă era-n ultimul stadiu, i se dădea morfină, când îl ceruse pe unul dintre copiii mei, al treilea, cel pe care-l iubea și căruia-i lăsa parte din grădină, să vină lângă ea, să-i încălzească patul de suferință, iar el, un copilaș de numai opt ani, i s-a întins alături cât să priceapă pentru totdeauna cum moartea se-arată, pâș, pâș, ei bine, în clipele acelea soacra și-a văzut deodată nepotul nenăscut crescând, mai întâi cât o vază, apoi cât desaga cu care urca ea până aici, în grădina noastră, apoi cât ochiul geamului de bloc, prin care nu vedea decât o coastă, apoi până-n tavan. Și copilul acesta străveziu, ca și cum ar fi tânjit nespus după iubire, a luat-o încet de mână, în timp ce Dochia se jelea, Doamne, moare mama! A scos-o ușurel pe ușa apartamentului, a coborât cu ea cele patru etaje, ce mai mirosea a rântaș pe casa scărilor, a tras-o pe șoseaua ce ducea la hoteluri, dar n-a purtat-o într-acolo, către domnii strânși de peste tot ca să se bucure de serbările zăpezii, ci s-a întors în partea cealaltă, către linia ferată, și nu s-a oprit decât la gară unde tocmai oprise trenul care ducea-n Armadia. Soacra s-a făcut deodată tânără, o fată strângând la piept trei cărți în maghiară, impiegatul a dat comenzile în românește, iar compartimentul s-a umplut de niște austrieci veniți tocmai din Viena. Copilul a început să scadă până când a ajuns cam de seama ei. Abia atunci au plecat amândoi, în scrâșnet de traverse schimbate, spre cea mai strălucitoare lumină. Pruncii mei mi-au făcut semne din ea, am să vă primesc pe toți, le-am zis, și-am aruncat cu bulgărele peste sicriu. Fața mi s-a scobit tare, ce promisiune grea fusese dată. Căci oricât m-am împotrivit, pe doi dintre ei tot i-am pierdut, târziu, pe-o vacă scheletică, când trupul ăsta nevrednic mi se slăbise prea tare.

7

Nici nu-l puteam ridica pe vultur, uriaș cum era și cu ghearele rășchirându-se-n sus. Vârfuri tăioase, roșii-negrii de la sânge. Numai că pasărea asta-i vulturoaică, și are pui de hrănit, ce-o să facem acum cu ea? Tata a legat-o bine, cu o sfoară de cânepă, poate să se zbată cât o vrea. Dar mai bine să nu stau pe-aproape, că e știut, prădătoarele te spintecă și numai cu ciocul.

— Deci cum ne descurcăm cu el, ham-ham de pripas? îl întreb pe Bălan. Ce pedeapsă să-i dăm noi acuma?

Cățelul, un ghem, lipăise tot laptele. Avea o burtă rotundă, ca de jucărie. L-am luat la gâdilat, cuțu mic, ce-ai pățit tu pe munte? Cum era să ajungi bucățele de îndesat în pliscul unor pui? Cine-a greșit trebuie să plătească. Așa e legea omenească. Și legea câinească e tot așa. De asta latri, nu?... Bine, am înțeles. Hai să judecăm împreună fiara de-aici. Vrei să-i smulgem câte-o pană? Nu? Cum adică nu-i drept? Și trebuie să mai zic o dată povestea? Așa să fie atunci.

Tata, până nu demult, a crescut numai mioare. Înțelegi, cuțule? Ham, ham, cum să nu, că doar ți-ai deschis și tu ochii pe munte. Trei frați cățel ai lăsat în urmă?! Hai, nu-ți fie cu jale, c-aici, lângă stânca asta, viața e bună. O să primești ce rămâne de la masă, o să-ți dau mereu oase, pe cele mai cu măduvă, îți promit. Doar să le poți sparge-ntre fălci, nu cumva să rămâi câine pitic. Nu, nu râd de tine, știu că ești vrednic, și-o să crești ciobănesc fără pereche. O să ai țarcuri în grijă, o s-alungi lupi, o să sari în ceafa urșilor. Că acum, dacă tata te-a scăpat, intri din nou în viață.

Să fiu cu grijă că se poate trezi vulturoaica? Văd. Și știu că e rea. Uite cum zvâcnește pe-o parte, noroc că nu i-a trecut amețeala. Că a lovit-o zdravăn tata, și-a luat cu el cel mai strașnic ciomag. Dar mai bine mă-ntorc la poveste. Cum ziceam, tata creștea doar oi, iar asta poate că-l mulțumea. Totuși în primăvară și-a zis să-și ia o capră. Ar da lapte mai mult, brânza ar avea gust nou, doar un pic mai iute, numai bună de pus în pături sau în mămăligă. S-or găsi destui cărora să le placă.

— Iar mie, a rostit el ca pentru sine, o să mi se-ntregească-n sfârșit turma. Ce-o să mai țopăie capra, când pe acoperiș, când pe steiurile cu vipere!

Și s-a dus tata la târg, la Armadia. Multe vite a găsit acolo și cai tineri sau bătrâiori. Însă un singur om vindea capre, unul care, să vezi și să nu crezi, era de pe la noi, de-aici, din Săcături.

— Vezi că-mi trebuie o capră grozavă, a zis tata, una să-mi umple șiștarul.

— Asta, pestrița, e cea mai bună; uite ce uger plin are. Am muls-o dimineață, dar ar da și-acum vreo trei, patru ulcele.

Tata a măsurat-o lung, albă cu câteva pete negre, cu picioare subțiri, ce mai, o frumusețe.

— Ieduț când face? a zis după un timp. Văd că are burta mare!

— Peste vreo lună, așa. Dar să știi de pe-acum, Filimoane, capra asta-i cea mai vrednică, dar are o hibă. Nu pot să nu fiu cinstit cu tine. Și încă hiba-i mare de tot. Poate că nici n-aș vinde-o, dacă nu s-ar fi petrecut de două ori întâmplarea asta. Când îi vine vremea fătatului, peste câteva săptămâni, adică, se duce la marginea așezării, unde-i piscul ăla de munte. Și se cațără până sus, din piatră-n piatră, de nu i s-ar putea ține nimeni de urmă. Abia-și fată puiul, că un vultur cade din cer și-l înșfacă. Acuma poate că tu, Filimoane, o să știi mai bine când îi vine sorocul. Și-o s-o ții în șopron, o s-o păzești bine, că mare păcat e să se petreacă pentru a treia oară nenorocirea asta.

Tata a râs, iau capra, lasă că-i vin eu de hac vulturului.

— Am eu pricepere cu zgripțorii ăștia, a continuat el. Că, de-o vreme, prea-s luate pe sus viețuitoare. Un miel dintr-o curte, iepuri din alta, un câine mai mic din vecini. Vulturoaica asta e mare năpastă, o să ne înhațe curând și copiii.

A adus capra și-a pus-o colo, în șopronul din spate! M-am jucat deseori cu ea, mai ales că, după ce-a dat iarba, a trebuit s-o port la pășune. N-o ținea nimeni în loc, e o nebună, sare peste tot, trece prin garduri, se suie pe crengile mai joase, dar și pe acoperișul casei. Dar lapte ne-a dat până acum, când cu fătatul. Nu e ca oile, s-a arătat mereu cu mult mai curioasă. Dacă-i întind un smoc de iarbă în palmă, să vezi cu câtă grijă îl ia. Dar mai bine mă-ntorc la întâmplare.

— Cum ziceam, Bălan, că așa-ți dăruiesc eu nume, într-o bună zi a venit vremea fătatului. Numai că tata, priceput cum e la toate semnele, a închis capra tocmai în șură, adică mai bine ca oricând. Putea cel mult să sară pe scară sau să se cațăre-n pod. Dar de-acolo nu scăpa, doar de se preschimba-n tăun sau în șopârlă, s-a-nveselit tata. Cum să bănuim că zvârluga o să împingă cârligul de la geamul ăl mic, din josul acoperișului, pe care nu-l deschisese nimeni vreodată? Și c-o să dea cu botul în el până o să-l scoată din lăcaș? O să izbească-apoi, cu putere, de-o să trântească de acoperiș fereastra. Și gata-i libertatea, capra tropăie tare, o auzim tocmai din casă.

E răsărit soarele când tata iese valvârtej și începe să fugă după ea. Dar oricât a întins pasul, n-a putut-o ajunge. Noroc că nici prea tare-n urmă n-a rămas, deși și-a scuipat plămânii, bietul, ca-n marșurile de pe front. Capra suia iute, iute, de n-a fost chip să se-apropie de ea. Noroc că era o potecuță, un pic mai șerpuită, care ducea tot într-acolo, spre stei. S-a luptat tata cu cărarea, tot mai năduşit, că, după ce sui o vreme, nici nu mai poți sufla. Dar nu s-a lăsat. De pe-acolo te-ai luat tu, Bălan, după el. Oi fi crezut că tata e vreun zmeu sau vreun fugar. Și-ai vrut din toate puterile să-l prinzi. Oare cum te-ai suit pe stâncă, că ai picioare atât de micuțe? Hai să mă uit dacă nu te-ai pricopsit cu vreo rană. Uite, aici văd clar o tăietură. Mai ai o julitură mai sus de-un genunchi, unde-i și blana mai smulsă. Și-n dreptul burții, pe de lături, se văd încă urmele de gheare. O să te-ngrijesc mai târziu. Acum, spune și tu, ce-i de făcut cu vulturoaica? Parcă se zbate mai tare, nu cumva să ne scape. Cuțule mic, ce te-ar mai fi păpat puișorii, de nu-i venea de hac tata.

Nici n-a pășit capra deasupra, unde locu-i drept, din iarbă și piatră, că vulturul a picat deodată din cer. Animalul n-apucase să fete, doar behăia la răstimpuri. Zgripțorul atunci spre ce cobora? De unde graba asta mare? Atâta a apucat să se-ntrebe tata, că apoi te-a văzut pe tine, o vietate deja cuprinsă-ntre gheare. A aruncat straşnic ciomagul, de-a nimerit vulturoaica, iar ea, năucă, nici vorbă să mai zboare, s-a prăvălit ca sacul la picioarele tatei. A mai izbit-o o dată, ca să ştie că rău ea n-o să mai facă. A legat-o apoi strâns cu sfoara pe care-o avea în chimir. De la spaimă, iedul ieşise-n lume şi dădea să se proptească-n picioare. Tata l-a pus întâi la ugerul caprei şi-abia după ce-a ţocăit de mai multe ori l-a învelit în poalele cămăşii. Cu mâna cealaltă a apucat vulturoaica. Şi-aşa, cu iedul în braţe şi fiara târâtă pe cărare, cu un căţel gudurându-se după el, a ajuns tata între case. Toţi oamenii ce i-au ieşit în cale s-au minunat.

— Cum ai doborât aşa făptură, măi Filimoane?

— Şi ce-o să faci cu ea?

— O împăiezi şi-o plimbi apoi prin sat? De ţircus, nu alta.

Tata i-a răspuns fiecăruia-n parte, o fac gulaş, o pun de sperietoare-n mălai, o vând, ca Nică ăla din carte, pe post de cuc armenesc. La sfârşit, mi-a trântit-o mie la picioare, de mi-a venit să fug de frică.

— Ia-o, Reghină, e a ta! Alege-i după cum vrei soarta. Doar să nu te taie cu pliscul. Să nu te rupă cu gheara. Dacă vezi că se trezeşte, cheamă-mă iute.

Curaj mi-ai dat tu, când ai sărit să muşti din pradă. Cum adică mă-nşel? De ce să păzeşti aşa o fiară? Mai bine stai drept şi pune laolaltă faptele. Noi amândoi, Bălan, suntem de-acum judecători. Tu eşti vătămatul, aşa că poţi alege ce să facem cu ea.

O ducem la râu să se-nece?

O zdrobim şi-o îngropăm în grădină?

O dăm câinilor lui ba Mihai, cei mai fioroși de pe-aici?

Îi turnăm pe cap păcură topită? Dacă rău a făcut, atunci rău să culeagă.

Ce nu-ți place, Bălan? Nu mi te mai așeza așa, în față. Da, văd și eu că e vulturoaică. Și are pui, desigur, că altfel de ce-ar mai vâna? Vrei să spui că o să moară puii de foame... Și că orice făptură ai fi, cârtiță sau păun, sau om ajuns la capătul puterilor, paralizat și mort de spaimă, trebuie să te zbați să trăiești. Că nici când nu-ți mai simți brațele, sau picioarele, nici când palma ți-e întoarsă ca un ciot înăuntru, când cuvintele nu mai ajung în afară și razele se ivesc numai în cap, tot trebuie ținut cu dinții de viață. Cum de nu pricep? De ce noi, oamenii, trăim ca și cum n-am avea viitor? Nu-l vedem, nu-l învârtim în cap ca pe-un ghem, nici nu ne pasă. Părem grindină picată în râu, facem niște amărâte de cercuri până când valul dispare. Vina se zbate încă un timp, cât nu crapă borcanul în care-ai ținut-o o viață.

— Bine, Bălan, dar cum să facem atunci? zic cu uimire.

Cățelul nu știe decât să dea din coadă.

— Să fie limpede că nu vreau să-l supăr pe tata!

Acum, că totul e ca un tiv întors bine la capăt, mă duc la tăietor. Iau securea și mă apropii de pasăre. Încă-i amețită, dar o astfel de vulturoaică nu poate fi pe moarte. Izbesc o dată și încă o dată. Gata, sforile-s tăiate. Ghearele-s tot țepene, zburătoarea nu vrea să miște. Cățelul latră.

— Știu, Bălan, ce-am de făcut, nu mai trebuie să-mi zici.

Dau fuga la pârâu și umplu o găletușă de apă. O aduc apoi îndărăt, mă clatin, am nouă ani, dar, de la greutate, tot mi se lungesc mâinile.

— Hai, vulturoaică, desfă-ți aripile. Atâta zic înainte să-i torn o ploaie de gheață pe cap. Și ea sare, rupe din iarbă, zgrepțăne pământul. Ghearele aruncă spre noi țărâna. Bine c-am apucat să ne tragem în lături. Mă cuprinde spaima, ce grozăvie am făcut, uite, o să ne înhațe bestia pe-amândoi! Și fug către șură, tată, tată, ne omoară!

Dar până iese el valvârtej, ce-ai făcut, copilă?, pasărea izbește gardul și stiva de lemne ca să se înalțe apoi, răcâind dranița, izbind cu coada crucea veche de tablă, micșorându-se-n sus, un guler alb, scrobit, ba nu, numai un fel de nor.

— Nu ne pedepsi, te rog, tată. Nu vrem să moară. Lasă vulturoaica să plece, că am judecat-o cu Bălan, cățelul cel mai de ispravă. Împreună i-am dat drumul. Pentru pui.

Din ceasul acela, zburătoarea n-a mai coborât niciodată spre sat. N-au mai dispărut iezii, cocoșii sau curcile, nu s-au mai dus spre cer purceii. Se-arăta rar, mai mult pe la-nceput de mai, fără să facă altceva decât niște rotocoale pe deasupra casei. Am știut mereu că se-ntorcea în fiecare primăvară să-mi mulțumească. În ziua aceea, când încă trăiam în plină lumină, eu i-am dat drumul, iar o făptură ca ea nu uită. Uneori o ghicesc prin deschizătura, ca de fereastră, a lumii. Mă aflu încă în ea, atât de aproape, aud încă viața. Și mi-e o teamă grozavă de toți puii flămânzi care cască ciocuri și vor numai hrană. Aștept vulturoaica, mi-e frică, îi știu bine cuțitele.

Dar poate acolo, în poienița de dincolo de sticlă, îndestularea e mare. Și-o să mă găsesc din nou într-un miez nesfârșit de vară. Cu flori de sânziene și focuri înalte, peste care sari. Ce-ți dorești tu, oare, Reghină?

— Să mă sui din nou în car, lângă Valer, și să plec cu el spre soarele care nu apune vreodată.

8

De ce am găsit genunchi care să mă primească, zis-a Iov.

Sunt grasă de nu se mai poate, o sută douăzeci de kilograme. Din vargă de lângă pârâu m-am făcut bolovan ce nu mai poate sufla. Asta mi-a fost mie viața și-acum poate că e pe sfârșite.

— Ține borcanul meu cu miere, a zis tata. Iei din el câte trei linguri pe zi. Dacă nu poți sufla, dragă Reghină, ți-au slăbit plămânii. Pentru astm, ăsta-i cel mai bun leac, mi-a zis doctorul cel tânăr. Mierea e sănătate curată.

De ce nu? Acum, dacă am îmbătrânit cu Damian și ne-au plecat copiii, trebuie să fim și mai în putere. Cine lucrează atâtea pământuri? Cine sapă primăvara până când spatele-i o dungă de plug? Cine suie fânu-n pod, cine taie iarba? Cine râcâie să dea de urma coropișniței ca s-o omoare? Damian e o alcătuire de muncă, așa a fost dintotdeauna. Ce s-a mai zbătut omul ăsta, cât s-a luptat să răzbească. Oare ce mai știe el din vara aceea cât trei ani? Oare-și mai aduce vreodată aminte de ea?

Vorbim seara, de una, de alta, de copii, îi luăm pe rând, le merge bine acolo, dacă trimit bani înseamnă că se descurcă. Unii pe alții se sprijină, o ființă de-o mie de kilograme fac ei împreună. Și au fețe frumoase, rostuite parcă de-același zugrav. Șase blonzi, șase bruneți. Șase băieți, șase fete.

Primul suit într-un autocar de străbătut lumea a fost băiatul curentat, cel mereu vesel din fire. În ziua-n care-a împlinit optsprezece ani și-a luat biletul, ce să facă-n Văralia, unde totul e-acoperit de distrugere? Și nici măcar n-a fost vreun război ca să crape tencuiala, să se surpe vilele, iar hotelurile, pustii, să se scufunde-n rugină. După revoluție, locul a ajuns tot mai înghețat, tot mai fără viitor. Încă din ziua cu steagul găurit, primărița cu păr roșu a fugit din oraș. Minele s-au închis, fabrica nu mai huruia, basculantele s-au împrăștiat în cimitire de mașini, pe locul carierei e acum groapă de gunoi. Frumusețe nu mai există când burta ți-e roasă de foame. Pleci cât mai departe, peste granițe, până unde găsești un rost. Stai cu alți șapte într-un apartament, plătești pentru patul pliant, cauți de lucru într-o limbă pe care n-ai învățat-o vreodată. Nu-mi spune nici unul nimic despre asta, cum se face totuși că știu?

— E bine, mamă, zic ei la telefon, avem tot ce ne trebuie, acum locuim împreună, nu mai stăm cu străini. Vara-s patruzeci și cinci de grade, te topești, nu alta. Ne vedem de treabă, nu vrem decât să facem niște economii și să venim înapoi.

— Unde-mi dai mie loc de casă, tată?

— Dar mie?

— Eu îl vreau pe-acela pe care mi l-a lăsat buna, pe patul de moarte.

— Și eu mi-aș dori un petec lângă nucul pentru care-ați fost cu Lavrenti, poștașul, în tribunal. Ce mai căsuță mi-aș ridica acolo!

— Iar eu, chiar dacă o să rămân mereu în București, mă gândesc la bucata din susul grădinii, cea de sub acăți. Aș ști că-i a mea. Verile, când aș veni pentru o săptămână, m-aș întinde în iarbă și-aș privi stelele. Puzderie, ochi lângă ochi, suflete îngrămădite în suflete și timpul ca o tăietură. De ce nu se găsește om pe lume care să se vindece de timp? Să iasă din el, ca printr-o ușă, afară?

Douăsprezece locuri de casă am crescut în această grădină. Noi doi le-am sădit, Damiane, dar asta nu înseamnă că vor răsări vreodată. Depărtarea înghite, așa a fost întotdeauna.

— Neam de neamul meu n-a ajuns sărăntoc, zice Damian.

Nu vinde nimic, niciodată, strânge leuț după leuț ca să mai cumpere încă o moină.

— Bătrân te faci numai când lași bătrânețea să vină.

Damian se luptă, fuge, e zvelt ca un flăcău, nimeni n-ar zice că-i trecut de-acum de șaizeci. Și tata are optzeci și cinci, mai e puțin din vasul lui, nici cât un deget. Mama, biata, s-a dus într-o toamnă, cine-o să-mi grijească mie puii, a zis înainte să-și dea duhul. Se-ntâmpla-n spitalul unde merg eu acum, în dimineața asta de vară. Roua a sărit deja în susul frunzelor, drumurile sunt prinse sub o glajă de abur. De ce să fi fost eu, amărâta de nici șaisprezece ani ce pleca de nevastă, nădejdea ei? I-a rămas soră-mea, Maria, argint-viu și glas răgușit, ce bine s-a descurcat ea cu toate. Nu mai am nici un drept acolo, sunt ca o buruiană, nimic din moștenirea aia nu-i a mea. Dar nu-mi trebuie, setea lor e mai mare, să și-o potolească.

— Ce-ați pățit, doamnă?! zice doctorul.

Se albește la față. Ce tensiune-i asta, cum de încă sunt vie? Să vină iute salvarea, că-i fac infarct acuma, pe patul ăla. Să mă ducă iute de-aici, din spitalul lui unde crapă toți.

— Patru ceasuri am stat la ușa dumneavoastră, domnule doctor. Nici nu v-ați uitat la mine.

— Că vă părem niște animale, strigă fata care mă însoțește. Așa ne vedeți. Mai bine-ar fi să murim cu toții, nu?

Am ajuns printre primii, la șapte, poate trebuia să-mi facă analize. M-am așezat pe scaunul cu mușamaua roasă și buretele smuls. În spitalul acesta, din Armadia, mi-am adus o parte din copii pe lume, în vremurile în care ierburile creșteau câțiva metri într-o noapte. Aici i-am căutat de-s sănătoși la plămâni, aici m-am întors să le fac ochelari, aici i-am văzut pe doi, într-o sâmbătă, că au venit la mine la maternitate. Și mi-au adus plăcinte cumpărate din gară, că atât se găsea pe timpul acela. Și s-au uitat la mine ca la cineva pe trei sferturi pierdut. De ce nu mă duceam odată acasă, de ce stăteam atâta la distrofici, cu nou-născutul?

Fata care numai ascultă e-n dimineața asta cu mine, de la cinci sute de kilometri depărtare a venit cu mașina să mă aducă și pe mine la spital. Nu mai pot sufla noaptea, n-am somn, horcăi câteodată.

Asistentele au ajuns primele și, ca trase de-o singură ață, duse au fost. După uși închise, după nu deranjați.

Nu tu bună ziua, nu tu vreo privire. Niște grași suferinzi de peste o sută de kilograme, mame eroine, mineri sau țărani, ce să merite? Au venit și doctorii, trași de-aceeași frânghie, prea mulți bolnavi, ce să ne facă?

— Dar se simte rău, luați-o! s-a rugat de câteva ori fata.

— Vreți să moară aici? a intrat la camera de gardă după un ceas.

Dar au scos-o afară. Mare nesimțire, chiar așa dăm buzna?! Să iasă repede, că i-am năpădit. Toți bolnavii ăștia-s în grija lor. De ce-aș fi mai cu moț eu, ca să nu-mi aștept rândul?

Ba-l aștept, domnule doctor, dac-ați ști ce sirenă se-aude sub frunte! De patru ceasuri aștept, c-așa-i la spital, stai cuminte până te-așază-n partea cu morții. Nici nu te-ai răcit bine că te duce la morgă. N-a mai fost nimic de făcut, zic, dacă a venit cu întârziere prea mare. *Decesul n-a putut fi evitat*, scriu în rapoarte. Nu, domnule doctor, eu am fost mereu prima. Poate de-aceea și-acum mi-a crescut într-atâta tensiunea! Am doisprezece copii, adică un singur trup de peste o mie de kilograme. Nu v-aud, vâslesc prin cea mai groasă ceață, ca de-atâtea ori în ultima vreme. Nu e tocmai rău, căci pot sări când vreau în picioare, un balon care-a început să se-nalțe spre neonul care nu se oprește din pâlpâit.

Mai bine mă gândesc la hăinuțele pruncilor mei, ce bine le-am știut pe fiecare. Le-am cusut cămăși la mașină. Am tricotat svetere cu pâraie verzui. Am făcut pantaloni din material sintetic și fuste până-n podea. Zeci de ciorapi de lână au ieșit din andrelele mele. Și fulare groase și mănuși scufundate-n gallus. Îmi știu copiii după fiecare hăinuță, căci ochii mei le-au pus, în seri nesfârșite, pe ei. Am împletit cordeluțe și ciucuri pentru nenumărate căciuli. Am scurtat pantaloni de tergal primiți ca ajutoare. Am strâmtat uniforme băiețești, am desfăcut tivul la sarafane. Am întors gulere când s-au ros. Am cârpit ce s-a putut ca fiecare să iasă fără rușine în drum. Și-am croit rochii cu flori în zilele sfinte de dinainte de Paște. Băiatului cu bucle tăciune, întâiul meu născut, i-am făcut cele mai mândre pulovere.

— Nu-s pe moarte acum, le șoptesc tuturor.

Iar ei, din lumea largă, îmi aud limpede glasul.

— Mai bine strângeți-vă în jurul mesei, dragii mamei, c-am adus porțiile. Vă fac imediat pâine cu zahăr. Avem țucăr destul, am adus șapte kilograme, câte-o jumătate de pachet de fiecare.

Ce se bucură toți, de la sărbători n-au mai pus ceva dulce în gură. Au dispărut eugeniile de la Aprozar, s-au golit rafturile. Bomboane de lapte mai cumpăr câteodată, tot mai cu greu, că și Autoservirea e goală. Înghețata vine de două ori pe an, și-atunci n-o apucă ei. E drept că nici n-au bani de aruncat. Rar își mai pot cumpăra câte-un corn, iar dacă-i cu marmeladă e mai bun ca orice. Uite cum le lasă gura apă la toți. S-au strâns lângă mine, pe coridorul spitalului nu mai e nici un scaun de mușama neocupat. Doisprezece copii, cam de zece ani toți, stau de-a dreapta și de-a stânga mea.

— Dar luați-o odată, o aud ca prin vis pe fata mea.

N-am timp să ascult, tocmai torn zahărul în cele trei farfurii în jurul cărora ne strângem cu toții. Adaug apă rece, nu multă, ca să topească, ci numai cât să închege. Iar țucărul se leagă și se schimbă-n cea mai râvnită pastă. Căci e dulce și se poate întinde pe feliile pe care încep să le-mpart.

— Luați cu pâine, dragii mei. Mâncați, copii!

Și ei înting în zahăr, ce se mai bucură. Dulcele acela e bucurie mare.

— Îți mai aduci aminte, mamă? șoptește fata care numai ascultă.

Dar n-am timp de ea, acum, că au lins și blidele, copiii s-au dus toți atât de departe. Sunt singură din nou, pe scaunul sfâșiat, iar doctorul nu mă mai primește odată! Un singur trup am fost mereu, de șaptezeci de kilograme la-nceput și-apoi, tot mai mare, mai îndârjit, mai în putere, mai gata de umplut depărtarea. Acum, la o mie de kilograme, e de-ajuns să dea unul telefon, că toți ridică receptorul. Ce bucurie mai mare?

— Nu vă-ngrijorați, le șoptesc cu toată puterea, nu-s încă pe moarte.

Fata se ceartă cu asistentele, ce batjocură, păi nu, nu ne trebuie nici o salvare, că mă duce chiar ea la județean. Numai să-mi dea odată ceva, să mă stabilizeze, că m-am făcut o legumă, nu vă e clar? Numai spital nu-i ăsta. Cârpe de șters bocancii faceți din noi. Două gărzi una după alta? Ăsta-i motivul? Nu, nu-i ăsta, ci omenia care s-a stins.

— Domnule doctor, o țin de cinci ceasuri aici, nici nu v-ați uitat la ea!

Așa că mă duce cu brancardierul. Împing amândoi căruciorul de invalid, gata, de-aici mă suie ea în mașină. Până la județean, încă treizeci de kilometri, n-are de gând să se oprească. Mi-e rău de la curbe, ce deal nesfârșit, ce locuri peste care trebuie să te dai de-a berbeleacul! Dar măcar nu-mi mai bubuie capul. Iar ce se vede de pe vaca asta cu uger gălbui se face deodată mai clar. Pe primul meu născut l-am numit după un tânăr dintr-o carte. Dar ce face băiatul ăsta acum? Nu, nu pot să spun, vai cum mi se strânge inima.

— Fiți liniștiți, copii, nu mă duc eu cu una, cu două. Am ajuns la Urgențe, sunt pe mâini mai bune.

Copiii mei tremură în Madrid, în Barcelona, în Londra, în București și în Arad. Ba și-n Våralia unde stă și veghează fata născută pe moarte.

— Numai că la externare o să am diabet. Iar la greutatea asta și la problemele mele nu-l pot duce fără insulină.

— Regim alimentar strict, doamnă! aud. Fără sare, că inima vă e slabă rău. Fără zahăr, că intrați în comă.

Fără multe-ale vieții adică, așa cum mi s-a-nșirat ea, ca un snop de mușețel pus pe sfoară, vara, la uscat. Iarna-l iei din pod, de ești norocos, și-l fierbi pentru vindecare. Nu cum fac eu acum, când nici nu mă mai pot mișca. Oare când o să scobească vulturoaica în burta asta uriașă de vacă în care, uneori, nu știu ce să mai fac?

Cât despre voi, dragii mei, nu vă temeți, nu mor în ziua aceea de vară, mai am atâtea de dus. Încep să slăbesc, am optzeci în curând și-apoi șaptezeci. Damian nu suferă să mă vadă mâncând la regim. Îmi mai cumpără biscuiți, mi-i pune-n mână, că doar n-ai ce să pățești din asta. Și-mi aduce fructe Damian, ca niciodată, pe unele le culege cu mâna lui.

Suntem singuri amândoi, spre bătrânețe, într-o grădină uriașă. Damian merge din nou la biserică, îmi povestește cum iertarea nu se-arată ușor, trebuie să te căiești pentru tot, din adâncul sufletului.

Oare-și mai amintește ceva din vara care-a ținut trei ani?

9

— Să vă zic cum a fost? De ce nu, dacă tot avem un răgaz. S-a-ntâmplat din greșeală. Ce-i mirarea asta?

Mărina și Amalia au întors fânul, puzderie de flori tăiate, ce mireasmă fierbe acum peste grădină! Stăm sub mărul de vară pe o pătură, trei neveste tinere, așteptăm să se usuce iarba.

— Cât să simți cum se fărâmă firele atunci când pășești pe ele! am zis dimineață.

La ceasurile amiezii o să mai întoarcem o dată fostele brazde și, dacă nu vine ploaie, mai pe seară, când soarele se face moale, strângem căpiți. Mâine, dacă-i vreme bună, îl chemăm pe bărbatul Mărinei să ne-ajute la claie. Îți trebuie putere să bați în pământ parul și-apoi să adaugi pale de jur împrejur, până când începutul de claie ajunge cam cât un om. Și-atunci una dintre noi o să suie deasupra, o să ia fânul cu brațul, ca să așeze-n rotund totul, călcându-l apăsat cu picioarele. Și încet-încet o să crească-n sus, de unde nu mai poți coborî niciodată.

Când vârful clăii e gata și firele nu te mai zgârie, apuci să te uiți, în sfârșit, peste lume. Te-ai făcut de-acum un delușor mic, din care-o să rupă toți, până când o să te străvezi numai o umbră. Nu mai poți de tristețe, totul s-a dus, nu mai e scară care să te coboare. Plutești ca o minge, la întâmplare, ca să izbești după o vreme pereții. Și-s vânătăi peste tot, mâini rupte, strigăte, amenințări și lălăieli de om beat. Dar asta nu acum, în timpul bun, de vară scăldată-n lumină. Nu când bucuria lucește și Damian o să-mi fie drag, iar viața toată ne va fi din înțelegere.

Cele două neveste, niște fete un pic mai mari ca mine, mă măsoară curioase. Unde l-am întâlnit eu pe Damian? Că pe-aici, în Văralia, a umblat cu o mulțime de fete. Câte l-or plânge acum când văd, cu jale, că m-a adus dintr-un sat tocmai pe mine.

Ieri a venit bărbatul Mărinei și-a pus la pământ iarba din față. Ce mai sunau brazdele sub tăișul coasei. Numai cununi de margarete, din alea nefăcute vreodată. Azi, când nici nu s-a ridicat roua, am ieșit să strâng secărea. Am legat-o-n snopuri și-am atârnat-o de frânghia de deasupra târnațului. Acolo se va usca bine, peste câtva timp o s-o scutur și-o să închid semințele într-un borcan. Sunt bune de ceai pentru dureri de burtă. Dar și pentru aducere aminte. Bărbații le folosesc la fiert băutura, se arde zahăr, se pune palinca, se-adaugă chimen.

Damian nu bea, e fiu de pastor, l-ar da afară. În armată, mi-a zis el, n-a fost tocmai ușă de biserică. Dar dacă nimeni n-a văzut, atunci nimeni n-a știut.

— Cum de-ați ajuns să vă luați? mă întreabă Amalia.

Mărina dă din cap, da, vrea și ea să știe. Dacă vin pe rând să doarmă noaptea cu mine, îmi sunt cumva apropiate.

Mărina-i o nevastă voinică, de numai șaptesprezece ani. Stă nu prea departe, pe ulița care ține cimitirul în coaste. De-un an și jumătate-i venită acolo, e-aproape de drum, de linia ferată, de oameni. Nu ca mine, aici, deasupra tuturor. Dacă n-ar fi înmormântările, cu alaiuri și bocete, n-ar avea de ce să se plângă. Nu se mai gândește la cum dincolo de cotețele ei cu păsări puhoaiele de morți nu fac nici o zarvă. Bărbatu-i lucrează-n carieră, cât e ziua de lungă, cară, bietul, piatră. Pe când soțul Amaliei a nimerit-o mai bine, e șofer pe basculantă. Conduce mașina până într-un depozit, tocmai la Bistrița. O parte a pietrei pleacă spre prelucrare mai departe, în orașe de care nici n-ai auzit. Poate doar mama, cu atlasul ei pe care-l ține sub Biblie, să știe de ele. Restul bolovanilor se sfarmă mărunt și se duce spre blocuri, spre holuri de spital sau, ca în Văralia, spre hoteluri de zece etaje. Mii de domni o să-și zornăie în stațiune sticluțele pline de borcut vindecător.

— Cum din greșeală? întreabă Amalia. Ea locuiește un pic mai aproape, pe ulița Savetei.

— Totul a-nceput în iarnă, la o șezătoare în Șanț. M-am dus cu o vecină. Un om ne-a trecut dealul, cu sania, de mi-au înghețat picioarele sub fusta mea lungă, cu flori. Aveam să dormim peste noapte la o mătușă. Dar până atunci ne-am dus în locul de adunare, la o casă plăcută, cu obloanele crem.

Nici nu se lăsase bine seara când am ajuns noi și-am fost primite cu bucurie. Se strânseseră laolaltă ca la vreo douăzeci de tineri. Ne-am așezat pe primul scaun și ne-am scos lucrul ce-l aveam: eu, o față de masă, vecina mea, un sveter la care tricota. Pe Damian abia dacă l-am văzut, căci mă pusesem cumva cu spatele, iar el era-n cealaltă odaie. Îi auzeam glasul, nimic mai mult. Și, ca un făcut, în seara aceea n-a fost ceteraș, că se-mbolnăvise flăcăul cu vioara. Nimeni nu și-a adus fluierul ca să ne bucurăm de vreo doină sau de vreo horă.

Am intrat în vorbă cu fete pe care nu le-am mai văzut niciodată. De-unde știu modelul ăla de rujă, cine mi-a cusut cojocul sau ce mai face cutare, un tânăr de la noi care o vreme umblase cu o fată din Șanț. Păi ce știe mai bine, am zâmbit în sinea mea, nu-i crai mai mare ca el, zboară din floare-n floare. C-așa-s unii, nu-i mulțumește nimic. Ce schimbați privirile astea? Dacă-i nărăvit cineva la rele, apoi zână să fii, că nu mai poți vindeca tu asta.

Mărina și Amalia au râs, da, aveam mare dreptate. Și-n Văralia se găseau crai cu nemiluita. Dar mai bine să le zic mai departe.

— Șezătoarea s-a terminat după miezul nopții și noi ne-am tras fiecare pe la case. N-am schimbat cu Damian nici o vorbă, dar nici una. La ieșire, s-a oprit în prag și m-a așteptat pe mine. Nu m-a lăsat să trec decât pe sub brațul lui, de n-am știut cum să mă fac cât mai mică, să nu cumva să-i ating cămașa. Ochii grozav de albaștri, pe-aceia i-am ținut minte. Și pălăria, că era altfel, mai domnească, dintr-un fetru verzui care-i acoperea părul ondulat. Dar n-a mai fost nimic după asta, adică nu m-am mai gândit deloc la el, nici în noaptea aceea, nici dimineață, când ne-am dus înapoi și talpa saniei scrâșnea peste un omăt înghețat, de mă dureau ochii de la atâta sclipire.

Totul s-ar fi putut sfârși aici. Numai că Damian, și asta mi-a povestit-o el, mai târziu, și-a adus aminte de-un fost tovarăș de armată din Măgura. N-a așteptat decât patru zile până să treacă dealul pe jos, deși, la vremea aceea, l-ar fi putut înconjura lupii. Dar nu se temea el de asta, voia să mă găsească cât mai curând, îi ardea pieptul să mă știe aproape. Așa că-ntr-o seară, când întunericul apucase să dospească bine, a pășit pentru prima oară-n sat.

— Unde stă Mihai a lui Buga? a întrebat de câteva ori.

— Mergi înainte, așa, treci pe lângă gară și pe lângă carieră, du-te încă o vreme și nu te opri până la biserica din sat. Acolo mai întreabă, că tânărul ăsta e pe partea cealaltă a așezării.

A tot repetat în gând ce să-i zică prietenului, uite, caut și eu o fată, e așa, nu prea înaltă, cu piele albă și-un păr lung, întunecat, de-i ajunge la brâu. Dacă râde, se luminează odaia. Și Mihai a zâmbit când l-a auzit, cum să nu știe el despre cine-i vorba, că doar cu vreun an mai înainte și lui i se aprinseseră călcâiele după fata asta.

— Da' nu s-au potrivit zarurile deloc... Nici ca atunci când lași banul să cadă, cap sau pajură, și ți se schimbă deodată viața. Păcat! Hai să te duc spre Arșiță, nu-i departe de-aici, nici nu apucăm să trecem de șesul cu grădinile astea.

Pe drumul lucios, de pârtie, abia puteai să te ții în picioare. Noroc că Damian își cumpărase mai înainte niște bocanci cu creste groase care te proptesc bine pe orice ghețuș. Au ajuns repede, unul a rămas la drum, altul a ciocănit la ușă.

— Am venit la o fată frumoasă, a îndrăznit Mihai, când s-a mișcat clanța. Și-a continuat:

— O caută un tânăr din Văralia.

— Da? a răspuns omul. Și-a ajuns tocmai acum, pe seară? Poftiți mai bine în casă, chiar dacă fata nu cred să-l aștepte. Măcar să ne vedem la față.

Și-au pătruns amândoi în antreu și-apoi în camera de fiecare zi. Din cosițele fetei, prinse în cozi, picura așa, ca o negreală. Fusul se mișca iute, caierul își lăsa smuls și învârtit între degete firul de lână.

— Poftiți aici, pe laviță, așezați-vă, că nu vă încurcăm noi! a zis gospodarul. Mai avem de muls o vacă și-apoi, dacă mai rămâneți, fierbem și-un pic de țuică. Așa mai stăm și noi la povești, de aflăm ce s-a mai petrecut prin lume. Că zilele trecute, ne-a zis un vecin, s-ar fi găsit pe ninsoarea neatinsă, căzută de cu noapte, niște urme de tălpi goale. Subțiri, femeiești, adică urme de zână. Ce-or mai tremura făpturile astea când gerul e mai mare, așa, ca acum!

Damian a dat să surâdă, zânele-s în casele oamenilor, după cum vedea el, aici trăiau cel puțin două, că o văzuse și pe fata mai mică împletind ceva lângă sobă. Și nici una, ca să vezi întâmplare, nu era aceea după care trecuse el dealurile.

Gospodarii l-au mai ținut încă vreun ceas, fata s-a-nroșit de câteva ori mai tare și-a povestit cum era să se prăvale ea odată cu sania trasă de cai. Mai demult, când era o copilă. Damian vedea bine că Aurica nici acum nu părea cu mult mai mare, mai mult de șaisprezece ani nu avea. Dacă ajunsese până acolo, oare n-ar fi mai bine să rămână? De ce să mai iasă-n frig ca să caute amăgiri pe cine știe ce coclauri? Căci din vorbă-n vorbă aflase că fata după care umbla el s-ar putea să fie tocmai în partea cealaltă de sat, pe lângă cariera mică, pe drumul care ducea spre Săcături.

Aurica și-a dat părul de pe frunte, ce privire deschisă avea. Tânărul ăsta i se părea mai arătos decât toți din sat, ce păcat că se gândea să plece. Chiar ea i-a întins un pahar de țuică. Mirosea în toată casa de la zahărul ars și de la chimionul cu care fusese fiartă.

— Mulțam fain, nu beau, a dat din cap Damian.

Dar n-a mai zis nimic de pocăință sau de cum e el fiul pastorului din Văralia. Trebuia să plece de-acum, le stătuse destul pe cap. S-a ridicat cu greu, ce căldură aromată venea din cealaltă cameră, unde se găzduiau de obicei oaspeții. Mihai, cu inima deopotrivă strânsă, că ar fi vrut să mai rămână, dar și bucuroasă, căci Damian ăsta i-ar fi putut lua fata, a ieșit deodată cu el.

Ceasul cu cuc tocmai a cântat de șapte când a bătut Damian la ușă. Tata l-a chemat înăuntru. Dacă n-ar fi făcut-o, lucrurile-ar fi stat altfel azi. Dar așa, n-au trecut nici șapte luni că, uite, m-am luat cu el. În iulie, la-nceput, împlinesc șaisprezece ani. El e mai mare cu opt, face anul ăsta douăzeci și patru.

Mărina a spart între dinți puțină secărea i-am simțit deodată răcoarea, de parcă mi-ar fi umplut și mie gura. Alunecam de-acum spre prânz și, înainte să pregătesc o tocană, ca să mâncăm toate, am mai întors fânul o dată.

În seara aceea aș fi vrut să dorm singură, dar Damian nu mă mai lăsa. Venise pe neașteptate până acasă. Doi prieteni mai buni avea și el, așa că ar face bine să-l ajute.

Că două luni și jumătate de școală vor trece ca vântul și-apoi va fi grozav de bine. Își va găsi post poate chiar în Văralia. Nu era deloc ușor la școala aia, aveau program continuu, își învățau meseria. Că atunci când răspunzi de trenuri ai în grijă vieți.

— Uite, am ceva să-ți arăt, am zis eu. Ai plecat de numai două săptămâni și eu găsesc astea la poartă. S-a întâmplat de trei ori în ultimele zile.

S-a înroșit brusc, foc și pară era.

— Să-l prind eu pe-ăla care nu-și vede de treabă, că-i rup picioarele! Chiar așa am ajuns, să batjocorești rostul altora?

Și-a mai pufnit și altele, de câteva ori. Să arunc gunoaiele alea în flacără, chiar în clipa aceea. Numai că-n vatră era doar cenușă, încă nu făcuserăm focul de seară. Am luat trandafirii, nouă, în mai multe culori, șase uscați de tot și trei aproape vii, și i-am dus în casă. Pe opt i-am înghesuit în sobă, în cenușă, și i-am stropit cu petrol. Am aprins chibritul, a țâșnit arsura. Pe ultimul l-am ascuns în spatele sertarului cu sare. L-am scos de-acolo abia după ce l-am dus din nou pe Damian la gară.

M-am despărțit mai greu de el. Uite, nici nu ne luaserăm bine, că se făcuse în dreptul porții noastre un pic de mocirlă.

— Să fii cuminte, Reghină, mie nu mi-e ușor deloc acolo. Și sufletul mi-e numai la tine.

Seara am strecurat trandafirul în lada cu zestre, în partea cea mai de jos. E acolo un sertăraș în care mi-am închis și mărgelele. Și sclipiciul pe care-l coși pe pânzături. Câteva bilduri. Și-un scaiete cât unghia pe care-l țin din ziua-n care-a murit sora mea. Și-o pietricică pe care-o am de la Valer. O găsise-n carieră, avea stropi de aur în ea, mă ruga s-o țin încă vreme, până s-o întoarce din armată. De pe polița odăii-n care o să ne trăim laolaltă viața avea să împrăștie strălucire.

Nici n-am terminat bine, că am auzit poarta deschizându-se. Nu era nimic de spaimă, știam că va veni Mărina. Noapte de noapte, una din nevestele astea tinere urcă până sus, ca să doarmă cu mine. Așa n-ar mai trebui să-mi fie frică de nimeni, iar pe uliță n-avea să mai suie nimeni în miez de noapte, când luna s-a dus pe partea cealaltă a lumii și greierilor le-a amorțit cântatul.

10

Acolo nu te mai necăjesc cei răi,
acolo se odihnesc cei sleiți de puteri, zis-a Iov.

— Nu mai pot, mamă, de-asta am venit! Mi-a ajuns! Nu-i mai intru în voie, orice-aș face e rău, îmi scoate ochii dintr-o nimica toată!

De unde să știu că acesta-i numai un biet început, iar pentru atâta lucru n-ai de ce să-ți dorești despărțirea? Te pomenești că, după tot ce s-a spus, eu îl aștept pe Damian? Nu, nu-l mai pot vedea în fața ochilor.

— Proastă ce ești! a îndrăznit să-mi strige. Cum adică, proastă? Ce vorbă rea i-am spus eu vreodată?

Mama tace un timp, după care rostește:

— Nu pune totul la suflet, Reghina! E drept, la noi n-ai auzit vorbe aspre, dar la alții da. Nu te otrăvi cu ele!

Dar n-o ascult, nu mă mai duc înapoi, nici moartă nu mă întorc la el, să fie clar. Mi-a zis mulă, ești proastă ca o mulă, așa a avut neobrăzarea să-mi spună.

Mi se zbat vorbele astea sub frunte, ca atunci când te doare brusc măseaua și simți că te ia cu leșin. Un cuțit, două cuțite, vacă și mulă deopotrivă. Pentru că n-am fiert bine rântașul! Iar mâncarea, dacă nu-i prăjită ceapa, ce zic eu, prăjită, dacă nu-i arsă ceapa, n-are nici un gust! De ce nu-mi intră odată în cap? Că s-a săturat, nu mai poate, îi vine să-și ia câmpii.

— Și mie-mi vine să mă duc de tot, cât mai departe, Damiane! dau să zic. Dar buzele nu vor să se miște, numai sarea se strânge între pleoape.

E toamna de după vara ce-a ținut trei ani, pe la mijloc poate, sau, mai târziu, pe sfârșite. Am lucrat cot la cot cu el, ba la căpăluit, când încă eram cu burta uriașă, ba la fân, până aproape de soroc, și-acum îmi aruncă răutățile astea?

— Un băiat ni s-a născut, Damiane. E băiat!

Ce s-a mai bucurat, păi nici nu se putea altfel. Voinic de tot, de unde-o avea umbra asta în privire? Dar l-a luat în brațe, când m-au externat, mi l-a dus el până acasă. Uite ce pătuț frumos îi cumpărase! Adică un leagăn, cel mai bun pe care-l văzusem, fixat de două picioare laterale, ca să-l poți oricât clătina. Pusese deja un așternut înăuntru, făcuse rost și de-o plăpumioară.

Scutece aduceam eu, le luasem din Armadia, unde-am fost la maternitate. Niște pătrate albe, de bumbac, în care știam de-acum să-mi înfăș pruncul. Primul îl puneai pe sub fund, cu un colț îndoit peste burtică, cu-al doilea îi legai strâns picioarele, iar la urmă, după ce-i întindeai mâinile pe lângă corp, pe-al treilea îl prindeai zdravăn cu o fașă. Dacă nu voiam copil cu picioare crăcănate sau, și mai rău, ghebos, trebuia înfășat bine.

Pe sub micuț am pus și-o mușama, ca să nu schimb mereu așternutul. Dar din ceasul acela a trebuit să am mereu grijă, că un trup de-o mie de kilograme nu crește cu una, cu două. Face urticarie, se opărește, scâncește de foame, se zbate să se desfacă, își scoate mânuțele, se umflă, tușește, îi crește temperatura, de câteva ori e pe moarte, se umple de rană și plânge până te seacă.

Un trup ca ăsta se alăptează, la două, trei, ceasuri o dată, fără noapte întreagă, fără zi, îl hrănești pe primul întâi, apoi și pe-al doilea, și tot așa, până la al zecelea când, de la cezariană, laptele se închide de tot, noroc cu vacile. Un trup așa de mare se spală încontinuu, un braț de scutece mai întâi, dar apoi tot mai multe, de nu mi-ar ajunge un dulap întreg să le îndes pe rafturi. Sunt grele, se pătează iute, degeaba le fierb cu leșie sau, dacă am noroc, adaug câte-un pic de sodă. Săpun pentru ele fac la răstimpuri în casă, ce mai putoare! Dar dacă n-ai ce să cumperi, că dero nu se mai găsește aproape deloc, trebuie s-o scoți cumva la capăt. Și dacă totuși reușești să faci rost de-o cutie de detergent, vezi că nu albește nimic, nu spală, e numai un praf care arde.

Pun pe plită oala cea mai mare, dizolv o bucată de săpun și, după ce fierbe bine, torn apă rece și mai frec și eu până-mi dă sângele. Petele-s rele, nu se duc nicicum, sar pe podele, acoperă pereții, de la atâta abur totul se strică. De-aceea văruim de două ori pe an, o dată înainte de Paște și-o dată iarna, după ce-am tăiat porcii. Petele astea însă n-au astâmpăr, țopăie peste tot, pe cearșafuri, pe hainele de lucru, dar mai ales acolo, în leagăn.

Pentru un trup atât de mare n-ai de ales, îți închiriezi casa unui miros tot mai greu. Până și verile, deși aduci un pic de iasomie înăuntru, nu mai duhnește decât a copil mic și-a mâncare.

Mamele ca mine sunt din straturi mari de prăjeală, piele arsă, spaimă și fugă. Dar nu acum, când e doar începutul, iar Damian n-are habar de ceea ce vine. Nici eu nu pricep mare lucru, căci am rămas grea abia după trei ani de vară. Și poate n-o să se mai întâmple. În al patrulea an, adică acum, când fac douăzeci, îl aduc pe micuț acasă.

Mă dor toate, dar sunt în floarea tinereții, să nu-ndrăznesc să mă plâng! O nevastă tânără răzbește prin oricâtă greutate. Ce, Mărina n-are copil? Pe când Amalia, biata, ea nu reușește nicicum. Damian e mândru nevoie mare, ce-i mai sticlește privirea, până la urmă s-a făcut cu urmaș. Unul închis la piele, da, seamănă cu socrul, e leit-poleit, în partea aia bate. Ochii nu-i sunt albaștri, ca ai lui, dar nu-i nimic, tot e copilul cel mai vioi de pe lume. Uite-l cum se-agită!

— Patru kilograme a avut, Damiane! M-a chinuit rău, o zi și-o noapte. Am crezut că mor acolo, pe masă. Noroc cu moașa...

Avem de toate în beci, s-au făcut cartofii bine, și-am umplut și podul de mălai. Numai banii ne lipsesc. De-aia Damian s-a dus la lucru, mai spre câmpie, către Târgu Mureș, întâi la cules de gulii, Doamne, ce-ți jupoaie palmele când le scoți afară, apoi la strâns de struguri, de-ți blestemi zilele când e aproape sub zero grade. A dat bruma devreme și-a venit înghețul una-două. N-a câștigat mai nimic, doar a muncit din greu toată luna. În carieră nu s-ar mai întoarce, și-a rupt o dată spatele, nu mai vrea. Și-atunci, peste iarnă, ce să mai găsească de lucru? Nimic. Stă cu mine acasă, vede ca nimeni altul de gospodărie, fuge după lemne în pădure, face garduri, așa, prin februarie, o să curețe toți pomii. A plantat încă treizeci de meri, ce livadă avem noi aici! Copilul crește, a făcut șase luni, am chemat predicatori pentru binecuvântare. Și s-au rugat toți pentru el și-au zis că un băiat ca acesta nu poate fi decât mândrie. Numai banii ne lipsesc, că ei nu cad din cer.

— Reghinuță, apoi să știi că Damian ți-e bărbatul, zice tata. Știi tu vreo nevastă care să-și fi lăsat omul? Uneori poate-i mai rău, dar până acum a fost bine. Ai soț vrednic, muncitor... Poate dacă s-ar duce la biserică s-ar mai schimba. N-ai altceva de făcut decât să te întorci în Văralia. Ai ales pân-ai cules. Asta ți-e soarta.

— Nu-mi spune așa, tată! îi răspund în altă vară, când doi copii mă trag de fustă, iar mușcatele-s șerpi încolăciți. E rău cu mine Damian, parcă-i nebun. Dacă ai ști cum strigă, cum aruncă prin curte, cu bușteni sau cu ce apucă... Câteodată mă tem că scapă furca, sau, Doamne ferește, toporul... Se poate întâmpla orice, cum să-i stau eu în cale?

— Nu mă trimite înapoi, tată, uită-te la vânătăile astea! Și-i arăt brațul, deși petele de pe burtă-s mai întunecate, au prins culoare galben-maronie. Ca de om mort.

— Ce vină au copiii ăștia patru, că le tremură carnea de frică în câte-o seară? Dacă de mine nu ți-e milă, tată, să ți se strângă sufletul măcar pentru ei. Nu mai știu îndura, e mai mult decât se poate duce!

— Se ține cu altele, mamă, mi-e mai mare rușinea. Ce nenorocire! N-am venit decât cu pruncii mai mici, că pe ei trebuie să-i mai apăr. Pe cei mari, cât de amare le-ar fi zilele, i-am lăsat în urmă, cu el. Ce-a mai fugit până-n josul grădinii fata care numai ascultă. Tocmai se întorcea de la pășune, că, dacă-i duminică, i-am trimis pe copii cu vacile și cu mieii. Nici n-au intrat ei bine în curte, că m-au văzut pe mine, cu lucrurile strânse, cu ăștia doi, mezinii, în brațe, și cu ceilalți doi gata de plecare.

— Nu te duce, mamă, nu ne lăsa-n locul ăsta! Lacrimile s-au făcut bășici și-au trecut de pe obrazul ei pe mine. Sunt plină de răni acum, parcă aș avea peste tot numai arsură. Nu mai pot.

— De ce mai fac copii, mamă? Nu zice nimic cu păcat. Nu-i că aș vrea, să știi... Îl alung, dar nu mă lasă în pace.

Mă găsesc acum pe-o vacă schiloadă, anii mi s-au scurs în ierburi, acuși se trec cu toții în țărână. Numai că eu îi am pe toți în grijă, curăț blidele cu cenușă, le limpezesc bine, că paisprezece guri o să mănânce din ele. Am fiert tocăniță cât pentru sute de nunți, am întins cu sucitorul cocă, am tăiat-o romburi, am ascuns nenumărate suspine în ea. Tăiețeii s-au uscat, în câte-o duminică îi gătesc într-o supă mai de sărbătoare. Căci la magazinul de carne nu s-au terminat tocmai în fața mea tacâmurile, am stat o după-amiază la coadă și-am avut norocul să prind câteva gheare. Am păstrat aluat și pentru laște, ce mai pacheţele cu brânză topită cu tot cu gură! Am strâns fasole nouă și-am făcut-o scăzută. Și-am luat pere verzi ca să le coc în cuptor. O traistă de mere am culcușit-o în fân, ca să le poată mânca mai din vreme copiii. Am frământat plăcinte, dar și clătite groase cu zahăr.

De două ori pe zi am făcut felurite mâncăruri, tot mai sărace, mai fără de gust. Tata îmi dă prune, ce dulci sunt. Apoi îi duce pe cei mici pe Runc să strângă zmeură. Sora mea, Maria, uite, se descurcă nemaipomenit de bine. Și-a terminat casa, două etaje, zece camere, nimeni nu mai e ca ea. În fiecare cameră a pus câte-un televizor, de nu s-a mai auzit așa niciunde.

Dacă-i gestionară, nu-i lipsește nimic, le-aduce celor doi copii glucoză, le face pom de Crăciun, le dă ciocolate când îi vin la alimentară, le ia bicicletă și patine cu rotile. Se ceartă cu bărbatul, dar nu tare, că dacă el e ginere acolo, în curtea lor, nu prea îndrăznește.

Sora mea e o doamnă. Nu ca mine! Poartă pantaloni evazați, bea cafele după cafele și stă numai cu alte doamne.

— Nu te mai întoarce la el, Reghină! zice tata. Ajunge! Orice lucru are un capăt. Că uite, e vai de zilele tale. Și dacă acum ne-am adăugat o cameră, s-o găsi loc și pentru tine și trei-patru copii.

— Lasă, tată! Nu e nevoie.

— Rămâi acasă! aproape poruncește tata.

— Dar ceilalți? strig. Amărâții de ei ce-o să facă? Am opt copii de-acum, tată. E târziu. Mi s-a trecut tinerețea. Trebuia să mă opriți atunci, la început. Mai bine nu-i deschideam ușa niciodată lui Damian, că eu aveam rost cu voi. De ce m-am dus cu el, de ce m-ați trimis, la nici șaisprezece ani, în Văralia?

Trenul șuieră, scutură din străfunduri cariera. Pietrele ies din povârnișuri, la două-trei zile se pune explozibil. Cele mai multe crapă sub ciocane, doar unele mai omoară oameni. Eu lupt să mă strecor printre ele ca o umbră, nu cumva să mă nimerească vreodată în piept, căci adânc în inimă am deja câțiva bolovani.

Unul e de la Valer, dintr-un timp atât de vechi.

Altul e de la toate nașterile adunate, mai ales cele-n care-am simțit că vulturoaica zguduie blocurile, sparge ferestrele, e gata să ne prindă pe doi deodată cu ciocul.

Iar altul, cel mai cu colțuri, e de la nemăsurata zdrobire, piuă adâncă din care, acum, spre sfârșit, am ieșit atât de schimbată.

— Iartă-mă, Reghinuță, zice Damian. Nu se poate să nu vii cu mine. Cum să mai trăiesc eu?

Copiii se bucură, le-a adus niște bomboane cu umplutură. De la tata și-a cerut deja iertare, să-l înțeleagă, că așa-s unii oameni, mai aprigi la mânie. Dar o să schimbe asta, n-o să se mai întâmple. Că eu încă-i sunt dragă mai mult ca orice pe lume. Și-a început să plângă.

Mi s-a înmuiat spinarea, ca lutul întâi, de n-am mai putut să mă trag înapoi.

— Mi-am găsit slujbă, Reghina. Acar, la CFR, în Rodna.

Aerul ne-a înroșit obrajii, iar verzele din butoi au început să crape la atingere. Aveam să ținem unul de altul până la capăt. La urmă de tot am găsit pisoiul cu ochii larg deschiși, căzut și, mai apoi, înghețat în moare. N-a fost mâță care să-l mai scoată, nu s-a găsit nimeni să-l apuce de ceafă. Când am ajuns în dreptul lui, n-am putut să nu mă gândesc cât de greu e să-ți poți duce până la capăt viața.

II

Pe ulița asta, pe Strada Uliului, casele-s mai întâi ciorchine. După ce te sui mai sus de cimitir, nu mai vezi decât patru, ascunse de pruni bătrâni sau de frasini. Într-una din ele stă Lavrenti, rusul care-a învățat românește și ne împarte poșta.

Trei ani, până la ești proastă, soarele s-a ivit mereu la șase, între brazii din adâncitura Coastei Morii, ca seara, la opt, să se spargă spre Parva, ca o glajă de lampă. Trei ani am trăit în timpul orbitor al verii. Dacă-aș fi putut rupe din el măcar cât un sfert de guler, poate mi-ar fi fost mai ușor până-n ceasurile astea din urmă, când nu mai e aproape nimic care să m-adăpostească.

Mă aud tot mai fără rost și, la răstimpuri, plouă cu beznă. Vulturoaica nu dă cu ciocu-n zid. De ce așteaptă atât, nici nu mai știu de când mă tot rog s-o facă. Să spargă totul, să năruie dranița, să rupă pereții și să mă smulgă o dată de-aici ca să mă ducă nespus de departe. Nu vreau iaurtul, nu mai gust apa, îmi încleștez gura. Degeaba. Le știu pe toate, mai ars chiar decât înainte. Nimic nu s-a trecut, deși cuvintele nu mai ies întregi niciodată. Sar coarda în coșul pieptului, deși acolo doare cel mai rău. Sau fug prin livadă, Damiane, n-o să mă prinzi niciodată!

Dar el a pus deja mâna pe mine și-am căzut laolaltă în iarbă. Râde-n hohote, ochiul-boului e mult mai înalt decât noi. Stăm acolo, o gâză cu aripi transparente e cât o margine de cer. Izbucnesc din senin trei explozii, ce de piatră s-a rupt în carieră! Merg să văd mai bine, urc pe coastă, prin partea alungită a grădinii. Pășesc prin sclipici, că-n partea aceea pământul e mai altfel, plin de mică. În capăt e o prăpastie. Explozibilul s-a dus, dar nucii și merii încă mai tremură. Sunt tineri, i-a plantat Damian, vor crește neasemuit de înalți. Mă uit la mașini, nu-s mai mari decât palma. Împrăștie fum negru, ca să ronțăie apoi pe rând șoseaua. Au cabine verzi sau maronii, doar una e albă. Aceea-i condusă acum de bărbatul Mărinei.

— Pe strada asta, a Uliului, mi-a zis Mărina, găsești de toate, ca-ntr-o coleașă. Dar nu una aburind în ceaun, ci din cea veche, tăiată felii și făcută din nou mâncare. Adică pături. Un strat de coleașă, unul de brânză, unul de jumări și încă-un strat de mămăligă, poate și-un pic de untură. Când ajunge totu-n cuptor, înțelegerea încă se află-n fiecare odaie.

— Ce vrei să spui?

— Că nespus de rari sunt cei cărora păturile astea le rămân la fel pentru toată viața. La mai toți gustul se schimbă. Uite, nu-s decât de-un an și ceva aici și-aș putea să zic ceva despre fiecare casă.

— Vorba umblă, cum să nu...

— Nevestele tinere, așa, ca noi, sunt cele mai norocoase. Adică o vreme au parte de pace. Nu știi cu cine te muți în casă decât după ce iubirea se mai strânge în ea. La început, dacă nu ești nebun de legat, de te blestemă oamenii, ca pe Aurel, care-și nenorocește copiii și nevasta, e ca o așteptare. Din loc în loc e și bucurie. Și fericire poate fi, dar asta-i tare rară, încă dinainte de nuntă dragul ar fi trebuit să nu-ți mai încapă în inimă. Noi două, Reghina, să ne veselim că încă ne aflăm în partea bună de viață. Încă ne putem bucura de o mâncare întreagă. Desigur, Damian e plecat, dar știi cât îi ești de dragă.

— Nu mai are mult și vine acasă. Că nu mai e altă nevastă ca mine... Singură, fără socri, i-am văzut de trei ori în toate lunile astea. Vreau să-l am aici, cu mine. Să nu-mi iasă vorbe.

— Când vin copiii, nu s-a oprit Mărina, toate se schimbă. Dacă bărbatul te-ajută și te-nțelege, e bun. Dacă nu aruncă salariul la bufet, într-o singură zi, poți să fii mulțumită. Mare noroc ca mâncarea aia, păturile, să-și mai păstreze o parte din gust. De cele mai multe ori, nu-ți mai rămâne nimic din ea. Ori se face precum piatra, ori îți deschide răni în gură, ori nimerești mereu un mălai mult prea acru. Bărbatul își face tovarăși, se-mbată, suduie cât e ziua de lungă. Te fugărește prin grădini, de nu mai știi unde să te-ascunzi. E numai și numai după noroc. Puține sunt cele ce scapă și le e bine. Dacă ai vânătăi, trebuie să-ți pecetluiești gura. Nu zici nimic niciodată, nu te poți face chiar tu de rușine. Taci și înduri, mi-a spus mama, că asta-i soartă noastră.

— Părinții mei sunt, totuși, din altă plămadă. Tata nu face nimic fără să se sfătuiască mai înainte cu mama.

Nu i-am auzit certându-se niciodată. Cât despre suduit, nu poate fi vorba. S-au și pocăit după moartea Valeriei, sora mea.

— Îl știi pe ăla brunet, m-a întrerupt Mărina, ăla ce umblă cu motoreta? Stă la prima casă. Bea în fiecare zi, abia-l scoate din cârciumă nevasta. La casa următoare e Aurel, o fiară. De câteva ori a ajuns femeia lui la spital. La casa albastră e Dăbuc, adus de spate, vai de el. Să vezi cum își aleargă nevasta, parcă-i apucat. Pe-ăștia trei îi avem aici, pe ulița noastră. Dar nici restul nu-s uși de biserică, din când în când tot îi auzi cum se ceartă. Rari sunt cei care-și văd liniștiți de viață. Căci ce-au învățat bărbații ăștia acasă nu poate fi schimbat. Nimeni nu-i mai dezbară de ce le-au băgat alții în cap.

Apoi am tăcut și ne-am învelit mai bine în așternuturi. Un cariu ronțăia undeva în perete. La răstimpuri, se-auzeau și păsări de noapte. Luna încă nu răsărise și întunericul părea mai mare.

— Ham-ham! a izbucnit deodată Bălan. Lătra de se zguduia curtea, nu alta. Te pomenești că dibuise vreo vulpe! Vai de ea atunci, dulăul meu o să-i vină de petrecanie. Cât despre găini, le-aveam închise pe toate, până la ultima. Dar dacă simțise vreo nevăstuică? Pacoste ar fi, că animalul ăsta e rău, mi-ar putea nenoroci juncana! O mușcătură de-a ei și gata, ugerul se întărește, se umflă, de biata vacă nici nu-și mai revine.

Am sărit iute, amândouă, să vedem ce se petrece. Dar Bălan, lucru de mirare, nu pe lângă grajd se agita, ci fugise spre uliță. Și-o luase la vale, nu la deal, de unde, dacă nu se mai găseau case, puteau veni sălbăticiuni.

Ce, Doamne, trecuse pe-acolo? Mărina rămăsese-n urmă s-aprindă felinarul și-acum, de la flacăra pâlpâitoare, se-ngălbenea curtea. Totul se vedea cum trebuie, buștenii tot acolo, stiva de lemne de tăiat la locul ei, iar cele două cearșafuri fluturau ușor pe sfoară. Numai pe ghizdul fântânii parcă se ivise ceva. Seara nu lăsasem nimic pe el, nici măcar găleata cu care scoteam apa.

— Cireșe? aproape c-a strigat de uimire Mărina. De unde până unde cireșe de-astea mari, cum nu prea sunt pe la noi?

— Cireșe?! am exclamat la rândul meu. Cum așa?

— De unde-or fi apărut? Că n-au căzut din cer.

— Cine știe cine le-a adus. Ce facem cu ele acum? Măcar de-am avea habar cui să le trimitem înapoi.

— Nu ne rămâne decât să le mâncăm! a decis Mărina. Ei una îi lăsa gura apă.

A luat strachina, a clătit un pic fructele și, pentru că încă nu se făcuse răcoare, ne-am așezat pe trepte. Ne-am umplut gura cu câte trei-patru o dată, am rostogolit sâmburii până s-au rotunjit parcă și mai tare și i-am scuipat unii după alții cât mai departe, în iarbă. Când n-a mai fost nimic în vas, s-a întors și Bălan. A venit la mine, bravo, cuțule, ce câine de ispravă ești!

Abia a doua zi, pe lumină, am văzut mai bine strachina. Era galbenă, pictată de mână cu niște frunze verzi și ascuțite. Mai văzusem modelul în Armadia, când, de Rusalii, îl însoțisem pe tata.

— Ți-a zis Mărina, nu? Noroc c-a dormit ea cu mine! i-am spus lui Damian după zece zile, când a mai dat o fugă până acasă.

— Altfel, cine știe ce-ai fi putut crede...

S-a supărat tare, unde-i hârbul, că-l sparge acum. Cine îndrăznea să mă caute tocmai pe mine, nouă pe acolo, dar știind bine că bărbatul meu, adică el, e dus de-acasă pentru un timp? Să nu cumva să intru-n vorbă cu vreunul! Că putea să facă și moarte de om.

A ieșit mai mânios ca oricând, trântind ușile. O să-l găsească el pe netrebnic până la urmă, mamă ce-o să-i facă. Auzi tu, cireșe de dar! De parcă noi n-am putea să ne luăm! Am ajuns sărăntoci, sau ce? Cât de fără minte să fii ca să râvnești la nevasta altuia? Apoi a început să spargă lemne, din butucii tăiați de data trecută. A crăpat multe, cu îndârjire, până când sudoarea i s-a întins tot mai galbenă. Pe seară, când i-am luat cămașa s-o spăl, aproape c-o puteam stoarce înainte s-o cufund în lighean. Noroc că până a doua zi, când urma să plece din nou, cu același tren accelerat, avea să se usuce și ea.

Războienii începeau să prindă de-acum margini de ceață.

— În ce parte a țării e locul ăsta, Damiane?

— Spre Alba Iulia. Lasă, Reghină, că poate te iau cu mine o dată. O să-ți placă drumul, nu e așa de lung, în șase ceasuri ajungi. Vezi dealuri multe, și munți, și câteva șesuri. Dar acolo regimul e strict, e aproape ca la armată. Nu tu stat la povești, nu tu ieșit în oraș și vai de ăia care-s prinși cu băutură. Îi poate trimite oricând acasă.

El hotărâse să se țină de școală, că nu mai voia să se-ntoarcă la piatra din carieră. Și-acum, dacă se-așezase la casa lui, trebuia să-și facă un cheag mai zdravăn. Cine știe ce ne mai aștepta? Și m-a luat în brațe, m-a strâns tare, mai să mă rupă. Vai de el, nu putea nici să doarmă, se gândea numai la mine. Am primit scrisorile, nu?

— Da! Patru până acum. Cât de frumos mi-ai scris!

Și-am râs, lasă, de ce să cred că nu mai putea trăi fără mine? Acum nu mai era nevoie să mă amețească de cap, apucase deja s-o facă, mă adusese-n grădina lui cea mare. Prinsesem culoare-n obraji, dacă tot treceam de la o treabă la alta. Cum nu-l aveam pe el, trebuia să mă ocup eu de toate. Noroc că-l trimisese pe fratele lui, Alexandru, să cosească grădina. Acum clăile erau făcute, nu mai urma decât otava. Dar pe aceea aveam s-o facem împreună, când va veni el de la Războieni, unde-a fost pe vremuri, să țin minte, o cetate. Și poate și-un război s-a dus, că altfel de ce să-i zică așa?

Cireșe mari n-am mai primit niciodată de la nimeni. Flori da, multe, măcar la două-trei zile o dată. Fie de câmp, legate buchet cu ață, fie de grădină. Cu puțin timp înainte să mi se-ntoarcă de tot bărbatul, când bostanii se făcuseră ca niște globuri, m-a trezit un ciocănit la fereastră. Dormeam singură, Mărina avea grețuri, iar Amalia se pregătea de-o nuntă. Trebuia să fie spre miezul nopții, nici greierii nu mai cântau. Oare cine sărise-n grădinița de legume fără să-l simtă Bălan? Cioc, cioc, am mai auzit o dată. Primul gând a fost să deschid fereastra cealaltă și să asmut dulăul. Dar încăperea s-a luminat brusc, de la niște dinți mari, rânjiți, lipiți de sticlă. Nu mi-a sărit inima din loc decât pentru o clipă, până-am priceput că nu erau decât niște fălci de bostan. Nu se mișcau. De la o flacără de lumânare deveneau colții aceia așa spăimoși.

— Crezi că mă sperii cu niște dovleci scobiți? am strigat. Nu știi cu cine ai de-a face.

Am deschis fereastra, șo, pe el, Bălan! Tânărul a luat-o la fugă și-a dat să sară gardul. Pantalonii de doc i s-au agățat de uluci, am auzit cum se rup, un pic de material a și rămas acolo, printre roșiile mele date în copt. Parcă-am auzit și-o înjurătură.

— Altădată să nu mai vii! am strigat după el. Sunt femeie măritată!

Când Damian s-a-ntors de tot, cu trei cărți în valiză și cu două caiete pline, bucuros și dornic să-și trăiască în sfârșit viața, nu i-am zis nimic de bostani. Îi suisem într-un colț de pod și-i lăsasem acolo să putrezească și să se fărâme. Lumânarea, deși n-avea la ce să-mi folosească vreodată, am pus-o într-un borcan. Pe care l-am așezat tot în pod, lângă sticlele cu otravă.

12

Căci acum aș fi culcat, aș fi liniștit,
aș dormi și m-aș odihni..., zis-a Iov.

Și culcat îl găsesc, una cu pietrișul de lângă stâlpul de înaltă tensiune, nici măcar zvârcolindu-se. Mi-am zdrobit tălpile, până-n capătul grădinii întâi, apoi de-a lungul coastei, ca să ajung printre mărăcini până aici.

— Doamne, nu mi-l lua, Doamne!

N-are spume la gură, stă întins, cerul e o scoabă.

Cad lângă el, de la fugă mi-am pierdut suflarea. Văd negru, cu mocirlă. Băiețandrul care m-a strigat moare, a murit, cel aproape de-o seamă cu el, a rămas cu mult în spate, o vreme-am știut că-i acolo, icnea de la efort și de la plâns, de ce se suise deasupra, pe stâlp? Apoi totul s-a înmuiat, tricoul i s-a făcut vrej pe-un arac, tenișii au prins rădăcini între cartofi, doar ochii plini de groază au rămas la vreo zece metri depărtare.

Care-i degetul de care să te poți lipsi? Care-i cotul ce-ți prisosește? De ce genunchi nu mai are nevoie omul? E vreun plămân care să nu folosească? Ce ficat poate fi lăsat liber să se ducă unde vrea? Și e vreo inimă care să doarmă dusă când așa, ca pe-a mea, o cuprinde-n ceasul acesta cea mai mare sfârșeală? Ce poți lua dintr-un corp de-o mie de kilograme? Căci copiii mei sunt inima, și plămânii, și creierul, și mușchii, și oasele, și ficatul, și sângele, și pielea, și rinichii, și firul de păr. Mă cutremur, fiecare-i un organ de care cum să te lipsești? Poate de-aceea nici nu mai am urmă de suflare.

Stau lângă el, în genunchi. Cum să moară? Și când lumina se face din nou ceașcă întreagă, nu mai pot, îi ating palma, aspră și dusă cine știe cât de departe. Ce-ai făcut, copile? O limbă uriașă de șarpe a plesnit dedesubt, în țărână, tocmai pe-acolo. De zece minute sau, cine știe, poate de-o veșnicie. Veninul a făcut stropi roșii care-au pocnit ca uleiul pe plită. Dar n-au sărit și pe fusta asta înflorată, nu s-au făcut miez pe vreo floare albă, n-au pâlpâit ca niște scântei până-n tunelul în care șuieră un tren, poate chiar al lui Damian.

E vară, un salcâm, poate unul de lângă gardul rusului, poate altul, de deasupra gropii de gunoi care s-a făcut cariera, s-a împrăștiat într-un miros tare. Dar ce nebunie-i asta? Copilul meu zace acolo, murdar de la arsură și de la cădere, mă frânge ca pe-un băț. Nu mai pot, uite cum i s-a topit pe dosul palmei pielea. Doamne, nu mi-l lua! Lacrimile ies ca niște punguțe, nimic nu le sparge.

El nu se mișcă, eu nu-l pot zgudui. Dar măcar suflă, îl aud, fâlfâie slab, prea slab ca să plece tocmai acum, prea greu de-auzit ca să-și ia zborul. Iar fața? Cum de n-are nimic, numai așa, o vinețeală? Un pic pe pomeți, printre pistruii aceia, de nu mai pot suferi, e musai să-l curăț. Tocmai atunci se sparge o punguță mai mare de plâns. Scormonesc în ea și dau cu mâneca, cât pot de ușor, dar pielea se mânjește mai tare. Cât de liniștit stă el așa, cu mine în genunchi, bolborosind fără șir, cu un uliu rotindu-se undeva în dreapta, cu mașinile care trec departe, foarte jos, pe șosea. Carierele s-au mutat în alt loc, basculantele trăiesc acum acolo și nimeni nu mai îndeasă carbidul tocmai aici, lângă coasta noastră, atât de-aproape de grădină.

Și-n ceasul ăsta sigur n-are nimic, îi tremură numai un pic obrazul. Parcă văd că acum sare-n picioare, că nu-i copil mai năzdrăvan ca el, te-am păcălit, mamă, te-am păcălit! Și nu-i școlar mai ager cu toate. Doamne, ce mai râde, cum nu-i stă lui nimic în cale! Și cum scutură cireșele din sân, ți-am adus și ție, mamă. Și cum îi trage pe toți după el, că nu demult a intrat pe-o fereastră și-a tăiat din tortul miresei ca să ne-aducă și nouă. Ce mai pedeapsă a primit atunci, cum să ne facă rușine ca asta?

Să știi că n-are nimic!... Ia să-l mișc eu un pic mai tare. Ce mă-ncurcă punguțele astea de plâns! Acum sunt tot mai grele, nu mai vin cu apă înăuntru, ci numai cu mici grunji de sare. Și taie de sub pleoape, de ce nu le pot opri?

Dar dacă?... Nu, gândul acesta trebuie chiar acum sugrumat. Nu-l las să crească, e plin de otravă, o să ne-atingă pe toți, verde de Paris turnat drept pe noi din sticle, de ne sfârâie tuturor carnea și sufletul, iar el se topește ca petrolul din felinar. S-o crezi tu, nu-mi atingi mie băiatul, îl apăr cu tot ce am, îl acopăr cu rochia asta care mi s-a sfâșiat într-o parte, nici un pic de moarte nu mi-l va atinge. Mai bine ard eu, bucată cu bucată, de vie, până când cine știe ce vulturoaică, una grozav de fioroasă, mă împarte la niște pui ce nu se satură vreodată. Că ei trebuie să-i fi făcut ferfeniță tricoul, cum oare să-l desprind de pe el, de ce nu se lasă?

Când dau să-i dezvelesc burta se desprinde și-o bucată mare de piele. E murdară și ea, mâncată deja de țesătură. Nimic din băiatul meu nu poate să dispară! Că atunci inima se face catran, plămânii se chircesc, ficatul se-mprăștie-n aer, creierul se schimbă-ntr-o molie, rinichii se jupoaie încet și sufletul se duce pe cea mai nemiloasă apă.

Abia când îl văd dezgolit încep să strig, săriți, oameni buni, îmi moare băiatul! Vorbele se lățesc peste oraș, în rotocoale tot mai mari, de nici n-ai bănui ce groază se-ascunde-n ele. Numai un gând, cel mai mic, rămâne pe loc și coboară, îl cuprinde pe copil, nici doisprezece ani n-are, îl saltă cu grijă, ce bine-ar fi să-l poată înveli de jur împrejur, îl dă ușor pe-o parte, cât să văd pământul de dedesubt, nici măcar pătat cu sânge, cât să descopăr zdrența bumbacului ca funinginea și câțiva stropi stacojii care-au sărit din cine știe ce străvechime pe firele de iarbă.

Pentru o clipă nu mai am picioare, s-au dus. Nici genunchii nu mai sprijină decât un strigăt și mai grozav, ajutor, băiatul meu, ce-ai pățit, băiete? Gândul îl mișcă și mai într-o parte, cât să văd cum spatele lui nu mai e spate, căci în mijloc, mai jos de coaste, e un fel de gaură cu margini întărite, aproape uscată, din care nu iese sânge, doar un fel de zeamă întunecată. Una ca asta nu se poate vedea.

Dau să-l acopăr, să nu-l mai atingă nimic, nici sarea din ochii mei, nici spirtul care deodată face să tremure groaznic totul, că nu poți turna așa, drept pe o rană, dar dacă nu faci curat acolo moare, că dacă nu-l luăm chiar acum și nu-l răsturnăm pe cearșaful ăsta, cum de l-ai adus, copile, dacă nu-l purtăm pe sus, noi, doi oameni, rusul Lavrenti, care-a sărit gardul, și cu mine, dacă nu ne facem aripi ca să zburăm cu el măcar trei kilometri până la dispensar, dacă nu se găsește iute salvarea, că poate-i iar cu vreo lehuză, dacă nu oprește nici un șofer în dreptul casei de cultură, ca să ne ia și să ne ducă măcar până la spitalul de la șaizeci de kilometri depărtare, pe drumul șerpuitor mărginit de dealuri și râu, ce strălucire pe colțul Someșului, cum mai curge soarele înăuntru, cum dă să-mi tragă cu el și băiatul, dar eu nu-l las, că în flacără mă îngrop după el, îmi moare băiatul, Doamne, te rog, du-mă ca gândul, că vântul nu-i de nici o trebuință, doar rău face, la cât de multă murdărie spulberă, degeaba i-am pus eu prosop curat pe arsură, dacă nu lupt să intru prima printre toate urgențele, apoi copilul meu o să rămână-n veci pe coasta aia, lângă stâlpul de înaltă tensiune pe care s-a suit ca să-și ia înapoi șapca pe care i-o aruncase în glumă celălalt copil.

Și lupt, și nu mă uit cum încă sare sânge dintr-un braț tăiat cu drujba, e numai un doctor, nu mă lăsați, faceți ceva, a trecut prin el curentul de înaltă tensiune, dar suflă încă, uitați-vă la el, e viu, altfel de unde atâta liniște pe față? Ba și-un pic de lumină, de parcă n-ar ști nimic.

— Nici nu știe, doamnă, curentul a trecut prin el.

Numai că băiatul meu, al nouălea, ca și cum ar da să zică am glumit, nu-i nimic, ce dacă am mici arsuri pe brațe și-o gaură cât pumnul mai jos de omoplați, nu vedeți că încă vă dau de furcă, mișcă deodată mai tare pleoapele și începe să geamă.

— Mare minune, doamnă, nici n-am mai văzut așa ceva. Dar trebuie să vă rugați, că uite, chiar dacă-și revine și chiar dacă acum vă cheamă pe nume, cu arșii nu e de glumă. L-a apărat Cel de Sus că i-a scos curentul pe-acolo, că l-a aruncat de pe stâlp și că n-au trecut decât câteva secunde până s-au scurs volții ăia-n pământ. Dar e ars și înăuntru, și în afară, să știți. Totu-i să nu se infecteze, de-acum începe lupta a doua, că nu-i ușor să rămâi în viață.

Stau cu el o lună, iau din șirul zilelor mele și-i dau lui câte una, ia-o, ține-o bine, strânge-o până se face ca un nod de batistă, apoi adun-o și mai tare până, ca vârful de gămălie întâi, se lipește pe gaura aceea din spate, curățată temeinic în fiecare zi, unsă cu alifii și galbenă de rivanol, pansată cu grijă să nu ajungă nimic acolo.

— N-am mai văzut pe nimeni ca el, doamnă, e bun la carne, ce noroc, uite că se vindecă încetul cu încetul.

Mai ține încă o zi, dragul meu, asta-i mai îndesată, pune-o și pe ea acolo, cât un bob de muștar, pe rană, și mai ia încă una, și încă una. Iartă-mă că zilele astea rupte din ce mi s-a dat mie nu-s mereu numai cu dragoste, că viețile noastre-s borcane în care se strâng ba arome, ba împlinire, ba câte-un biet cartof putred, ba iubire, ba povești de departe, ba multă amărăciune, nesfârșită suferință, de nici nu mai știi cum să le ierți pe toate.

Doar zile din ultimii doi ani, de când stau închisă aici, n-am vrut să ajungă la tine. Căci ele au înăuntru atât de multă ceață. Nicicum n-ar fi putut umple gaura prin care-a ieșit curentul de înaltă tensiune din spatele unui copil.

13

Îmi trebuia sare. Nu pentru c-aș fi terminat-o pe prima, ci pentru că se făcuse o lună de la venirea mea în Văralia. Dacă mai luam o pungă, avea să treacă mai repede timpul meu de nevastă fără nimeni în preajmă, deși n-aveam s-o prefir pe nici o cărare care să mă ducă spre-un drum care să mă scape de toate.

Nici n-am apucat să ajung la țintirim, că l-am văzut pe Anton. Suia bietul spre-un loc de-al lui, mai sus de grădina-n care trăiesc eu de-o vreme. Făcea câțiva pași, apoi se oprea și se bâțâia într-o parte și-n alta. La urmă începea să se-nvârtă ca o moriscă, dar una ruptă, stricată, ce se zbate-n jos și pare că nu se mai poate întoarce. Când reușea cu greu să se proptească pe-amândouă picioarele, suspina din adâncul sufletului. Vai de viața asta nenorocită! Vai de cei fără noroc! Apoi mai călca de câteva ori, Doamne, cât de lung era dâmbul acela. Cum să-l nimerească el, un nefericit bătut de Dumnezeu? Uite, n-avea nici treizeci de ani și totul îi părea o scândură mișcătoare. Nu te poți prinde de ea, te-apucă amețeala, capul te lasă, acuși te zdrobește. Oamenii te strigă Învârtitul... Iar copiii se țin scai de tine.

— Bună ziua, vecine, îi zic, ce rău ai? N-am mai văzut pe nimeni ca dumneata.

— Vai de soarta mea, de câțiva ani sunt eu neom. Într-o zi, necazul ăsta o să mă omoare.

— Nu vrei ajutor? îl întreb. Aș putea să-l sprijin cu brațul până la șirul de arini. Și-mi mut traista pe umărul celălalt. Sarea mai poate s-aștepte. Dâmbul o să-i pară deodată mai drept și-o să-l suie. Iar ulița n-o să-l mai arunce într-o parte.

— Orice proptire e bună... Numai că-i rău să te întorci din drum.

— De ce să fie rău, dacă omul face bine? Apucă-mă de braț!

Vecinul s-a-ncleștat cu putere și, ca prin minune, s-a îndreptat. Nu mai izbea pietrișul la întâmplare, bolovanii nu-i mai rupeau vârful pantofilor. Călca deodată drept și cu încrâncenare. Iar cuvintele parcă și pe ele le potrivea mai răspicat.

— N-ai fost la doctor până acum? La orice se găsește un leac!

— Cine să mai repare-un amărât ca mine? Numai iertarea ar fi putut opri necazul. Dar mai bine zi-mi ce-i cu tine. Cum de nu te-am mai văzut niciodată?

— Sunt nouă-n oraș, i-am răspuns. M-a adus Damian. Ne-am luat acum o lună. Iar azi îmi trebuia sare, de-aceea plecasem spre autoservire. Numai că nu era grabă cu nimic, uite, soarele se lățise peste-un sfert de cer, poate de-aceea urcam cu mare sprinteneală.

— Dacă o ținem așa, a zis Anton, ajungem deasupra, pe Poduri, unde n-am mai călcat de vreo doi ani. Că-i grea viața de învârtit. Nu mai ai stânga sau dreapta, doar o luptă continuă. Și când crezi că te-ai apropiat de țintă te pomenești deodată înapoi. Un gândac fără aripi, așa am ajuns. Noroc că te-am întâlnit pe tine.

— Nu pricep, vecine, văd că picioarele-ți sunt bune! De unde te-ai pricopsit cu o boală așa de ciudată?

— Nu la încheieturi e baiul, ci sub frunte. În miezul capului, în adânc, sălășluiește câteodată cea mai mare prostie. Când ești tânăr, nu prea-ți pasă de sfaturi și tâmpenia dă, cum s-a-ntâmplat la mine, pe dinafară. Acum, zi și tu, ce rău poate să-ți facă un călugăr? De ce n-am stat locului când i-am văzut sutana? Măcar un pic de bunăcuviință să fi avut!

Prima dată l-au întâlnit pe șosea, în dreptul fabricii de la marginea orașului, într-o zi de iunie. Se ivise din senin, ca o umbră care se tot învârtoșează până prinde viață. Pășea agale, slab și deșirat, cu fălci scofâlcite și barba până la piept.

— Sărumâna, părinte, îi ziceau oamenii și se închinau pe furiș.

El îi privea drept în față, parcă le-nțelegea gândurile.

— Să vă binecuvânteze Dumnezeu, murmura, și-și vedea de drum, încet, ca o arătare.

Nimeni nu știa de unde vine și, mai ales, încotro se îndreaptă. A pătruns între case fără să schimbe trotuarul. Primele care i-au dat bineţe au fost femeile ce fugeau la pepinieră ca să planteze puieți cât era ziua de lungă. Te pomenești că era vreun pribeag, a șușotit una. Celelalte-au răspuns, dar cine să le-audă, căci vorbele s-au amestecat cu huruitul unei basculante. Copiii se duceau către școală, dar cei mai mulți l-au ocolit, că doar nu-i bine să-ți iasă popa înainte, că-ți merge rău toată ziua. Numai trei fetițe, cu ghiozdanele-n spate, l-au privit îndelung.

— Parcă i se vede un pic printr-un obraz, a zis cea mai mică. Ați observat și voi, nu? Ca atunci când te uiți în boabă de strugure.

— Cred că așa-i orice bătrân, a spus cea mijlocie. Înainte să vină moartea, unii oameni, mai buni poate, încep să se șteargă încetul cu încetul. De parcă li s-ar trece cerneala pe cealaltă parte a foii. Numai că foaia devine atât de grea, încât nimeni n-o mai poate întoarce.

Călugărul a zâmbit, a șoptit ceva-n barbă, dar nu s-a oprit decât la răscrucea ce ducea spre hoteluri. Totuși, n-a cotit într-acolo, deși în partea aceea totul se arăta grozav de îngrijit. Râul susura prins într-o chingă de piatră vopsită, lanțuri multicolore mărgineau trotuarele, iar doamnele și domnii, cu sticle pline de borcut atârnând în hamuri de piele meșterite măiastru, admirau frumusețea stațiunii.

Preotul a înclinat capul doar o dată, cu un fel de resemnare. Din partea aceea a așezării fusese gonit de ceva vreme. Tocmai atunci a sunat de pauză la un liceu și adolescenții în uniforme au umplut curtea deodată.

Vocile li s-au ridicat până sus, spre pieptul dealului în care se proptea orașul. Părintele le-a auzit pe toate, le-a strâns mănunchi și le-a ascuns la piept. Voia să le păstreze acolo, încă un timp, ca mărturie. Câți dintre tinerii aceștia se vor înclina oare ca trestia sub furtună? Câți vor fi aruncați lângă drum unde pământul e aspru și rădăcinile, chiar de cresc puțin, nu pot dura? Pe cei de pe locul sterp avea să-i azvârle curând pe un prund. Cât despre aceia crescuți din țărâna cea bună, cine avea să-i mai aibă în grijă? Vai de orfanul pe care nu are cine să-l crească.

Părintele a mai mers o vreme până la biserica mare ce fusese, până deunăzi, catolică. Unii oameni au zis mai apoi că aluneca fără să atingă trotuarul, alții s-au jurat că-i văzuseră tălpile goale. Limpede e că s-a oprit în fața așezământului și, de parcă-ar fi auzit inimile celor ce-l ridicaseră cu un secol în urmă, s-a închinat. De când cu orânduirea cea nouă, de când biserici întregi puteau fi șterse cu guma de prin registre, zidurile albe din fața lui deveniseră ortodoxe. Credincioșii, o vreme, n-au mai știut ce să facă. Copiii li se tot nășteau și-aveau trebuință de botez. Trecerile la cele veșnice nu puteau fi oprite, iar creștinului nu-i iei slujba de-nmormântare. Mai mult, nevoia de-a se ruga se-adâncise ca o rană. Cum nu se cădea să se poarte ca niște păgâni, încetul cu încetul s-au întors și-au trecut iarăși pragul bisericii. Nu toți, căci unii, bărbați mai tineri scăpați din război, au început să se strângă împreună într-o casă obișnuită căreia i-au zis loc de rugăciune. Și-au adus femeile și copiii, au luat Noul Testament și-au început să-l citească. Acolo era sfințenia, în litera aceea ce se dezvăluia unor ochi neobișnuiți cu pagina scrisă. Restul, adică două mii de ani, se vădea rătăcire. Dar totul avea să înceapă din nou, în locul acela, prin ei, în adevăr și rugăciune. După primele adunări, l-au numit pastor pe Maxim, bărbatul ce se descurca cel mai bine la vorbe. Când spunea el un lucru, apoi acela li se-arăta deodată de parcă ar fi avut viață. Încă de la-nceput și-au zis pocăiți. Știau din tranșee ce era credința asta mai nouă, auziseră de ea de la niște soldați ce-și ziceau penticostali și se trăgeau mai din sud, de la câmpie.

Călugărul străin a rămas ca la vreun ceas în rugăciune. La sfârșit, și-a ridicat fața spre cer, ai grijă de toți aceștia, Doamne. Apoi a apucat-o în sus, pe șosea, fără să se mai oprească nici în dreptul Bufetului, unde se strângeau de-acum bețivii, nici la moara unde se măcinau sacii aduși de copii sau de femei. Dacă a ieșit pe lângă tunel sau, cine știe, dacă s-a avântat fără frică în noaptea dintre traverse, ca să dispară cu vreun marfar, nimeni n-ar fi putut s-o spună. Dincolo de tăblița pe care scria cu negru Văralia, de-a lungul carierei sau, și mai departe, pe drumul lipit de Someș ce ducea spre așezările dinspre munte, nu s-a știut de el vreodată.

— Și n-ar fi fost nimic, nici nenorocirea mea nu s-ar fi petrecut, dacă a doua zi dimineață părintele n-ar fi intrat din nou în oraș. Tot pe-acolo, pe la fabrică, și tot când se duceau muncitoarele la pepinieră. S-a oprit tot așa lângă liceu, ca să se uite lung spre stațiune, spre domnii de-acolo sau numai spre postul de miliție lângă care se găsea primăria unde lucram eu.

— Cum adică? am întrebat mirată. Lucrai la primărie, vecine?

Ajunseserăm de câteva minute la pământul lui mărginit de arini și de frasini. Încă nu știam că pe lângă brâul acela de trunchiuri aveam să merg singură sau cu copiii, de-atâtea ori, ca să culeg bureți de pomi.

— Să nu crezi cumva c-am fost vreun fel de domn. Nici vorbă, uită-te la mine! La tâmplărie însă, orice s-ar zice, mă pricepeam ca nimeni altul. De-aia m-au chemat la consiliul popular și m-au însărcinat să refac pe dinăuntru clădirea. Să schimb tocurile la geamuri, că vâjâia vântul prin ele. Să potrivesc ușile mai bine-n ușori, că unele se lăsaseră într-atât, că râcâiau cu un colț podeaua. Să mă uit apoi la fiecare scaun și la fiecare masă, să iau la rând lavițele și fotoliile, iar dacă găsesc ceva stricat să încleiez cu multă grijă. Că primărița noastră cea tânără nu suferea treaba de mântuială. Voia un interior plăcut, nu cum fusese până atunci. Tot ce era vechi se arunca, desigur. Toate țoalele, preșurile din cârpe sau ștergarele, adică grămada aceea de podoabe țărănești pe care ea una nu putea să le sufere. O să aducă și niște covoare adevărate, persiene, din alea pufoase, cum nu mai văzuse nimeni prin fundătura asta de lume. Ce-i trebuiau ei țesături primitive, de lână, ca ale noastre? Făcuse comandă și de mese noi, cu dulapuri de cireș, că nu voia să-i fie scârbă de biroul unde muncea.

— Serviciul trebuie să fie într-un loc plăcut, nu într-un grajd! avea grijă să spună mai la urmă.

Când i-au ajuns la urechi zvonurile despre călugărul care, de vreo câteva zile, tot traversa orașul, primărița s-a făcut foc și pară.

— Să nu văd popi pe-aici! a strigat de s-au zguduit ferestrele. Toți sunt niște mincinoși care trăiesc pe spinarea oamenilor fără carte. Le vântură o Biblie prin fața ochilor și-i înnebunesc cu tot felul de bazaconii. Ar vrea ea să-l vadă pe ăla care-a stat la povești cu Dumnezeu... Și nu în gând, ci așa cum ne găseam noi doi în aceeași încăpere, eu reparând un sertar și ea răscolind prin dosare. Dacă n-ar fi avut ochii ăia verzi, de te-nfiorau, poate aș fi dat să mă feresc și m-ar fi ocolit necazul. Dar așa n-am avut cum să n-o ascult.

— Păi acolo, în cer, a continuat ea, nu-i deloc cum își închipuie proștii, o pajiște. Acolo e cosmosul! Da, cosmosul, și-n el nimeni nu mai poate trăi. Dacă nu-i aer, ce fel de viață să se mai afle? Numai că lumea-i plină de inși fără nimic în cap. O să termine ea odată și cu superstițiile din Văralia. La ce le mai trebuia atâta biserică, atâta lălăială popească?

Primărița era tânără, aprigă, nimeni nu-i mișca înainte. Avea să schimbe ea lucrurile, deși totul se urnea atât de greu. Ca să faci lumea mai bună, trebuia mai întâi să le scoți tuturor bazaconiile din cap. Oamenii de-acum n-au trebuință de superstiții prostești. Trebuie să-i trezească odată cineva.

— Rostul nostru, al fiecăruia în parte, e să ajutăm la înflorirea țării ăsteia minunate. Să ne trezim odată cu toții și să arătăm că gândim, nu suntem niște troglodiți.

O mândrețe de stațiune ca asta, de s-a scris și-n romane despre ea, să aibă locuitori așa de înapoiați? Să mă gândesc numai la ce roi e acum într-un oraș mare. Păi, ca să-mi dea doar un exemplu, la București tocmai se făcuse Casa Scânteii. Ea o văzuse cu ochii ei, iar minunea aceea, să-mi intre bine în cap, chiar semăna cu o catedrală. Acolo se sfințea lumea, acolo se tipăreau ziarele, de-acolo aflam noi despre fapte eroice. Pe ea una n-o s-o vadă nimeni la biserică. Cum n-o să-i vadă nici pe profesori, nici pe ingineri, adică spuma mai cu carte-a Văraliei. Că altfel îi discută ea pe toți în ședințele de partid.

— Nu-i pot lumina pe alții dacă nu dau și ei un exemplu!

După cea dintâi izbucnire a primăriței, au mai urmat câteva. Legionarul, căci asta trebuia să fie, dacă-și terminase pedeapsa, se oploșise acum în Văralia? Ea una n-avea de gând să permită așa ceva. De aceea, într-o dimineață ploioasă, a trimis după trei tineri, printre care mă aflam și eu. Nu se-ndoia că putea să se bazeze pe noi, acum când ne dădea de făcut o treabă importantă. Sigur, ar fi putut propune miliției să intervină, dar parcă totuși nu voia să rămână incidentul trecut pe vreo hârțoagă. Nu ne cerea un capăt de lume, de fapt, sigur aveam să ne descurcăm.

— Faceți cum știți, dar pe popă să nu-l mai prind niciodată-n oraș!

Ne-am uitat unii la alții și-am izbucnit în râs. Păi asta era floare la ureche.

— N-o să-l mai vedeți, tovarășa primar! am asigurat-o cu toții. De mâine n-o să mai auziți de el.

A doua zi l-am așteptat pe popă în dreptul uliței gării. Ne-a zărit de departe, i-am ghicit cumva privirea, cu un fel de amărăciune în ea. Nu ne-a ocolit, ci, de parcă ar fi știut de ce ne găseam acolo, a traversat șoseaua singur, ca să se oprească la un pas de noi.

— Nu v-am făcut nimica rău și voi mă alungați? ne-a zis mustrător. De ce faceți asta?

Ne-am uitat unii la alții, de unde știa? Te pomenești că ne citise gândurile! Apoi lucru curat nu era la mijloc.

— Tovarășa primar ne-a dat ordin, a zis unul dintre noi. Dar și fără ea, noi tot ți-am fi cerut asta. N-avem nevoie de călugări care să-i amețească pe oameni.

— Rostul popilor s-a cam dus de-acum, a zis celălalt. Dacă vrem o lume mai bună, ne-o facem singuri, cu brațele astea.

— Iar în cer, m-am auzit și eu glăsuind, nu te sui cu scara.

— Oare așa să fie, flăcăule? mi-a răspuns el. Ai încercat cumva?

M-am rușinat deodată, de unde-mi venise vorba aceea necugetată?

— Vai de sufletele pierdute. Și vai de cei care le taie cu-o seceră. Am venit să ajut, nu să fiu urât. Am venit să vindec, nu să fac vreo rană. De-acum toate se vor înfăptui după cât de îndârjiți mă alungați în ceasul acesta din oraș. Povara voastră-i mare și grea. E vai de voi, copii rătăciți, cum nu vă dați seama? Cât veți striga până veți fi auziți! Câte lacrimi veți vărsa fără să le știe nimeni! Nimic nu rămâne neplătit pe lumea asta. Iar voi, fără să știți, vă faceți o datorie atât de amară.

— Iertare, părinte, am dat deodată să zic. Dar cuvintele mi-au înghețat pe buze. Dacă aș fi apucat să le rostesc, mai mult ca sigur că alta mi-ar fi fost soarta.

Ca răul să fie întreg, primul dintre noi a început să râdă. Un râs nervos la-nceput, apoi cu tot mai mare batjocură.

— Mai lasă-ne cu de-astea, părinte! Vorbe... Vorbe aruncate! Hai mai bine la gară, că șuieră deja trenul. Și să nu mai dai pe-aici niciodată. Ți-e clar?

Părintele a încuviințat și, fără să mai zică nimic, a pornit înaintea noastră. O piatră grea mi s-a pus în piept, ce vină avea el? Dar n-am rămas pe loc, cum ar fi trebuit, ci m-am dus și eu până pe peron. Ba chiar odată am pășit pe urma lui, care, deși purta încălțări sărăcăcioase, rămăsese desenată-n praf ca un contur de talpă goală. Acceleratul a intrat în gară, impiegatul a fluierat ascuțit, o perdea vișinie a acoperit fața părintelui.

Om întreg am mai fost numai o săptămână. Nu știu nici până azi cum de-am alunecat pe loc uscat și m-am lovit la cap. Și-am rămas așa, învârtit. Mă rog de-atunci în fiecare zi pentru iertare. De nu mă-nsuram mai înainte, holtei eram până azi. Și nici copii n-aveam, că nimeni nu-și leagă zilele de-un oropsit ca mine. Apoi, la nici o lună, cel care vorbise primul s-a dus să taie niște lemne din pădure. Deși făcuse de-atâtea ori lucrul ăsta, avea topor potrivit și știa unde să stea, tot l-a strivit un copac. A murit pe loc, cu spinarea ruptă. Ce jale-a fost atunci în tot satul. M-am târât și eu, ca un neputincios, la cimitir. Cum n-apucase să se-nsoare, l-au îngropat ca pe-un mire. Și, deși nu-mi fusese prieten niciodată, am plâns lângă bradul lui cu douăzeci și patru de ramuri. Iar al treilea, să nu crezi că a scăpat. Trăiește, da, poate-i un pic mai bine ca mine. Pe el l-a trăsnit pe la-nceput de septembrie, când rar mai plouă cu tunete și fulgere. Ziua fusese deosebit de caldă și, după prânz, așa, s-a pornit urgia. N-a ținut mai mult de-un sfert de ceas, n-a făcut cine știe ce pagubă, doar a stropit din belșug recolta. Dar l-a trăsnit și pe flăcăul ăsta, undeva la Caba, unde lucra el la otavă. N-a murit, însă a rămas ghebos. Mai mult, a prins o spaimă care nu-l mai lasă să iasă în lume. De-aia, dintre toți trei, doar eu am datoria să zic întreaga poveste. Și-o tot spun, chiar dacă primărița a prins ură pe mine. E tot tânără, vioaie, și primește mereu delegații. Nimeni nu știe dacă-i măritată sau nu, oricum, n-o caută niciodată părinții sau bărbatul. A săpat deja fundații pentru trei rânduri de blocuri. Ce mai stațiune înfloritoare ne pregătește! N-o să mai rămână nimic din partea de sat, cu timpul o dă ea jos, o face până la urmă civilizată. Că un apartament e mai bun decât orice șandrama de pe-acolo.

Pe călugăr nu l-a mai văzut nimeni, niciodată. Dar eu îl aștept, sunt aici, trebuie să ne mai încerce cândva. Mă rog zi de zi pentru asta.

14

Sau n-aș fi fost,
ca o stârpitură îngropată,
ca niște copii care n-au văzut lumina! zis-a Iov.

Vaca asta-i aproape schiloadă, oasele i-au ieșit prin piele, șiruri de coaste pe-o parte, șiruri pe alta, curând n-o să mă mai poată ține. O vreme mi-am părut sus, dar acum, văd deodată, am căzut până unde începe o prăpastie. Când vaca n-o să se mai proptească-n picioare, ne ducem amândouă în hău. Că până jos nu-s numai trei metri, iar dedesubt nu susură pârâul din spatele casei noastre, umflat de ape limpezi și de mrene. Mama mă ia, hai Reghinuță, să văd dacă poți ține maiul. Am o rochiță galbenă, ca vara târzie, când se coace mălaiul. Valeria dă de pământ cu o minge de cârpă, e supărată că nu sare. Dar lasă că tata ne-aduce alta, adevărată, și-o să ne jucăm de-a ouăle, pe perete. Adică o să dăm cu mingea-n zid, o să batem din palme, și n-o să lăsăm mingea să cadă. Că atunci se sparge oul și n-ai decât zece. O să aruncăm și pe sub braț, eu, dacă-s mai mare, sunt cu mult mai bună. Doar când trebuie s-o azvârl pe la spate nu mai nimeresc și-ncep să sparg „ouăle". Valeria nu prea știe dacă-i greșeală sau nu, râde, apoi face ture prin curte. Abia așteaptă să meargă la școală, tot mă ajunge ea din urmă. Dar acum e încă vacanță, când oi crește poate-o să am și eu un râu pe lângă casă și-o să spăl tot așa. Rufele au fost fierte cu leșie, frecate și-acum trebuie limpezite.

— Ți-ai adus scăunelul?

— Da! Cel pe care mi l-a cioplit tata.

— Iei haina, o treci prin valuri, o strângi pe lemn și-o bați bine cu maiul până iese toată leșia din ea. Hai, apuc-o mai bine, ai putere! Așa. Și încă o dată, și încă, până când iese apa limpede.

Maiul e o bucată de lemn cu mâner, dau cât pot de tare, undele-mi învelesc genunchii, rochița alunecă pe ele. Și deodată-s pe vaca asta, schiloadă, în grădina în care le-am trăit pe toate. E ianuarie, nu-mi mai simt degetele, dar trebuie să termin odată cu hainele astea. Le-am spălat în lighean, în casă, le-am frecat pe toate, până mi s-a crăpat iar pielea de pe degete. Numai să nu dea sângele, că atunci fac pete noi și n-o mai scot la capăt niciodată. Fata mai mare mi s-a dus, are și ea copil, a plecat și cealaltă, a patra născută, cea care numai ascultă, la o școală. Băiatul ce mi-a rupt zdravăn din suflet n-a reușit la facultate, zece pe-un loc au fost, așa că s-a făcut ceferist. Degeaba s-a arătat el atât de bun la școală, și-a făcut revistă, a scris poezii, degeaba. Serile se întorc amândoi, el și Damian, împart aceeași merinde, câteodată se mai opresc la bufet. Poate și azi, că e zi de salariu.

Scot apa din fântână, mai greu, căci copca e îngustă, nu prea răzbesc cu găleata plină prin ea. Îmi scapă mereu din cârlig și-apoi e mare bătaie de cap s-o agăț și s-o scot gâlgâind. Nici nu întind bine cămășile pe sârmă, că și îngheață. Se umplu cu cine știe ce făpturi nevăzute, se fac țepene, iar când încep să trosnească mă gândesc că poate chiar trupul meu întreg, nemaivăzut de mare, se strânge acolo și, pentru o vreme, încearcă să priceapă. E vreo mamă care să-și iubească la fel toți născuții? Nu e, n-ar avea cum să fie. Căci altfel te gândești la fiecare bucată din tine, pe una o iubești că e nespus de neajutorată, stă la vedere mereu, piele frumoasă pe care până și soarele o poate răni, pe alta o știi pentru că tresare atât, pe alta pentru că-i mereu potrivnică, una îți dă fiori mai mulți, iar alta bate acolo, fără oprire, ascultă mereu, câtă îndârjire strânge în ea. Alături de cea mai bolnavă vei fi până la capăt, cu toată puterea. Iar una poate-ți va aduce mereu bucurie, căci așa-i ea făcută, cântă și glumește chiar de începe furtuna. Dar zile-ai împărți oricâte, oricărui prunc, chiar și până le-ai pierde tu pe toate.

Nu, nu e părinte pe lume care să-și iubească la fel copiii. Căci fiecare e om și parte de trup deopotrivă, deci merită altfel de iubire. Pe mine mama m-a alintat într-un fel, dar Valeria a rupt-o în două. Și-apoi, în vinerea cea mai neagră, de care nici nu pot să-mi aduc aminte, a luat cu ea jumătate. Ce-a mai rămas am împărțit eu cu Maria, sora mea doamnă care n-a știut nicicând ce-i aceea o lipsă. De mult nu mai spală ea în curte, căci și-a dus apă în casă. Și are mașină care-i face toată treaba. Oare mai intră vreodată-n pârâu ca să dea cu maiul? Bănuiește oare că totul se va întoarce ca un cutremur? Și-atunci va cădea-n omăt, în genunchi, căci va fi tot așa, iarnă, și va plânge, biata, până când îi vor seca lacrimile.

Hainele au înghețat, când voi vrea să le duc în casă o să se rupă dacă n-o să le desfac cu grijă de pe sârmă. O pasăre mare, cu pene în multe culori, s-a lăsat în grădinuță. Poate-s grăunțe rămase de la găini acolo, poate vrea numai să vadă ce-i cu grădina asta care nu mai are garduri uriașe, teiul s-a rupt, acății au fost tăiați de la jumătate, doar plopii, ca niște lumânări, s-au umplut de cuiburi de gaiță.

— Mi-a înghețat și sufletul, pasăre! șoptesc. Nici harbuzul ăsta mai mic ce mi-e burtă nu e mai bine. Nu știe nimeni că se-ntărește din nou, îi simt marginile, am trecut eu de patruzeci, dar un pătuț cât o pâine sigur se găsește acuma în el. În cinci luni trebuie să fie, pasăre. Ar fi al treișpelea copil, oare ce parte din trup?

Pasărea zboară un metru mai încolo, e sub vița-de-vie. Prinde iute o boabă, un strugure brumat.

— Bine, pasăre, fug că-s sloi de gheață. Am întins două sârme de rufe, apa aruncată din lighean s-a făcut acum ghețuș. Dacă vrei ceva, bate în geam!

Dar nu ciocăne, numai soarele pieziș, de amiază, scaldă podeaua. E curată acum, am frecat-o cu peria și-am clătit-o apoi cu apă caldă. Dacă intri încălțat, orice preș pui, tot murdărești cu zăpadă. Iar copiii ăștia nu mai pridideșc să se dea pe derdeluș. Și-au făcut pârtie până departe. Eu mi-am dezghețat mâinile mai întâi, ce durere. Trenul a șuierat spre tunel, stelele-s ciorchine, sticlă pe sticlă până adânc în cer. Biata vacă pe care mă aflu nu știe, a ațipit, nu e în stare nici să rumege, celelalte i-au luat iarba proaspătă, otava din vara de trei ani, au mestecat fânul din toamnă, l-au înghițit și pe-acela al iernilor, de-a mai rămas numai strohul pe care nu e bot să vrea să-l mănânce.

Când intră Damian, târziu, se clatină toate. Nici nu mă ridic bine-n picioare, că un vârtej mă prinde, tot bufetul e-acolo, cu bețivii din el, cu o sticlă de vin împroșcând până departe. Mi se întoarce stomacul, nu pentru c-o să verse și pentru că va vrea să-și ia zilele, ci din ce-am eu în burtă. Uite-l cum se căinează Damian, Doamne, cine-l blestemase de n-a mai avut el viață, numai păcate, unele după altele, că nimeni n-o să-l ierte vreodată.

— Lasă, Damiane, că mila Celui de Sus e mare!

— Nu pentru mine, că mi-am călcat legământul, de douăzeci de ani n-am mai fost la biserică. M-au alungat frații, bietul tata, ce fiu i-am fost eu lui, ce pacoste?

Damian plânge și vrea să se suie-n pod, să se ducă iar la sticlele cu otravă. Dar nu-l las, mă așez înaintea lui lângă scară, numai că eu sunt de cârpă, uite cum mă azvârle în lături, degeaba strigă copiii, degeaba plâng cei mai mici. Acum el s-a suit, așa că trebuie să-l opresc, că verdele ăla de Paris e plin, am luat mai multe sticle pentru când s-or înmulți gândacii de Colorado. Și mai sunt și otrăvurile pentru stropit pomii. Omul ăsta e-n nebunie, dacă se omoară?

— Lasă-mă, Reghină, în răul meu lasă-mă, că n-am fost vrednic de nimic pe lume! jelește Damian.

Și scutură scara... Tot mai mult, cu tot mai mare furie. Nu se oprește, deși nici o însăilare de cârpe, darămite un om, nu s-ar mai putea ține de ea. Nici eu nu mai pot, mâna îmi scapă, uite cum zbor ca un sac. Sau ca o grămadă de grăunțe. Sau ca niște struguri uscați din care tocmai apucă o pasăre cu mult mai mare și mai întunecată. Cum a intrat ea acolo?

Mă izbesc de podea, un junghi de moarte mă zguduie.

— E rău, Damiane!

Nu mai știu mare lucru, bărbatul poate mi s-a făcut de-o veșnicie stană. Când prind să zăresc din nou, nu mai e nimeni pe lângă mine, copiii dorm duși, doisprezece, mici și mari, înghesuiți unii în alții, în numai trei paturi și-un leagăn. O albiuță strălucitoare trece prin ușă, prin rochia făcută cheag și fânul uscat vălurind de căldură. Îl văd pe băiețel numai o clipă, e acolo, întreg, uite că-mi șoptește să-l iert. Ce fetișoară de păpușă are, ce mânuțe cât o surcea, ce piciorușe cât un fluier de acar! Mă fac mai întâi grăunțe, apoi pulbere de împrăștiat prin curte. Dar nu pentru mult timp, că Damian bălmăjește ceva, tocmai se-ntinde-n pat. Iar eu am în cap un singur lucru: să nu vadă nimeni! Să nu știe nici el.

— E din mine, lasă, șoptesc, e numai sânge. Poate așa mi se trece viața și scap odată! Întoarce-te să mă iei, micuțule! Mă voi strânge cât o gălbenea, numai să mă primești acolo, în albie. O să trecem amândoi peste grădină, în ea vor înflori prunii, și merii, și bulbucii, și gălbenelele, și ura-voinicilor, și chimenul, căci va fi și vară, și iarnă deopotrivă. Iar pasărea cu aripi de curcubeu va crește cât să ne pună pe spinare și să ne ducă în sus, pe-amândoi, până acolo unde nu mai sunt vaci, nici spaimă, nici sânge care, uite, s-a sfârșit, nu mai iese din mine. Poate că m-am făcut de ceară și-i gata, putem trece, în sfârșit, poarta cea mai îndepărtată.

De ce să mă întorc, pasăre? Cum, nu acesta-i sfârșitul? O, câte mai sunt de dus! Ce suflet să am eu ca să-mi strâng pruncul, să-l pun în ștergar și să plec cu el șiroind roșu prin noapte și zăpadă. Să caut loc neînghețat pentru el. Dar unde, că peste tot e un sloi ce nu se mai poate sparge. Să aleg marginea casei, fiindcă numai acolo locul a rămas moale, și să sap greu, de parcă mai târziu m-aș pune pe mine-n groapă. Și când hârlețul se va fi adâncit destul, să-mi răstorn povara, să întorc peste ea țărâna, cu palmele goale, tot mai rupte, tot mai pline de rană.

Damian n-o să știe niciodată.

Fac cruce mică, de bețe, și mă rog, cum am învățat cândva, în rochița mea galbenă, de pe vremea când apele erau limpezi și eu dam fericită cu maiul.

— Copilul meu, partea mea neștiută, mai ține-te o vreme aproape. Iar când o să-l ierți pe Damian, dă-mi de știre și mie, ca să-mi pot lua și eu rămas-bun.

15

Când a ajuns omul trimis de tata, au picurat câțiva stropi. N-au căzut pe brațele mele, ci în spatele casei, pe stupi. Roiul a ieșit valvârtej, de parcă fagurii ar fi început pe-alocuri să fumege. S-a-nvârtit peste varză, a izbucnit peste halăul de unde beau apă vitele, s-a încâlcit în agrișe și coacăze, ca să coboare un pic și către fântână. De pe aripile albinelor săreau scântei. Una, cea mai mare, poate regina, mi s-a-ncurcat în păr. M-a înțepat în moalele capului, un sfredel cu venin de care n-ai cum să nu te aperi. Am strivit-o pe loc, chiar mai înainte să strig de durere.

Sub frunte mi-au răsărit deodată copii, mulți sugari, în pătuțuri alăturate. Prin sticlă nu vezi nimic, doar crești, uite, mâine împlinești paisprezece ani, ar trebui să te gândești mai mult la zestre. Să coși totul cu spor, să țeși și să tricotezi, că trebuie atâtea într-o casă. Ca vântul se trece orice. Nici n-o să-mi dau seama când o să-mi vină vreun flăcău să mă pețească.

— Reghină, mi-a zis omul trimis de tata, mâine, în zori, ia furgonul și du-te la stână. Baciului Filimon îi trebuie caii. N-ai frică, drumul e ușor.

— Știu pe unde să apuc. Numai în vara asta m-am suit de două ori la tata, în Suhard!

Dacă Dumnezeu îi dăduse doar fete, prima moartă la naștere, a doua îngropată când nici nu făcuse o lună și, după mine, sora mea, Valeria, omorâtă la nouă ani de-un murg, apoi numai eu îi rămăsesem de băiat. Trăiam, slavă Cerului, crescusem de-ajuns și se bizuia pe mine în toate. Și la coasă m-ar pune dacă mi-ar fi un pic mai tari brațele. Dar să mân caii nu era cine știe ce greutate. Mă-nvățase rosturile, puneam ușor hamurile, nu mă-ncurcam în căpăstru. Iar caii, mai ales pătatul, erau blânzi, mă ascultau.

În ziua în care-am împlinit paisprezece ani, m-am trezit când nu se zărea încă de ziuă. Mi-am pus ghete, că pe munte nu știai, oricând te putea prinde ploaia, și-am îmbrăcat o rochie de lucru și-un sveter cu model împletit, care să mă apere de răcoare. Cucul din ceas nu cântase de cinci când am ieșit eu pe poartă.

— Mergi peste deal până în Șanț, draga mamii, apoi ține drumul către Suhard. Să nu te-ncurci pe ulițele acelea. Întreabă oamenii, dacă se-ntâmplă să te rătăcești. După ce-ai ieșit către pădure, apoi nu poți s-o ții decât înainte, se văd urmele de care.

— Știu, mamă, n-ai grijă. Cunosc toți coclaurii. Că doar acela-i drumul ce duce la tata.

Și da, o să fac cum îmi ceruse el, o să mă opresc la urcuș. Chiar dacă nu mi se păruse niciodată abrupt.

— O să-ți vină vreun păcurar în întâmpinare. Așa, pe la amiază. Te descurci tu, Reghină, nu degeaba ești băiatul casei.

Am dat din cap, cum să nu, di, căluț, di. Nici nu știu cum am ajuns pe culmea primului deal. Vedeam cerul ba plin de margarete, ba topit de soare. Mergeam ușor, am întâlnit numai un car ce venea către Măgura, uite ce fătucă vrednică, a strigat omul de pe capră.

— De-a cui ești tu? a mai întrebat.

— A baciului Filimon.

Dar n-a mai putut să m-audă, începusem să cobor, toate se zdruncinau. Pe la opt am trecut podul spre

Șanț. Femei vârstnice se duceau spre aprozar sau către centrul de pâine. Sătenii umpluseră dealurile, cu greble și coase. Un autobuz înecat în fum tocmai pleca din stație. Mi-am strunit bine caii, n-au sărit într-o parte. Ce bine că mă ascultau! N-a durat mult și-am ajuns către pădure, casele s-au făcut mai rare, pe ultima, atârnând parcă sub stâncă, am lăsat-o în urmă când roua încă nu se ridicase.

Mirosea a rășină, conurile săreau la răstimpuri de sub copite. Câte-o potcoavă izbea piatra în plin și sunetul suia spre povârnișuri.

— Di, căluților, mare noroc am eu cu voi!

Ne-am oprit lângă un pârâu, cât să bem apă, eu din căușul palmei, ei încă prinși în hamuri. Câțiva bondari bâzâiau peste florile galbene, bolovanii aveau sclipici înăuntru, într-un ceas aveam să ajungem. Roata furgonului se hâțâna, spinările cafenii șiroiau de sudoare și crengile brazilor îmi atingeau câteodată brațul. Cum nu fuseseră furtuni de curând, n-am dat de copaci prăvăliți. Mirosea pătrunzător a frunze și a rășină. Am ținut calea cu spor, urmele roților de dinainte nu se-adânciseră prea tare.

Când am ajuns pe locul de unde izbucnea urcușul pieziș, trebuie să fi fost către unsprezece. N-aveam decât să mă opresc acolo, așa cum zisese tata. Soarele se ținea oblic de niște molizi, fusesem și mai grozavă ca un băiat, cât de ușor trecusem dealul și-acum mă pornisem în sus către munte. Mi-am scos o roșie, am tăiat-o cu briceagul și-am prefirat peste ea brânză. Am mușcat ca dintr-un ou de Paște, ce gust aspru și dulce, și sărat avea! Am mai rupt și din pâinea coaptă peste noapte de mama. Avea coaja tare cum îmi plăcea mie. Am dat drumul cailor și le-am pus înainte niște nutreț. L-au mâncat până la ultimul fir și-apoi au început să-nhațe clopoței dintr-un pâlc. Oare cât aveam să rămânem acolo?

Cu drumul acela doar un pic abrupt în față, ce-o să faci, Reghină? mi-am auzit gândul. O să rămâi pe loc ca oricare fată? Sau o să tragi aer în piept și-o să te avânți până la capăt? Poți s-o faci, panta care urmează e o nimica toată. Băiatul lui tata ești tu, măi Reghină, sau o fricoasă? Știi pe cineva care să se fi prăvălit pe vreo coastă? Uite cum fornăie murgii, abia așteaptă să plece. Acum, că au prins puteri, o să zboare ca în poveste. Așa că suflecă-ți rochia, Reghină, pune caii pe lângă rudă și du-te în sus. Până-n două tot ajungi.

M-am proptit cu toată puterea în hățuri, di, murgilor, că de-acum ne ducem singuri în munte, la stână! Caii s-au opintit numai o dată și-au pornit plini de sârg. Știau ei că după partea pieptișă vine o pantă ușoară, pe care-o treci fluierând. Abia la capătul ei vor mai da de-o coastă mai grea, dar cu furgonul aproape gol n-aveau cum să nu răzbească.

Di, căluților, di, să zburăm până la tata. N-aveam noi aripi, dar, cu gândul, ni le puteam imagina. Cât de ușor ar fi fost atunci să ocolim câte o hârtoapă. Cum am fi plutit noi, numai un pic, ca într-o glumă, pe coama de sus unde bine ar fi să mai facem popas. Și cum ne-am fi desprins noi, drept spre cer, când am văzut prima buturugă zburând. Căci, din senin, o buturugă a zburat. Dar asta s-a-ntâmplat atât de iute, încât, pentru o clipă, toate mi s-au învârtejit în cap. Caii au încremenit a groază, ca să sară apoi pe două picioare. Furgonul a ieșit din drum și s-a izbit de-un copac. Dar n-a rămas acolo, căci murgii parcă au înnebunit deodată. Pătatul a tras tare-n dreapta și-a pornit ca apucatul printre molizi. Abia în spaima și-n devălmășia aceea, am ghicit înapoi, nu departe, dihania. Brună, cu labele-n aer și fălci sângeroase, mânca pământul în spatele nostru, hâțâna frasinii, doar să ne-ajungă, că ne și zdrobește. Doamne, apără-ne, nu ne arunca-n prăpastie! Și-am strigat ajutor, din toate puterile. Hățurile mi-au rupt palmele, de-a-nceput să șiroaiască aerul ca niște cascade.

— Ajutor! am strigat din nou. Ajutoor!

Nici n-am știut cum m-am izbit cu spatele de scândura furgonului. Poala rochiei mi s-a rupt în rudă. Ursul venea, îi ghiceam colții, vai cum avea să ne taie.

— Ajutoor, tată! Ne omoară ursul!

Și-apoi n-am mai putut scoate decât un cuvânt, tată!, tată!, tată! la nesfârșit. Furgonului îi săreau scândurile, peste mine urmau să cadă, ca pe-o râmă aveau să mă turtească. O creangă mi s-a-nfipt în braț, cine s-o mai simtă? Cerul se-nvârtea cu viteză, în curând avea să ne lase fără suflare pe toți. Pătatul s-a-ncâlcit în frunziș, iar oiștea, întoarsă cu putere de cel negru, mai că s-a rupt de-un brad. Furgonul s-a-ntors, s-a răsucit, roata din spate i-a scăpat spre prăpastie. Numai pătatul ne mai ținea, prăvălit pe-o parte, cu hamul tăindu-i gâtul. Cel negru căzuse și el, spume albe-i curgeau din gură.

— Tată! Tată!

Două morți tinere tocmai se-mprieteneau, una ne arunca fără milă în gol, cealaltă ne sfâșia cu gheare urseşti. Cum să ne-mpartă? Lacrimile se făceau un sac strâns tot mai tare la gură. Râul șopotea în afund, pe sub stâncă, pietrele abia așteptau să ne cunoască.

Aveam să mor curând, și pătatul meu odată cu mine. Cum i se umflase grumazul de la ham, ce-i mai zvâcneau vinele! Acum o să crape de tot, de valea se va face roșie, iar muntele ăsta, Suhardul, o să se frângă precum un vlăstar.

Azi împlinesc paisprezece ani și duc furgonul la stână. Strig încontinuu, tată, tată! Ursului i-au ieșit ochii din cap, ce furie vânătă aruncă în afară. Balele i se scurg printre colți, îi alunecă pe blană. Și-o albină, poate regina, mă-nțeapă în creștet. Eu, fără să mă gândesc, o omor. Ce-ai făcut, Reghină? Că nimeni nu-i acum aici, totu-i ars.

Ursul smulge pădurea, amiaza se strânge-năuntru și crapă. Fiara-i acum la trei pași, ce mai duhnește, sfredele cu tăiș îi sunt ghearele.

— Omoară-mă de la-nceput, ursule. Te rog, nu mă sfâșia cât încă-s în viață!

Nu mai pot nici striga, fălcile mi s-au făcut acum ca de piatră. Iartă-mă, tată, că n-am fost băiat. N-am avut pe nimeni în ceasul acesta. N-am avut nici topor sau ciomag pentru apărare. Iar dumitale, mamă, îți zic că fetele nu aduc niciodată noroc. Dar tu știi asta prea bine, pe trei le ai deja moarte. Iar, eu, a patra, mă duc mireasă acum, pe stânca asta, la numai paisprezece ani. Cât despre tine, vulturoaică, nu te-arăți să mă aperi cu gheara. Nu mă smulgi ușor ca să mă porți ca pe-un fulg până departe.

Ursul zguduie muntele, acum o să mă sfâșie, gata-mi sunt zilele. Dar ce se mai aude oare? Ce-i cu mârâitul acesta ce te îngheață? Fiara se-ntoarce, cade-n patru labe, ce-i vedenia asta? Un dulău neasemuit, cu colți ca niște bricege, tocmai i s-a aruncat în spate! Și-l trage-n lături, și-l mușcă, și împroașcă brazii cu sânge. Dihania se-ntoarce, se zbate, dacă-l smulge de-acolo îl lasă fără viață.

— Bălan! am strigat. Bălan!

Câinele scos din gheare de vulturoaică m-auzise, mâncase grohotișul, nu alta, și-ajunsese ca vântul aici, să mă apere. Dă-i putere, Doamne. Dă-i curaj cât să doboare un urs.

M-am lăsat din nou în furgon, cerul se umpluse de ace, verzi toate, cu stropi de rășină prin ele. Niște pete mari, vineții, atârnau într-o parte. Păreau niște prune coapte, gata să se desprindă. Când au început unele după altele să se preschimbe în fum, au ajuns păcurarii și tata.

— Reghină! a strigat tata. Ce-ai pățit, Reghină?

Pielița prunelor dezlipite sus i-a atins tocmai atunci ochii, de i s-au umplut de apă. Picurii sărați i-au coborât pe obrajii nerași. Ursul nu m-a sfâșiat, tată, o să trăiesc, nici eu nici caii n-o să cădem în prăpastie. Doar pătatul, bietul, ce se mai zbate.

— Cum am putut să fiu atât de fără minte? a început să se căineze tata.

M-a tras cu putere din furgon, de mi s-a sfâșiat de tot rochia. Îmi rupsesem ceva sau aveam doar răni mai ușoare? Dintr-o tăietură de pe umăr încă-mi curgea sânge. Dar în rest eram întreagă, vie, vânătăile aveau cu timpul să treacă. Și peste nici doi ani, acum că mă făcusem numai fată, aveam să ajung nevastă tânără care încă nu-și vede soarta, într-o grădină nouă, nesfârșit de mare. Noroc că-l aveam alături pe dulăul care s-a luptat singur cu ursul și-a avut și izbândă.

Când Bălan s-a întors din afundul pădurii, șchiopătând și schelălăind, purta pe spate urme adânci de gheare. L-am îngrijit două săptămâni, l-am curățat cu ceai de mușețel și i-am pus ierburi pe rană. Când n-a mai avut nimic, tata l-a luat din nou, în vârful Suhardului, la stână. M-am îngrijit și pe mine, de nici cicatrice n-au mai rămas. Numai calul nostru, cel pătat, pe el nu l-am mai putut aduce la viață. E încă acolo, pe pietriș, se sugrumă mereu, ca să nu cad eu cu tot cu furgon în prăpastie.

Cât despre tine, Bălan, oare-mi poți zice de ce în ziua-n care-am împlinit paisprezece ani n-am ascultat? Cum de-am nesocotit vorbele tatei și-am crezut c-o să birui urcușul? Iar mai apoi, spune, Bălan, de ce nu m-am mai putut împotrivi vreodată? Nici când a venit Damian să mă ceară și tata, cel dintâi, fără măcar să se uite la mine, a zis:

— Da, cum să nu, cu mare bucurie!

16

— Ai adus roșii, Octavian?

Tocmai coborâsem la aprozar, în hrubă, unde e mereu un miros rău. Vânzătorul s-a ridicat de după tejghea, avusese patru saci de cartofi, îi vânduse pe toți, iar acum strângea pământul rămas în urmă. Când mă vede, nu mai dă să fugă, așa, ca altădată. Doar când zic ceva de cireșe coapte, de-alea, de ți se topesc în gură, prinde deodată culoare. Sau dacă pomenesc de niște pantaloni de doc sfâșiați cândva de-un gard, în vara asta lungă, de trei ani, se face stacojiu. Azi nu-mi arde de glume, n-am să-i aduc aminte, merg tot mai greu, mi s-au umflat picioarele.

— Mai aveți o lună și-un pic, cel mult două! mi-a zis asistenta.

— V-ați îngrășat cam mult, dar și copilul e mare. O să v-aducă el singur la noi, n-aveți grijă!

Cum o să m-aducă? După ce-l nasc în drum spre dispensar? Sau cu dureri de nici n-o să mai pot umbla? Sau după ce-mi vărs singură fierea? După ce mi-a murit în burtă? După ce mi-am pierdut eu tot sângele? După ce ne-am îngropat amândoi în țintirim? Când o să-mi dea el de știre? Și-o să-l aud? Dacă n-o să pricep nimic, că-s la prima sarcină, și-o să fie vai de noi doi? Noroc că le am pe Mărina și pe Amalia, doar să le strig mai tare că poate m-aud și de la ele de-acasă. Măcar dacă s-ar întoarce Damian până la soroc. E dus undeva spre Târgu Mureș la lucru.

Toate mi-au rămas pe cap, câte nu sunt de făcut într-o gospodărie? Mai greu mi-e să prind fânul cu brațele, și nu pentru că mi-ar lipsi puterea, ci pentru că mi-e groază că mă împiedic. Pe trepte, când merg spre șopron și ocolesc scara. Și-atunci crap ca butoiul, nimic din harbuz nu mai rămâne în viață. Gălețile cu mâncare pentru porci le car acum în mai multe rânduri, pline doar pe jumătate. Că de când sunt grea, parcă nu mai pot duce nimic. Numai dacă pun în spate e bine. Uneori mă îngheață gândul că vreun străin o să mă lovească brusc, drept în burtă. Nu și acum când am o traistă pe umăr, mai mult goală, că la autoservire n-am găsit decât niște conserve. Am luat două de legume și, dacă mai fac rost de niște roșii, o să fierb niște orez. Nu mult, că-s singură, iar până pe seară totu-i stricat. Ba și niște cafei cu lapte mi-aș face. L-aș îndulci bine, ca să-l mănânc cu pâine. O nevastă gata să nască, așa, ca mine, nu-l mai sperie pe Octavian.

— Primesc roșii mai pe după-amiază, răspunde. Așa mi-au zis de la cooperativă.

— Păcat. Eu n-am vreme să mai vin. Văd că n-ai nimic pe rafturi. De ce miroase mereu a putregai în aprozarul tău?

— Dacă-i beci, ce mireasmă ai vrea să fie? De trandafiri?

— Nu, Octaviane, pe-aceia i-am ars în sobă.

Bietul, se fâstâcește tot, tace. Apoi începe să șteargă repede, repede, pe dinăuntru, vitrina.

— Nu-s proastă, să știi, mi-am dat seama destul de ușor.

Dar el nu m-ascultă, se luptă cu murdăria muștelor, o râcâie, o să facă sticla aia lună. Roșeața cade ușor pe galantar, un bănuț bucata, dacă mi-ar fi de folos aș putea cumpăra din belșug. N-aș risipi banii copiilor, căci ei încă nici n-au venit pe lume. Tocmai atunci se-aude ușa, mai coboară cineva. E o domnișoară cu părul făcut cu drotul și cu buzele vopsite. Poate vreo turistă din stațiune, că prin Văralia sigur n-am mai văzut-o.

— Bună ziua! Scuzați că deranjez! Caut pe cineva, poate știți unde stă...

— Deci nu sunteți de pe-aici? se-nviorează deodată Octavian. El unul oricum îi cunoștea pe toți, că dacă vindea una, alta, chiar dacă acum n-avea mare lucru în lăzi, doar niște mere putrede, și nu credea că așa ceva și-ar dori domnișoara, ei bine, îi știe pe oamenii locului că doar îi treceau mereu pragul. Dar ea de unde venea? Din Armadia? Poate și mai de departe...

— De la Beclean... Și făcuse greu drumul, că tare proaste mai erau legăturile. Schimbase două rate, stătuse nu știu cât în Armadia, dar măcar ajunsese într-un târziu în Văralia. Trebuia să dea de tânărul pentru care, uite, îi tremura inima. Una-i promisese, zicea că o s-o ia de nevastă, și alta făcuse când n-a mai crezut de cuviință să se-arate. Așa, într-o bună zi, fără o explicație, fără nimic, a dispărut pur și simplu. Ce să creadă ea dacă tânărul ăsta o căutase zi de zi o lună întreagă? Când își termina lucrul, venea la ea, duminicile, toate, era acolo, în fața porții. La-nceput s-a supărat, dar apoi, de la un ceas la altul, s-a pomenit tot mai îngrijorată. Te pomenești că i se întâmplase vreun necaz? Dacă i-ar fi spus măcar o vorbă de despărțire, n-ar fi pornit ea încoace. Fusese greu să-și ia liber de la serviciu, că lucra la poștă, și mai era până la concediu. Noroc că se-avea bine cu șefa. Se temea însă să nu i se fi îmbolnăvit drăguțul, să nu-și fi rupt vreun os, ceva, Doamne ferește. Și ea să-l acuze pe nedrept, ba să se mai gândească uneori la el așa, cu un val de ură.

— Mare norocos trebuie să fie tânărul ăsta, a zis Octavian. Să umble după el o domnișoară așa, fermecătoare. Eu unul nu m-aș da dus de lângă dumneavoastră.

Fata s-a rușinat, buzele i-au tremurat o clipă. Apoi și-a dat jos pardesiul deschis la culoare, lăsând să se vadă un costum cărămiziu. Dintr-o stofă plăcută, parcă i-am și simțit asprimea. Numai să nasc odată și să mă-ntorc în corpul de dinainte, că totul o să se schimbe. Deși pe-aici femeile mai rar apucă să se subțieze la loc. Odată ce te faci mamă, nu mai păcălești pe nimeni, iar pruncii nu așteaptă, vin fuga-fuguța, unii după alții. Iar pe-ăsta al meu ce-l apucase, de ce mă lovea așa? M-am așezat iute, poate-și schimbă locul și el. Octavian, cu un ochi la străină, cu unul la geamul zăbrelit în fața căruia m-am pus eu, mi-a adus o cană cu apă. Mirosea a clor, iar turnaseră din greu în bazine. Totuși am înghițit-o până la ultima picătură.

— Aveți cumva vreo adresă? Un nume de stradă, ceva? continuă Octavian.

— Nu. Mi-a trimis scrisori, însă nu de-acasă. Ci din Teaca, unde era detașat.

— Hmm! Un flăcău de pe la noi care să lucreze-n Teaca? Nu știu pe nimeni.

O umbră râcâi pupilele fetei. Ei, dacă făcuse drumul degeaba, o să se-nvețe minte. Să nu se mai țină după unii care-i îndrugă verzi și uscate.

— Totuși, e din Văralia, mai mult ca sigur. Când a venit prima oară la mine, la poștă, trimitea un plic... încoace. Acasă. Așa mi-a zis.

Acum, dacă nu dădea de el, nu-i părea rău că făcuse drumul, măcar încercase. Și-apoi își dorise mereu să viziteze orașul ăsta, o frumusețe de stațiune după cum se zicea. O să mai rămână câteva ceasuri, abia aștepta să vadă hotelurile, să bea apă de la izvoarele de apă minerală.

— Sunt mulți oameni care se tratează la noi! zâmbi Octavian. Borcutul te vindecă de tot felul de boli. E bun și pentru inimă. Eu unul l-am încercat. Și-apoi, de necrezut, îi făcu cu ochiul. Cum îndrăznea? Așa, de față cu mine?! Ce proastă ținere de minte! Atâta i-a fost iubirea? Că-l putea sfârteca dulăul meu! Iar Damian, dacă l-ar fi prins, ar fi avut ac de cojocul lui. De ce să mai rămân și numai un minut aici? Mai bine mă ridic, chiar dacă suflu mai greu, și-o iau încet spre casă. Noroc că mă liniștisem, nu mai bătea nimeni cu picioarele în burta pe care nici o fustă nu mai stătea bine. Și-mi ieșiseră și niște pete pe buze, de nu mai aveau nimic din roșeața de-odinioară. Totuși, scăpasem de răul din primele luni, când vărsasem continuu, că aveam numai gust de metal în gură. Acum, uite, mă simțeam vioaie, o s-o iau pe ștrec și-apoi pe cărarea care ducea până sus, în grădina care înflorise toată, numai mâna Maicii Domnului, de răchițile se făcuseră ca niște ghirlande.

— Plec, Octaviane, e cald tare și-am un pic de drum până la mine. Ajut-o tu pe domnișoara!

Octavian a ieșit de după tejghea, sprinten, și mi-a deschis ușa.

— Mulțumesc pentru ajutor! a zis străina. Dacă e să dau de Damian, o să dau eu cumva...

— Damian! am zis buimacă. Și m-am oprit pe prima treaptă. Păi ăsta nu-i un nume ușor de găsit în Văralia! Adică, eu una nu mai știam pe nimeni pe care să-l strige așa... Oare de ce mi se înmoaie deodată genunchii? Nici nu m-am ridicat bine, că trebuie să mă prind din nou de ceva. Văd negru în fața ochilor, apoi slăbiciunea-i prea mare, noroc că mă ține Octavian, uite cum mă pune iar pe laviță. Nu, n-am leșinat, doar că niște sârme mi-au împrejmuit deodată inima. Și scot ghimpi ruginiți, că de pătrunde în sânge o fărâmă de-otravă, nu mai am nici o scăpare. Vara de trei ani a încremenit deodată. Apoi, de parcă s-ar putea face ghem un șir nesfârșit de haine, s-a strâns iute-n ea, tot mai îndesat, covor bătut în stative, dar nu unul scump, cu flori roșii, cum am crezut atâta vreme, ci unul de folosit numai în antreu, de șters picioarele de noroi, de scuturat zăpezile, un preș făcut din cârpe, o zdreanță doldora de rușine.

— Damian?! a făcut ochii mari Octavian. De ce n-ai zis așa de la început? Nu avem decât unul în Văralia. Și-acela-i bărbatul Reghinei.

Și arătă spre mine. Străina a înțepenit. Cum adică bărbatul meu? De-aia n-o luase pe ea, că era deja însurat? Îi sclipeau ochii ca la o strigoaică. Cât de proastă fusese, eu, după cum vedea, mai aveam puțin până la naștere. Cum se putea ca ea și cu... Și n-a mai zis mare lucru, doar a întins degetul spre mine. Unghiile-i vișinii, ascuțite tare, au rupt cu mare ușurință toamna ce dădea să-nceapă. Și-acolo, într-un beci-aprozar, au deschis dintr-odată fermoarul de care aveam să am mereu parte, dinte de lumină întâi și-apoi dinte sfâșietor de întuneric, până azi, când mi-e rău tare, oare să cheme doctorul, că nu mai știu ce să-mi facă. Dacă mor? Dar eu mă întorc înapoi, la aprozar, mai rămân un pic acolo, e-atâta tinerețe și suferință încă neîncercată. Străina-și frânge mâinile, ce să facă? Nu mai poate de rușine. Fuge ca din pușcă, trece pe lângă stâlpii vopsiți care mărginesc șoseaua către stațiune, ca să se oprească numai la cofetăria unde nu va găsi decât niște plăcinte cu mere, mucegăite parcă, fiindcă nu-i apă minerală care să ne schimbe amândurora gustul acela de sfârșit de lume.

Când am ieșit eu din aprozar, niște fulgi mari au început să cadă din senin, ca să mi se lipească de burtă. N-aveau să se topească decât în ziua-n care, zbătându-mă, am știut că-mi voi da duhul acolo, pe masa de naștere, cu primul meu născut cu tot.

Damian nu mi-a răspuns niciodată la întrebare. Nu, nu cunoștea nici o poștăriță din Beclean. Ce, înnebunisem? Ce era cu bazaconiile astea? Nici nu-și aducea aminte să fi trecut pe-acolo în ultimii ani. Și n-a trecut, da. Așa că am luat scrisoarea pe care mi-o trimisese din Beclean, în ziua sfârșitului de vară, am rupt-o mărunt, de n-a mai rămas din ea nici cât pentru un ghemotoc de hârtie, și-am aruncat-o în iesle, spre hrana cine știe cărei vaci hămesite care-ar roade și preșurile de pe prag. Doar pătratul cu ștampila l-am dosit în lada mea de zestre. Cum aveam să-l mai iubesc eu pe Damian? Numai îngheț vedeam înainte, vara se făcuse pulbere și nu mai avea nicicând să înceapă.

17

Până să moară oamenii de cancer după Cernobîl, mureau de moarte mai bună sau mai rea, după cum le era scris. Primărița și-a fluturat numai o dată părul roșu când, într-o zi, bărbatul Mărinei a suit treptele primăriei pentru o plângere. Nu, el nu vorbise niciodată vrute sau nevrute, o ruga să-l creadă, se înscrisese de tânăr în partid, odată cu tot leatul lui din carieră.

Ce să cârtească unul ca el? Păi nu știau ei, tovarășii de mai sus, mai bine ca toți amărâții care cărau piatra cu spinarea și-o încărcau în basculante? El unul cu toate puterile și cu întreaga voință punea umărul la propășirea țării. Să nu cumva să se gândească altfel tovarășa primar! Tot ce spusese se dovedise nu doar nesăbuit, ci și o prostie în care nici copiii nu pot să creadă. Adică povestise și el ce-auzise de la un șofer din Parva care se jura că-n iarnă, pe viscolul cel mare, când se târa cu mașina încărcată pe dealul Bistriței, i-a ieșit înainte, din vijelie și întuneric, o biată fată, așa, subțire ca firul și cu pletele înghețate de la zăpadă care, amărâta, auziți și dumneavoastră, se-mbrăcase doar cu o rochie lungă, de s-a gândit că-i vreo lunatică scăpată din ospiciu, oricum n-o putea lăsa acolo, așa că a oprit cât să i se suie ea alături în mașină, în dreapta, acolo unde-i mai mare putoarea de motorină, dar măcar e căldură, și ea n-a scos o vorbă, nimic, nici bună seara, nici mulțumesc, de simțea că și lui începe să i se încleșteze limba, că nu mai avusese nicicând parte de-o întâlnire ca asta, și, să vedeți, nici n-au trecut bine de livezile de pe fața dealului, că, la ultimul pâlc de pădure, ditamai basculanta s-a hurducat din senin, ca să se oprească singură-n drum, nu mult, doar cât să coboare năluca aceea lungă și albă, făptura aceea care – și când a ajuns aici șoferul s-a jurat pe viața celor dragi –, ei bine, cât să iasă fata care lăsa-n zăpada abia așternută urme de tălpi goale. Cine să-l creadă cu scornelile astea? Cică amărâtul și-a făcut nu știu câte cruci cu limba și n-a mai putut să-și ducă mașina până la fabrică, că s-a oprit colo, știți și dumneavoastră, la intrarea-n oraș, în plină intersecție, ca să se roage Celui de Sus pentru iertare. A umblat apoi toată primăvara pe la popi, pe la mănăstiri, doar-doar o afla cumva ce fel de ființă i se arătase.

— N-am zis nimic altceva, tovarășa primar! Să nu mă băgați în bucluc, vă rog, că am patru copii de crescut. Și nu cred nimic din toate astea, e doar născocire...

În ce bucluc să-l vâre? O să vadă ea ce-i de făcut mai încolo, deocamdată nu-i cerea decât să se învoiască o vreme de la lucru, că avea trebuință de el pentru niște schimbări la acoperișul clădirii. Se mâncase dranița, ploua în biroul ei, trebuia s-o înlocuiască. O să-l anunțe ea și pe tovarășul director din carieră.

Și-așa a făcut, de bărbatul Mărinei s-a pomenit deodată lucrând pe acoperișul primăriei pe care l-a schimbat tot, într-o nuanță nouă, de frasin verde. Dar primărița nu s-a mulțumit cu-atât, îi trebuiau urgent vopseluri, că voia să înnegrească dranița. Când a fost gata și asta, i-a cerut bărbatului Mărinei să-i zugrăvească clădirea, dar nu cu alb, cum fusese odinioară, ci într-un roșu nemaivăzut.

La sfârșit, primărița a bătut din palme, știuse ea că se putea bizui pe el, văzuse încă de la-nceput scânteia, lui nu-i tulburase nimeni capul, cu lălăieli de popi și superstiții tălâmbe, că doar îi cunoștea prea bine pe cei care se duceau duminica la slujbă. Turnătorii ei își făceau bine treaba. Unul, rusul, îi trimitea săptămânal proces-verbal cu tot ce s-a mai întâmplat pe Strada Uliului. Dar să se-ntoarcă la habotnici, o să-i limpezească ea pe toți. Numai cu pocăiții ăștia, de se-nmulțeau ca potârnichile, nu știa încă ce-avea să facă. Scrisese ea niște plângeri mai sus, dar degeaba, că, dacă-s oameni liniștiți, i s-a răspuns, și-și văd de treburile lor, n-ar trebui să le mai caute nod în papură. Nu se mai îmbată ca porcii, nu sparg, parcă nu-și mai bat așa rău nici nevestele. Dar că se strâng ei acolo, într-o casă, asta să nu dea de gândit? Ei nu-i prea mirosea a bine, mereu fusese cu ochii-n patru. De-aia-i cerea acum încă un lucru.

— Du-te câteva seri la adunare și fii atent la tot ce se-ntâmplă. Apoi vii și-mi povestești și mie. Că n-aș vrea să uneltească nimeni împotriva Partidului tocmai aici, sub ochii mei.

Bărbatul Mărinei, prieten la cataramă cu Damian, a zis da, cum să nu, și-a început să treacă și el duminicile ușa casei de rugăciune.

— Doar cântă, doamnă primar! Imnuri de-ale lor, religioase. Nimic rău, aș zice. Și se roagă.

O fulgerare a sărit atunci din ochii femeii, să nu se lase așa ușor păcălit, păi de ce alesese ea să se bizuie tocmai pe el? Avea planuri mari în ce-l privea, îi găsise o slujbă mai bună, cu bani mai mulți, la brutărie. Nu i-ar plăcea? Cum să nu, s-a bucurat bărbatul Mărinei, n-ar mai fi mereu pe drumuri, și-ar vedea copiii mai des, nu doar noaptea, când ei dormeau duși. Un singur lucru-i cerea primărița în schimb, să se mai ducă o vreme la adunările de pocăiți. Și să scrie pe caiet ce se petrecea acolo, ce ziceau, să nu cumva să vină vreun predicator care să-i întărâte. Nimic mai ușor, a spus bărbatul Mărinei.

Dimineața se trezea la șase, nu la cinci, ca înainte, că era mai scurt drumul, nu mai duhnea niciodată a motorină, iar praful de marmură nu-i mai umplea gura. Avea pe mână saci cu făină albă, ninsori aromate, și niște mașini care mestecau în burtă aluatul. Și mai avea cuptoarele, cu tăvile pline de pâini, un aluat moale întâi, apoi un miros de bine cum nu mai simțise vreodată. Copiilor nu le mai lipsea niciodată pâinea, aurie, cu miez alb, aproape strălucitor, numai bun pentru turiștii strânși în stațiune. Mărina nu se mai ducea din zori la coada care nu se mai termina, ca să apuce o bucată de pâine. Nu venea cu plasa goală și nici cu vreun covrig scăpat în noroi la descărcare, pe care nu l-a mai vrut nimeni. Nu mai trebuia să se pună bine cu vânzătoarea, să se milogească pentru cele patru pâini câte li se cuveneau lor, acum, că toate se dădeau raționalizat.

Când lua lingura enormă cu care scotea pâinile de pe tavă ca să le răstoarne-n lăzile de plastic, bărbatul Mărinei nu mai putea de mulțumire. Mânca pe loc o franzelă întreagă, fierbinte, jumătățile erau pentru ceilalți, uite ce noroc avusese el. Și nu trebuia decât să se ducă la pocăiți unde, de-o vreme, începuse să-i și placă. Se pomenea cântând și el câte-un imn de-acela frumos, dar numai în gând, că nu voia să-l audă nimeni.

De când cu plângerea cealaltă jurase că n-o să mai zică niciodată nimic, nici povești de-alea sfruntate, cu stafii sau fete-ale pădurii, sau ce-o fi fost făptura aia, și nici de-altele, cu ce se mai auzea prin mină, că iar se surpase o galerie și muriseră trei tineri artificieri deodată. Mare jale în Văralia, unul dintre ei nu era însurat, așa că i-au adus brad cu douăzeci de ramuri, că atâția ani avea, și i l-au pus pe mormânt, de-au plâns toți, cu mic și cu mare.

Se-arăta vrednic bărbatul Mărinei. Ce greu era să scrie două-trei pagini despre toți cei care iau cuvântul la adunare, despre ce femei, adică surori, vin, despre cât de cumpătat i se pare pastorul Maxim, oare cum de nu mai dădea Damian niciodată pe la casa de rugăciune? Ce inimă avea-n el să cunoască bine calea, să-și știe pedeapsa și totuși să nu se-ntoarcă? Ce-l trăgea-n mocirla vieții obișnuite? Că nu-i nimeni care să scape de judecata de pe urmă.

Poate la-nceput nu-i plăcuse că până și copilele își acopereau frumusețe de cosițe, că se-mbrăcau toți în haine cenușii, că femeile trebuiau să poarte rochii lungi, până-n pământ, și neapărat năframă, dar dacă așa scria în Sfânta Scriptură, de ce-ar schimba asta? Nu despre frumusețe lumească era vorba aici, pe pământ, ci despre mântuire. Și cuvântul ăsta, mântuire, a intrat ca un sâmbure de muștar în capul bărbatului Mărinei, ca să încolțească într-o bună zi și să-i dea și tulpină, de-l dureau toate pe bietul om, nu mai știa ce să facă.

Trecuse un an de când tot scria pentru primăriță, aceasta nu-i zicea nimic, nici că-i bine sau rău, doar îi cerea cornuri, cu vârfurile cât mai bine coapte, aproape arse, că așa i se păreau ei mai gustoase. Și marmelada din ele, să aibă grijă, s-o pună înăuntru pe cea mai bună. Numai într-o zi l-a oprit ca să-i ceară să mai scrie cu atenție și ce zice un predicator sau altul. Că nu mai avea mult și termina cu povestea asta. Și când s-o sfârși, el va rămâne acolo, la brutărie, doar că pe un post și mai mare. Numai să-i dea odată ceva care s-o ajute, o vorbă nesăbuită, un îndemn la răzvrătire, ceva.

— Să ne rugăm pentru toți frații noștri, pentru toată suflarea din Văralia, căci sfârșitul e aproape! a cerut odată un predicator venit de la Bistrița.

Toți s-au pus în genunchi, foc și pucioasă avea să cadă din cer, că nu mai era mult, simțeau în adâncul inimii și tremurau de amărăciune că lumea se-nrăise într-atâta, încât nu mai putea fi întoarsă, de ce-l alungaseră pe Dumnezeu din inimile lor?

Bărbatul Mărinei a scris seara, cu tulburare, doar atât: „Sfârșitul e aproape!" Asta se rostise în casa de adunare. Și nu s-a gândit mai departe, n-a văzut nici mulțumirea primăriței, cum de nu pricepuse de la început, era limpede ca bună ziua că unelteau, că se gândeau numai la „sfârșit", că-și închipuiau că istoria mai poate fi întoarsă din drum și roțile ei mai pot fi oprite și rupte. Ce șandrama credeau ei că se-nfăptuise acolo, sub ochii lor, pentru ei? Aveau toți de-ale gurii, exact cât să nu le prisosească, de ce să li se dea mai mult? Aveau unde să-și trimită plozii la școală! Aveau locuri de muncă, că nu trebuia să te faci parazit când terminai liceul, că-ți trece ție prin cap c-o să intri la facultate. În mină! Sau la cariere! Sau la drumuri și poduri! Sau, fetele, la tricotaje! Comunismul se face prin muncă, nu prin coate roase prin școli. Sau prin lene. Acum știa cum să facă plângerea, strânsese tot materialul.

Nu-i mai trebuia nimic de la bărbatul Mărinei. Dar acesta, din ziua aceea, nu și-a mai găsit liniștea. N-a mai îndrăznit să meargă nici la adunare și, dacă la-nceput și-a zis că gata, acum putea să bea și el o bere, apoi a simțit cum îi intră-n frunte un fel de sfredel.

Pe-acolo mlădița de mântuire nu mai primea aer, o simțea tot mai uscată, uite, avea să putrezească. N-a mai avut pace, nu mai adormea cu ușurință, îl mâniase pe Dumnezeu, cum de se ticăloșise într-atâta?

Apoi s-a auzit în Văralia că într-o duminică doi milițieni s-au dus la adunare și i-au scos pe oameni afară. Să nu cumva să se mai strângă, că se deschide acum o anchetă, pușcăria-i așteaptă. De ce-și ziceau pocăiți, dacă nu erau? Că se zvonea că puneau la cale tot felul de netrebnicii, deja primărița înaintase plângerea mai departe, la județ, poate și mai sus. Nu tolera ea o sectă!

Bărbatul Mărinei n-a mai stat pe gânduri, a fugit așa cum era, cu șorțul alb de brutar, până la primărie. Doar pâinile și le-a scos din cuptor, pe toate, ca să nu se ardă și să mai plătească apoi cine știe cât paguba. Nu s-a lăsat oprit de nimeni și-a intrat valvârtej în biroul primăriței.

— Nu-i nimic adevărat din ce-am scris.

— Crezi că mă privește? Afară!

Atât i-a zis primărița. Încă de-a doua zi n-a mai fost primit în brutărie. I s-a spus că-i așteptat în carieră, dar nu ca șofer, că nu mai aveau nici un post, ci ca zilier, la munca de jos, cu spatele.

Bărbatul Mărinei a pornit încet, în dreptul gării n-a cotit în jos, către șosea, ci s-a dus drept înainte, spre casa lui unde se deschiseseră tocmai în ziua aceea trandafirii albi. Mărina îi cânta ceva celui mai mic dintre copii și făcea mâncare pentru când aveau să se întoarcă ceilalți trei, mai mari, de la școală. Bărbatul n-a auzit-o, ci a trecut mai departe, peste traverse, deja se încălziseră de la soare. Ce-ar fi să-și dea jos pantofii şi să calce pe razele acelea? Poate-poate o să-l mai aline. Și se trase pe piatra de lângă șine cât să-și dezlege șireturile. Rămase cu tălpile goale, lemnul mirosind a păcură era călduț, nici n-a priceput cum de-a ajuns la tunel.

Acolo nu s-a oprit, cum ar fi fost bine. Trebuia să treacă, căci la capătul lui, pe partea cealaltă, începea cariera. Și-l aștepta maistrul. Să nu cumva să întârzie, că n-o să-l mai angajeze, și-o să-i moară copiii de foame.

Și-a mers încă o vreme, prin întuneric, nici măcar beculețe nu erau prin tunelul acesta, de ce n-or fi atârnat măcar unul? După răcoare veni ca un frig, parcă pășea pe gheață, iar un vârf ascuțit îi tăie într-un loc talpa. Au, făcu și sări dintre șine, ca să se lipească cu spatele de burta ruptă a dealului. Se lăsă în genunchi să se încalțe. N-a auzit șuieratul locomotivei, deși sunetul cutremurase întreaga vale. N-a simțit hurducătura șinelor, nici roțile de fier, mușcătoare. Nici un tren nu trebuia să treacă la zece dimineața pe-acolo. Numai că acceleratul întârziase mult, patru ceasuri, cât să flămânzească groaznic locomotiva și să nu-nghită doar kilometri, ci și un om care dădea să-și lege șireturile în tunelul din Văralia.

Pe bărbatul Mărinei l-a găsit acarul de serviciu mai spre după-amiază. Era zdrobit, coastele i se rupseseră, numai brațele și picioarele nu-i erau ciopârțite.

— Un om tânăr, la nici treizeci de ani, mare necaz! s-a jeluit la înmormântare toată valea.

Iar Mărina, prietena mea pe care urma s-o văd tot mai rar, căci avea de crescut singură patru copii, s-a făcut stană, nici n-a mai putut să plângă. Doar s-a zbătut apoi, toată viața, înfricoșată, venind să ne ceară bani cu împrumut, că doar se știa că Damian punea mereu ceva deoparte.

Fetele i-au crescut, băieții i s-au făcut mari, a venit revoluția și i-a luat și pe ei străinătatea. Când s-a făcut grasă, așa, ca mine, n-a mai putut să suie până aici, în grădina asta ciuntită, dar nici vorbă nu mi-a mai trimis. Vara de trei ani fusese îngropată cu totul în țintirimul unde, printre cruci, bat mingea copiii.

Viața Mărinei n-a mai fost din pături de mămăligă făcute-n cuptor, ci numai dintr-un biet strat gălbui, dat după o vreme-n arsură. Alaltăieri Mărina, care suferea de diabet, a mâncat ouă și pâine pe săturate. Azi o înmormântează. Aud clopotele, cum bat toate laolaltă, ele n-au niciodată limba legată. Zdruncină munții și sufletul în tine.

Cineva, în burta bătrână a vacii care mă ține, suspină. Și, deși paralizată de peste doi ani, poate că și plânge. Balta se face lac, e o apă nesfârșită, mă îneacă. Oare cât mai este, copile, până când o să ne dai, lui și mie, iertarea?

18

Prizonierii sunt lăsați toți în pace,
nu mai aud glasul asupritorului, zis-a Iov.

Vaca asta-i un schelet din acela care-ți apare pe film când te duci în Armadia, la doctor și te caută de tuberculoză. Sănătoasă tun, îți zice, sănătos și primul copil, și-al doilea și tot așa, până la ultimul, al doisprezecelea. Dar acesta din urmă n-a ajuns, mai e drum de făcut, acum mă găsesc pe-o biată cărare, ce mai fundătură. Aprilie, 26, s-a trecut, nimeni n-a suflat o vorbă. Cernobîlul a scuipat otrava, noi nici n-am auzit de el. Un soare strălucitor ne-a scos pe câmp, am curățat rădăcinile porumbului din celălalt an, am făcut stivă turjenii și le-am dat foc. Apoi Damian a împrumutat caii de la vecini și-a tras o arătură nouă, pe care, fără să știm, am început să mergem cu toții, ca pe-un giulgiu.

În harbuzul meu s-au făcut și niște cercuri de fier, parcă de butoi. Trebuie să mă țină strâns, mi-e groază că tocmai acum, la al optulea, o să se-ntâmple necaz. Mărioaia m-a oprit în drum, vai de tine, nevastă, nu vezi ce se ține ca scaiul de tine? Dar cine s-o ia în seamă pe ea, o rătăcită care se-mbracă și vara în niște rochii de lână, lungi până-n călcâie și largi ca niște saci? Și le face singură, mereu și mereu, poate-o nimeri cândva și modelul, zice la răstimpuri. Altfel pare întreagă, își crește singură băiatul, îl spală, îi pregătește de-ale gurii și-l trimite zilnic la școală. Nu ca alții, care-și pun odraslele la lucru, de fac hernie încă de mici. Și-ai mei sapă și strâng fânul, au grijă de-animale și văd de casă, toți au bășici și bătături în palme. Dar nu-i opresc de la învățătură, să se ducă, mi-am frânat eu destul viața. Soră-mea e o doamnă... Pe când eu m-am făcut scorbură în grădina asta tot mai pleșuvă. Genunchi noduroși, nici nu mai pot sta pe ei, pete mari, mlăștinoase, pe obrajii la care nu mai am vreme să mă uit și niște crengi cojite în loc de brațe.

Fac târziu de mâncare, a plouat încontinuu încă de dimineață, m-a udat leoarcă la coadă, la pâine. Când a venit după patru ceasuri mașina, n-au descărcat decât trei lăzi, una de franzelă, alte două cu pâine neagră. Ce coate în burtă au început, ce îmbulzeală, de-am crezut c-o să cad din picioare și-o să-mi vărs mațele.

— Dați câte una, să ajungă la toți!

N-am mai stat să mă lupt, că bărbații au luat-o înainte și doi aproape că s-au luat la bătaie pentru ultima pâine. Trei sferturi din rând am rămas flămânzi și cu buzele umflate.

— Mama lor de nenorociți! Ce datorii tot plătesc? m-am făcut că nu-l aud pe unul. De fapt, nici n-aș putea spune cine-a zis asta. Mi-am târșâit picioarele până acasă, n-am mai ocolit pe la carne, nu se mai primește nimic acolo de vreo săptămână. Nici pești... Ce bine-ar fi să am măcar o pungă. I-aș curăța de solzi, le-aș scoate măruntaiele, s-ar lupta mâțele pe vreo bășică, de-am râde toți, o seară întreagă. Și-aș da peștii prin mălai, i-aș sfârâi-n ulei, cât să se simtă până peste deal, ca apoi, dacă s-o întoarce mirosul în vreo săptămână, să ne gândim că ne putem face sătuli și numai cu el.

Îmi lasă gura apă, n-am decât cartofi, cei mici trag de mine, ce ne faci de mâncare? Focul arde, e mai frig ca altădată, te pomenești că s-or întoarce ninsorile prin mai. Să vezi atunci nenorocire, nici un fruct nu mai rămâne.

Mă așez pe scaun, tălpile-mi pușcă-n pantofi, vinele mi s-au îngroșat pe pulpe. Fata care numai ascultă ia cuțitașul și se pune lângă mine. Curățăm amândouă, e liniște, ce bine-ar fi să vină cât mai târziu tata, zice ea. Cei mari știu că Damian e ori la bufet, de-și bea minţile, şi-atunci n-au grijă, căci omul ăsta-i pe dos, când e beat nici nu-l simţi cum intră pe poartă, de parcă ar duce pe umeri drugi de vină. Îl cocoşează greutatea, nu mai poate înainta, doar se zbate să ajungă la uşă, să intre precum strigoiul şi, cu faţa plină de lacrimi, să-şi pună capul pe masă. Nu strigă niciodată la beţie, nu-i snopeşte-n bătaie, doar îşi scoate banii şi-i împarte tuturor.

— Luaţi, că atâta am de dat! În alt fel nici să nu vă uitaţi la mine, sunt ultimul dintre oameni, uite ce-am ajuns, o ruină.

Dar dacă-i în altă parte? Nu, la un astfel de lucru mai bine să nu ne gândim. Mai curând s-o fi dus pe la vreun vecin să împrumute drujba, că mâine poate merge după lemne în pădure. Sau ocoleşte cu cine ştie ce treabă pe la şeful lui, Fortini, care-l mai cheamă uneori să-i repare una-alta pe lângă casă. Dar tocmai atunci i se-aude vorba scrâşnită pe uliţă.

Cât de mici să ne facem toţi, unde să ne tragem? Lipiile pe care le-au frământat cei mari, cu apă, făină şi-un strop de sare, şi le-au întins pe plită, ca să avem totuşi ceva pe masă, parcă nici nu mai sunt. Dacă nu le ia nimeni acum, o să se umple de arsură. Flăcările au izbucnit dintr-odată, trosnesc, noroiul de pe cărare sare într-o parte, stropi din el pătrund parcă prin geam şi cad peste noi. Ce ne facem noi acum, de ce nu ne micim cât să intrăm iute-n maşina asta de cusut pe care, de când i-a înţepenit pedala, o ţinem mai mult ca pe-o masă? Am putea avea noroc să găsim un loc potrivit înăuntru, sub unghia pe unde intră acul sau pe roata cea mare, unsă din belşug cu ulei. Sau, şi mai bine, în puiucul unde țin papiotele. Opt umbre care-și țin răsuflarea sigur ar încăpea în sertar.

— Vreau în ața neagră! ar putea zice băiatul meu cel mare, cu ochii roșii de la atelierul de sudură, că nu le-a dat nimic de protecție, doar le-a pus aparatul în mână. N-am lapte de sân să-i picur între pleoape, n-am cu ce-l vindeca. Și-o să crească așa, fără să mai vadă binele, de-o să-și gâtuie tinerețea și-apoi o să-și îngroape și viața, până la genunchi mai întâi, apoi până la brâu, apoi până la gât. Cineva, îngrozitor de aproape, stă să i-o ia. Păsuiește-l, Doamne, mai ține-l un timp, rupe-mi mie din zile, chiar dacă-s cele mai proaste, că acum, la sfârșit, am rămas atât de săracă. Dă-i lui ceasurile mele din urmă, întărește-l, fă-l întreg din nou.

— Eu vreau în cea albă! ar putea zice mai mulți într-un glas. Și m-ar întoarce cu vorbele astea pe scaun, unde-am încremenit, cu un cartof pe sfert curățat în mână.

— Acolo, în papiota albă, totul se vede de departe, nu e nimic care să te poată înspăimânta. Nu atât de tare, ca acum, când poate că tremurăm cu toții, deși ne-am încovoiat pe caietul cu teme, să ne facem una cu literele apăsat rotunjite, sau stăm pe gânduri dacă să mai intrăm în casă, ce rău e că nu-i vară, ca să putem dormi în pod sau, de ce nu, pe veranda casei noi, niciodată terminate. Sau am înțepenit lângă sobă unde lipiile sau turtele, cum le zicem noi, unele după altele s-au ars. Ce fum grozav iese din ele!

— Eu vreau în ața roșie! ar putea zice fata cea mare. Că nu-l mai pot vedea în fața ochilor, ce om e el, cum ne calcă pe toți în picioare?

— Iar eu, strigă cineva din harbuz, vreau numai aici, înăuntru, n-o să ies niciodată afară!

De la glasul ăsta mic mă fac pământie, nu de la cum se trântesc toate. Ce viață e aia, zice Damian. Ca un rob să muncești, iar acasă... Ce casă, că-i loc blestemat, nimic nu e cum trebuie, uite-ne pe toți cum îi stăm ca niște desagi pe spinare, buni de nimic, o pedeapsă și-o povară, nici măcar mâncare n-am făcut, așa-l așteptăm după o zi de roboteală?

Lipiile zboară într-un blid, numai două dintre ele se rotesc prin casă, ca să-mi cadă mie, fierbinți, în poală. Fumul se-ngroașă, e negru de nici nu se mai poate sufla, rochia sfârâie, ceva greu vine din toate părțile, de se strânge într-un singur loc, ca să mă lovească tare în burtă. Ceața intră-n mine, e argilă tare acum, iar mă izbește, a ajuns piatră. Mă las în jos, poate cad, poate mă trântesc de la câțiva metri, drept pe burtă, ca și cum m-aș fi aruncat de pe stânca din spatele casei noastre. Și tata nu e acolo, să mă ia, să mă întoarcă-n sus, ca să văd iar cerul, ce-ai pățit, Reghinuță, vai, Reghinuța mea, doar nu te stingi tu chiar acum?! Și mama e-n alt loc, sus, pe dealul cu cimitirul, unde s-a terminat înmormântarea Valeriei, ștergarele și colacii au fost împărțiți, toți s-au tras în jos, pe la case, numai ea s-a chircit tot mai rău ca și cum s-ar fi pus cu sora mea, Valeria, cea omorâtă de cal, acolo, în sicriu.

— Ridică-te, mamă! aud. Copiii cei mici mă trag, țipă în devălmășie.

Cei doi mai mari, băiatul și fata, sunt foc și pară între mine și Damian. Îl înfruntă.

— Să n-o mai atingi niciodată pe mama, auzi! strigă amândoi. Să nu te mai apropii de ea!

Damian nu mai e acolo, s-a dus, poate că îndeasă otavă în iesle. Sau ia felinarul și se suie drept, pe coastă, ca să vadă ce-i cu groapa de cartofi, oare s-or mai găsi înăuntru sacii lăsați la păstrare din toamnă? Că a doua zi trebuia să-i punem în pământ. Să nu fi putrezit, să nu cumva să fi pierdut tot ce-am păstrat de sământă. De-acolo Văralia e o pâclă grozavă, curentul s-a luat, s-au scufundat odată cu el toate casele, hotelurile stațiunii s-au năruit fără zgomot, doar fâșâitul râului de munte sfârtecă piatră după piatră.

— Un om de nimic m-am făcut! strigă Damian.

Ploaia l-a înghețat, îl preschimbă-n sloi, acum o să-l spargă.

— De ce mă bați așa, Doamne? Mai bine omoară-mă acum, în ceasul ăsta! Mai bine fă-mă să dispar, să mă uite cu toții, că-s numai un pumn de tină. Unul bun de nimic.

Harbuzul din burtă nu mi-a crăpat în seara aceea, doar s-a umplut de vânătaie. Când după un timp marginile i s-au făcut roz și mijlocul a început să prindă culoarea aceea galben-puroi, am ajuns la maternitate. Copilul a venit mai ușor ca alții, numai că nu a putut sufla. Când a tras aer în piept, n-a strigat, n-a țipat, nici de scâncit n-a fost în stare.

— O să moară, doamnă! E pe moarte! a zis doctorul.

— Ați născut-o bolnavă. Pare întreagă, dar nu-i, căci suferă rău, pregătiți-vă, nu apucă nici un ceas. Are febră deja, aveți și dumneavoastră, ce-i cu sudorile astea? Și sunteți albă ca hârtia, hai, veniți-vă în fire, Dumnezeu știe tot rostul, nu-i putem sta noi împotrivă.

Și nu-i stăm, doar mă rog din adâncul inimii, nu, n-o îndepărta de noi, Doamne.

Greul a venit nu atunci, ci după o zi, când fetița mea a făcut febră și mai mare. I-au dat injecții. Nici n-a deschis bine ochii, că picioarușele au început să i se umple de înțepături de seringă, nu o zi, nici două, ci mai mult de un an, câte trei săptămâni în spital și-acasă numai două-trei zile. Mereu cu frisoane, cu fruntea arzând, e aprindere de creieri, așa să știți, n-o să scape. Când seringile n-au mai avut nici un loc pe piele, abia atunci s-a sfârșit cu boala.

— O să fie neom, doamnă, la peste un an nu-și poate ține capul, vedeți și dvs. N-o să meargă niciodată!

— La doi ani nu zice nimic, doamnă, e cu probleme mari! N-o să vorbească niciodată.

Fetița mea moartă nu s-a stins nici într-un ceas, nici într-o zi și nici mai apoi, când a ajuns o făptură de ser și seringi. Am luat-o lângă mine, piele dureroasă de pe-un trup tot mai mare, ține-l laolaltă, am șoptit, apără-l, nu-l scăpa nicicând din ochi, fii martor care nu poate mărturisi, fii mereu unde-i nevoie și stai până la capăt, continuu, ceas de ceas, lângă noi.

Primii pași i-a făcut spre trei ani, de vorbit a vorbit pe la patru. Când a înviat de tot, a fost normală, nici vorbă să fie altfel decât restul. Dar după ce-am dat-o la școală, în nici doi ani, au zis că-i cu handicap. I-am scos acte până la urmă, a început să primească și niște bani. Numai din grădina asta înțelenită n-a mai vrut ea să iasă. De rușine, de arătatul cu degetul, de hohotele copiilor, uite-o pe nebună, uite-o!

Oare cine-i de vină? Aerul otrăvit de care eu una n-am știut decât cu mult mai târziu, la câțiva ani după revoluție? Sau ceața de plumb care, într-o seară veche, mi-a zdrobit mie burta?

19

— Ăsta-i locul! Aici a întâlnit-o!

A fost odată ca niciodată o spinare de munte. Frasinii se răsfirau pe ea într-un luciu fără sfârșit, alunii, îngreunați, coceau fructe mereu, căci nu erau anotimpuri, iar veverițele se fugăreau printre crengi, neștiind că s-ar putea găsi străini de care să se-ascundă. Vulturoaica își creștea puii, ciocurile se căscau așteptând hrană, vulturița cea mai curajoasă tot voia să-și ia singură zborul.

Oamenii viețuiau tare departe, în văi și spre poalele unde n-aveai de ce să cobori. Nu-i vedea nimeni vreodată. Nici nu pășeai bine spre zmeuriș, că totul se schimba, ziua se-ntingea-n bucăți de noapte, lumina nu se mai păstra ca un singur strop de aur, vântul se făcea ba ploaie mocnită, ba grindină, ba zăpezi pe care numai sălbăticiunile le puteau birui.

Și-n locul acesta atârnat mai curând de văzduh decât de cele lumești, într-o bună zi voi păși eu, când voi fi aproape bătrână, de mai mult de doi ani prinsă de moarte cu un cârlig.

Deocamdată pășesc repede, numai cu gândul, pe-un munte așa sălbatic dai de vreun urs când te-aștepți mai puțin sau, grozăvie și mai mare, te sfâșie lupii. Dintr-o femeie care se ducea sus, la stână, n-au mai rămas decât ciolanele. Nu se vedea urmă de luptă, nimic, că niște oase însângerate cum să dea de știre?

Mă duc iute, găleata plină de zer și de urdă îmi trage-n jos umerii, deși nu-s ai mei, căci socrul o ține, socrul Maxim. El e un bărbat în toată puterea și-a suit la mutarea de pe Valea Pietrelor, ca să le ducă ciobanilor de-ale gurii. Și-acum, deși e început de toamnă și frunzele au un fel de vinețeală, se-ntoarce pe jos, nu pe crupa unui cal, cum ar vrea.

Dacă apucă pe drumul din vale, o să-l prindă noaptea după carieră și trebuie atunci să-și găsească adăpost. Căci fiarele te miros de departe în locuri pustii. Așa că de ce să nu se suie spre creasta unde mai ajunsese o singură dată, în copilărie? Și nu găsise prăpastie sau ascuțiș, ci numai o cale dreaptă, cât să treacă pe ea două căruțe alăturate.

Așa e și-acum, razele hurducă totul, Maxim pășește pe moalele unui cap de munte, de-aceea liniștea-i atât de mare. Numai să calce el mai repede și cât mai cu spor, că nu-i bine să-l apuce seara pe-acolo.

Să tot fie vreun ceas de când înaintează, oare cum de soarele e țeapăn în același loc dinspre apus? Piezișă e doar atingerea lui. Niște mingi strălucitoare se sparg la răstimpuri în iarbă. Un burete alb și câțiva roșcovi se-arată deodată într-un luminiș. Oare să strângă mai mulți? Ar putea să culeagă o poală și să-i poarte apoi, iuți și plini de dârzenie, până la Caba, la casa de care-l despărțeau două creste de munte și, după aceea, când va fi coborât, încă un drum lung, de data asta printre alte suflete ce la ceasul acela târziu își vor fi sfârșit de hrănit găinile, le vor fi închis în cotețe, vor fi dus hâlbea la porci, o vor fi răsturnat în troacă, vor fi muls vacile și-acum, la lumina felinarelor și-a lămpilor, se vor trage încet în odăile de culcare.

— Un cal? Cum așa?

Un murg alb și cu coamă fluturătoare i s-a arătat deodată înainte. Păștea iarba izbucnită pe fâșia-n care tocmai deschidea el drum.

— Ce cauți tu aici, căluțule? s-a înveselit Maxim.

— De la ce mutare ai scăpat și-ai suit atât de departe? Nu ți-e frică oare de lupi și de fiarele cele hâde? Vino tu încoace, căluțule, că ți-oi găsi eu stăpânul.

Dar calul nu fuge, nici nu se-apropie, doar își ridică privirea. Nici n-ai frâu, pare-a zice, cum o să mă ții lângă tine atâta amar de cale? Mai bine vezi-ți de soartă, că aici încă te găsești deasupra, în partea neumblată și bună. Dar la coborâș, mai spre oameni, lucrurile o să se schimbe cu totul.

Maxim nu mai adastă, cu gloanțele din război te mai pui tu cumva, nu și cu-o ursoaică. Grăbește pasul, calul rămâne, încă paște flori aprinse. Dacă-i norocos, se-ntoarce el singur la stână. Dacă nu, în câteva zile-l încolțesc fiarele.

Maxim știe, e una cu munții aceia, cât de mult și-a dorit să se-ntoarcă la ei când, împușcat fiind, a crezut c-o să-și lase oasele prin cine știe ce smârcuri. Dar dacă a făcut tot binele promis, iată-l aici, lucirea e tot mai albă, copiii au crescut, toți trei sunt la casele lor, până și Dochia și-a găsit un rost.

— Cum de soarele nu se mișcă de peste două ceasuri? se-ntreabă Maxim. Apoi, când mejdia de iarbă se sfârșește și începe coborâșul, își mai zice o dată: De ce nu coboară spre asfințit?

Pantă lină la început, doar din loc în loc un pic mai surpată. Când a sărit peste-un pietroi mai mare, o dungă portocalie i-a scăldat pentru ultima oară obrajii. Apoi razele s-au tras după trunchiuri și frunze, au rămas în urmă, nici nu le mai vedea. Pe locul lor s-a-ntins umbra și, nu după multă vreme, s-a făcut și-un fel de răcoare.

Maxim pășea tot mai repede, pe-ntinderi mai line aproape fugea, nu mai rămăsese mult până-n Cormăița unde nevasta lui moștenise un loc, iar el avea să fie izbăvit de toate. Acolo se mai găseau case în câmp, în unele oamenii se mutau în lunile de vară. Îi știa pe toți, o parte îi erau veri și rude, ar putea rămâne la vreunul peste noapte. Poate și la Mărioaia ar găsi adăpost. Ea își ținea turma în țarcul din dosul coastei, n-o trimitea cu ciobanii, pe munte.

Nu mai avea mult, poate nici jumătate de ceas. Dar cum de se îndesea înserarea cu așa repeziciune? După ce soarele atârnase atâta pe trunchiuri, acum nu se mai vedea nici măcar o scânteie din el. Și-n loc ca lumina să țină, s-o vadă prelingându-se pe culmile de pe valea cealaltă, aluneca mâncată parcă de cine știe ce furtună. Numai că nu erau nori deloc, cerul, aidoma unui ochi lovit, se-nvinețea tot mai tare. Steaua cea mai aprinsă s-a ivit deodată, dar lui nu-i era de vreo trebuință. Trebuia să fugă de-acum, căci un urlet prelung îi zbârli părul pe ceafă. Lupii așteptau acolo mereu. Să nu-i ia urma, să nu-l înconjoare, că singur cum era n-ar fi răzbit. De ce nu luase calul?

Când amurgul se făcu un fel de untură, Maxim zări nu departe, pe-aceeași cărăruie, pe cineva. Numai că omul acela purta și-un opaiț. Pesemne era mai norocos ca el.

— Așteaptă-mă! îl strigă Maxim fără să stea pe gânduri.

Un val de bucurie-i umplu glasul. Ce lupi, ce carne sfâșiată? Cu alt suflet alături, n-avea ce rău să i se mai întâmple de-acum.

— Hei! Stai pe loc! E mai bine să mergem câte doi la ceas de noapte!

Dar omul nu încetinea. Își mișca numai felinarul sau ce-o fi fost, ținând cărarea drept, tot mai departe. Maxim începu să fugă, trebuia să-l ajungă din urmă. Ce rău se făcuse acum coborâșul, numai pietre care-i izbeau bocancii, numai rădăcini ce-i sfâșiau pantalonii.

— Așteaptă-mă, omule! strigă din nou. Dar degeaba. Ori e tare de urechi, ori e altă treabă la mijloc, își zise Maxim. Îl ajung eu acuși... Dar ce are, de ce întinde pasul și el?

— Heeei! Omule! Ești surd, sau ce? Oprește-te odată! strigă Maxim pentru a patra oară, cât putu de tare.

Apoi cuvintele n-au mai putut să iasă. Se-apropiase destul ca să zărească mai bine făptura. Iar ce începu să ghicească îl înghețā de groază. Căci omul, să vezi și să nu crezi, nu era bărbat, ci femeie. Și-avea o rochie albă care, ajungând pe drum mai drept, se-arăta tot mai limpede. Până-n pământ, din borangic subțire, acoperind numai într-o latură cărarea. Și-n partea cealaltă, în dreptul drumeagului, ce se petrecea? Tălpile acelea ca sideful oare pe ce se sprijineau? Nu pe pietricele, nu, nici pe pământ. Nici pe smocuri de iarmă. Nici pe bureți otrăviți care-ți iau viața. Femeia aceea prelungă pășea pe aer! Aluneca pe-o șină din nimic. Ca nimicul, ca nelumea.

— Doamne! s-a cutremurat Maxim.

Spaima, ca o coasă, i-a pătruns drept în moalele capului. L-a-nșurubat bine și-apoi l-a-nvârtit ca pe-o momâie. De-a sărit de pe drum drept în jos, pe povârniș, izbindu-se de copaci, rostogolindu-se pe bolovani, cât mai departe de locul acela unde, Maxim știu cu groază, făptura se-oprise și-ncepuse să se rotească.

Deși-i despărțea noaptea și fuga nestăpânită, arătarea se uită lung înspre el. Bietul om o simți, fălcile începură să-i clănțăne, măselele nu-i mai stăteau în gură. Ceva-i pârjoli spatele, vai cât de tare-l durea. Nu-i rămânea decât să fugă, cu o groază nestăpânită, înnebunit că va fi smuls îndărăt, iar sufletul i se va stinge ca lumânarea.

De ce nu-și acoperise ochii? Cu ființele precum aceea, nu mai scăpai întreg, ți se lega limba, îți seca mintea-n cap, te lovea apoplexia sau numai bolboroseli scoteai în puțina viață rămasă. Mai pățiseră și alții, ce nenorocire!

Când Maxim a dat buzna-n țarcul Mărioaei, pe care s-a suit cu mâinile goale, nu-i stăteau lui în cale doi metri de gard, femeia a crezut că-i strigoi.

— Piei! Piei din calea mea! Și-a dat să-și facă cruce. Dar apoi și-a luat seama, nu de vreo arătare era vorba, ci de însuși Maxim, pastorul. Oare ce necaz dăduse peste el? Îi ardea privirea grozav.

— Ce-ai pățit, omule? a-ntrebat. Cum n-a primit nici un răspuns, i-a deschis ușa și l-a tras la adăpost.

— Ce-i cu tine?

Bărbatul nu mai putea lega vorbă de vorbă, doar își rotea ochii holbați. O vidără goală, cu smalțul sărit, fierbinte de parcă ar fi stat pe vatră, încă-i atârna de umeri. Mărioaia i-a smuls-o pe-aceasta mai întâi, ca să descopere apoi, cu groază, arsurile mari de pe spate. O dungă de lumină i se lăbărță tocmai atunci în curte, printre oi, dincolo de fereastră.

— Nu te uita! atât a bălmăjit Maxim, după care a căzut în nesimțire.

Mărioaia n-a dat fereastra în lături să vadă arătarea, nici vorbă, numai că de la spaimă, rugându-se tare lui Dumnezeu și Maicii Preciste, s-a gândit să tragă oblonul. Doar că acela era pe dinafară, deci nu putea s-ajungă la el. Așa că luă primul țol de pe pat și se sui pe laviță să-l agațe cumva peste fereastră. Prin el, nădăjduia Mărioaia, n-avea să răzbată zâna.

Căci fata prelungă, cu ochi sclipitori, pe care-a zărit-o numai o clipă, când potrivea colțul țolului în cui, o zână trebuia să fie. Și așa s-a și întâmplat, arătarea n-a trecut, dar nici nu și-a șters urmele.

În zori, Mărioaia și-a găsit câinii morți, în mijlocul staulului. Cât despre ea, din ceasul acela, după ce-a dat cu ceai de ierburi peste spatele lui Maxim și l-a învelit în pânză fiartă, a început să deșire țolul în două gheme, ca să-și tricoteze apoi o rochie. Alb și negru, mereu, până-n pământ, din lână aspră. Nu s-a oprit o zi și-o noapte până când noul veșmânt i-a fost gata. Și de atunci, din noaptea cu zâna, fie vară, fie iarnă, nimeni în Văralia n-a mai văzut-o purtând altceva decât rochia de lână. La răstimpuri, o deșira ca s-o facă din nou, adăugându-i fir tare, reparând găurile pe care-n ruptul capului n-ar fi îndrăznit să le cârpească.

Bărbatul, nemaiputând să îndure, a lăsat-o-n rătăcirile ei cam după vreun an. Numai pe băiat a mai avut putere să-l țină aproape. L-a îndrumat cât a putut, de-a ajuns la școli mari și se zvonește că-i doctor tare bun la Cluj.

Maxim, bietul, și-a păstrat mintea întreagă până-n ultima clipă. N-a mai trăit mult. Și nu pentru că nu s-ar fi vindecat arsura, ci pentru că înăuntru i-au crescut deodată bolile ce nu-i om să le poată vindeca. A suferit rău nefericitul. După ce l-au tăiat doctorii să-i scoată o parte din mațe, n-a mai putut, s-a făcut încetul cu încetul o umbră. L-au îngropat într-o zi iernatică, numai vălătuci și ploaie, când eu mă dădeam de ceasul morții ca s-o aduc pe lume pe fata foc și pară, cea care-o să vadă mereu și-n aproape toate numai flamă.

Pastorul Maxim nu ne-a lăsat mare lucru moștenire, doar niște oameni scoși din țâțânile lor și mutați într-o casă de rugăciune, căci numai așa, le-a promis el, își vor câștiga mântuirea.

Unii s-au lipit cu totul de podea, au prins rădăcini, alții au ajuns să vorbească-n limbi, frați și surori cărora li se-arată din Cer calea. Nu și eu, cu pânzăturile mele din lada înflorată, cu pereții mei peste care-am tot întins păretare și, deasupra, peste blidele cu păsări și ruje, am pus mereu cele mai frumoase cingeauă. Nu cu ouăle vopsite de Paști, nici cu colindul de sărbători. Nu cu mersul meu tot mai șontâcăit, până mi se rup de tot oasele și nu mai fac decât să mă strâng, tot mai mică, în burdihanul ăsta de vacă nesătulă ce se umflă tot mai mult, în timp ce eu scad tot mai tare, căci până la urmă o s-ajung numai cât o păpușă ca să mă poată apuca ușor de tot vulturoaica.

Sus, la marginea văzduhului, m-așteaptă acum toți. Poate și socrul Maxim, pastorul care-a făcut pe front o promisiune. Și care-n ceasul din urmă i-a zis așa lui Damian:

— Ești blestemat. Eu unul nu te pot ierta.

Cel mic și cel mare sunt acolo
Și sclavul este eliberat de stăpânul său..., zis-a Iov.

— Fata mea foc și pară, unde te duci? Nu te îndârji, mai rabdă!

Dar ea nu ascultă, tot îndeasă în geantă cămăși albe și bleu, fusta cu crăpătură lungă făcută pe comandă, geaca de fâș, pantalonii ei întunecați ce-i pușcă pe coapse. Și-mi aduc aminte de ani vechi, nu departe de-aceia din vara nesfârșită. E o zvârlugă copilul ăsta, un băiețoi. Nu știu ce-o să ne facem cu ea, toți colegii îi știu de frică. Că dacă au râs, uite, vine cu batic pe cap, apoi le-a arătat ea. Și dacă au hohotit, uite, în miez de iarnă, dârdâie în ciorapii ăia de babă, nu i-a iertat pe nici unul. Numai pe mine m-a durut rău, că nu se cădea s-o îmbrace Damian precum fetele „fraților". Că altfel îl face de rușine și iar nu-l mai primește socrul în casă. Mai mult, dacă se pomenise fată, așa-i era rostul. Să se supună mereu, să nu stea cu capul descoperit niciodată, să nu poarte pantaloni, că-s ai Satanei, numai fuste cât mai lungi spre călcâie. Buna cuviință e sfântă. Ce dacă are numai șase ani? Ce i s-a scris prin naștere nu se zdruncină cu una, cu două. Să nu îndrăznească să-i iasă lui din cuvânt.

— Dar îngheață, Damiane! Cum să-i dau numai ștrampi pe sub uniformă? De ce să-i pun năframă, când i-am tricotat o căciulă?

Câteva luni a ținut asta, n-a vrut nicicum să audă. Dar într-o zi, când biata mea fetiță a venit cu picioarele aproape degerate, de-a urlat când i le-am pus în ligheanul cu apă fierbinte, am zis că nu se mai poate, mă fac de-acum prag pe care să poată păși fără durere ea. Așa că i-am îndesat în cizmulițe două rânduri de pantaloni tricotați. Iar baticul l-am aruncat în fundul dulapului.

— Cum îndrăznești, Damiane? Tu, care nu mai dai de ani buni pe la biserică, tu îți supui copilul la chin?

Ca sfecla i s-au făcut obrajii și, dacă n-ar fi avut pe gură un lacăt mai vechi, sigur ar fi scăpat o sudalmă. A început doar să blesteme, să crape găinile alea care nu mai fac ouă, să se facă praf și pulbere Novac, care scăpase din lanț și nu mai voia să se lase prins, îi ardea de cățele... Dar cum să nu-i ardă, că-i numai un biet cățelandru? Furca a zburat odată cu fânul, nu s-a înfipt decât în pământul bătucit de lângă iesle. Din ceasul acela, fata mea nu s-a mai îmbrăcat altfel decât ceilalți copii.

Și-acum, că e mare, șaisprezece ani împliniți, acum că și-a dat examenul de treaptă și merge în clasa a unsprezecea, lasă tot și-și ia lumea-n cap.

— Rău faci! Unde să te duci tu, fata mea? De ce te pripești?

Tace. Mă opresc și eu, suntem mieji zdrobiți în aceeași oală. N-a mai zis nimic de-aseară. Un obraz de-al ei e numai vânătaie, la fel și brațul meu. Cât despre spate, numai al ei e plin de rană. L-am curățat cât am putut de bine. Cu apă caldă mai întâi, apoi cu spirt, de-a început să se zvârcolească. Iar la sfârșit, când am încercat să-i pun și tifon, măcar pe locurile mai însângerate, lacrimile ni s-au legat laolaltă, nu te duce, copilă! Ea însă n-a răspuns, nu mai răspunde. Mă tânguiesc degeaba, cum o să se descurce? Blestemată fie ziua de ieri!

Cât de frumoasă era casa, moale de la atâtea pănuși răsfirate, tumbe s-ar fi putut face în ea sau măcar vreo zece ascunzișuri. Dacă e vremea culesului, am zis când s-au întors de la școală, atunci să strângem și noi mălaiul. Damian era la lucru, avea să vină după șapte. Numai să nu fie zi cu salariu, că atunci nu mai ajunge acasă decât în miez de noapte. Ne-am luat cotarcele și ne-am dus pe mălăiștea din vale. Apucam întâi știuletele, mătase în vârf, pănuși aspre, îl rupeam ușor, că și cotorul dăduse-n uscat de-acum și-l rostogoleam peste alții aidoma lui, cu boaba galbenă și mare. Tăiam apoi porumbul, potriveam secera la două palme de țărână, ca să avem de ce apuca în primăvară, când trebuiau scoși turjenii. Un copil lega apoi tulpinile astea-n smoc și le sprijinea cap în cap într-o claie. Primăvara, când se-mpuținа nutrețul, puteau fi tăiate mărunt, cu securea, și puse în iesle.

Mă gândesc deodată la o vacă, poate cea de-acum, cu gura ei numai zdrențe prin care numai răsuflarea cea mai istovită poate intra. Dar trebuie să zic mai departe, să mai scutur un pic povara.

Ducem cotarce și saci, ne rupem spinarea, ca să deșertăm lângă mașina de cusut, în fața mesei pe care țin vasele, lipită de cuier, o movilă cum nu mai e alta.

Trenul lui Damian șuieră de câteva ori, se face una cu Ilvele. Dacă nu vine-n jumătate de ceas înseamnă c-a rămas la bufet, cu cine știe ce bețiv de care n-o să mai scape. Poate-și cumpără vin și tărăgănează mai mult, că trebuie să termine sticla. Iar dacă-au sorbit-o pe toată, de ce să nu mai ia încă una?

Doar eu mă gândesc la asta, nu și copiii. Fata foc și pară fuge la metalo-chimice, ne trebuie șfebele, ca să aprindem felinarul. Dacă-i mijloc de toamnă, seara cade devreme și animalele trebuie hrănite, vacile mulse, iar vițelușul care sare ca nebunul, patru picioare lungi pe care și le-ar azvârli, de-ar putea, până dincolo de dealul ăsta ce ne stă nouă drept, ca un tăiș, în față, trebuie îngrijit și el. Aud un boncăluit, șșșt, zic, să știți că pe stânca morii au coborât iar cerbii.

Ne-așezăm toți pe jos, începem depănușarea, din mustățile mai gălbui, încă păstrând fir de mătase, poți face păr pentru păpușă.

— Dați lingura de lemn încoace! le zic celor mici.

Și-o înfășor în haine albe, cu pănuși mai dinspre știulete, și-o leg bine, sub bărbie, și-i potrivesc pe cap și podoaba care-o schimbă într-o codană fără chip.

— Hai, faceți-i ochi cu cărbune. Cu vreo culoare, de mai aveți prin ghiozdane, desenați-i buze, adăugați-i față! N-o lăsați pe sfert, că nu-i bine.

Lingurile de lemn nu ajung, am doar trei, de-ar fi mai multe am însăila pentru noi toți câte-o păpușă de-asta, nesimțitoare la toate, fără spaime, mereu cu gura până la urechi. Numai cei mici au primit, încă nu trag de ea, n-o smulg ca să și-o împartă. Îi cântă ceva și-o pun în pătuț. Apoi îmi încropesc și mie un fel de colibă.

— O facem bine de tot, să nu pătrundă-n ea nimeni. Prin ferestruica asta ovală încăpem numai noi, copiii. Nu și tata, că el, știm cu toții, o să ne spulbere.

— Iar dacă noi fugim în toate părțile, cine te mai are-n grijă, mamă?

Nimeni. Dar nu mă apucă jalea, încă e bine, lasă că facem strunjac nou, mâine îl arunc pe cel vechi și-l umplu pe altul, cu pănuși catifelate, numai bune de dormit pe ele până-n primăvară. Să fim vrednici, să ne-ajungă pănușile pentru trei paturi. În leagăn, de numai un an, e acum băiatul cu curentul, cel slobod ca nimeni altul, care nu va sta-n cumpănă nicicând și încă nu știe că apele te pot înghiți, că-n grota din stațiune copiii mor asfixiați, că dacă te dai cu sania până-n drum, te calcă o basculantă, că mult mai târziu, când ai plecat într-o țară străină și te-ai făcut un tânăr frumos, pe-o scară pustie de metrou te taie cineva cu cuțitul. Acum însă e mic, grăunte blond cu piciorușe dolofane, gata să sară pe podea și să-nceapă alergarea.

— Era cu o desfrăbălată! se-aude strigând tocmai atunci fata cea mare.

Deja trântise poarta, smulsese ușa din țâțâni, ca să pătrundă valvârtej în casă.

— Și-acum vine după mine! Dacă nu-i era rușine de oameni, se-arăta ca scos din minți pe tot drumul.

M-am făcut albă ca varul. Ce-ai zis, fată foc și pară? Cum să fie cu o destrăbălată? De ce s-o vezi tocmai tu pe femeia cu care, de parcă n-aș ști, se ține de-o vreme? Nu la bufet te-am trimis după chibrituri. Dacă totuși ai intrat acolo, de ce n-ai fugit fără să te uiți îndărăt?

— Fiindcă nu pot răbda atâta batjocură, mamă, nu mă pot opri. Nu ți-e rușine, tată, cu ea îți mănânci zilele, cu asta care are patru copii și bărbat? De ce să râdă toți de mine? Că-s mare și te știe toată strada. Să vii acum acasă, tată, că nu se mai poate. Numai că el a strigat și m-a târât până-n drum.

— Ieșiți, am vrut să zic, suiți-vă-n pod, adăpostiți-vă.

Cuvintele-au amorțit în cap, nici unul n-a vrut să se miște. De-am fi putut îngheța toți, într-o liniște fără sfârșit. Să nu pocnească gemulețele ușii, țăndările să nu se preschimbe în nori de furtună. Să nu intre nicicând acățul din mâna lui Damian, numai spin, că dacă-i toamnă, târziu, iar vaca mea-i aproape pe moarte, atunci toate s-au uscat și rănile picură peste uliți, peste întreaga Văralie, niște stropi mari, nespus de roșii, din cea mai grozavă vopsea. Unde-s păpușile de pănuși, cu zece rânduri de înfofoleală, să le rupă numai lor pielea? Și să strige ele, să se târască pe sub pat sau pe unde-apucă, în dulapul plin până sus de haine, să se arunce ele pe geamul deschis cât pentru un corpușor mai mic, așa, care odată liber, în curte, nu mai poate fi ajuns? Și să iasă ele-n fugă în tindă, să suie pe-ntuneric în pod, unde-s țoale țesute de mine și, chiar dacă afară dă înghețul, dacă le tragi până sub bărbie, te fac s-asuzi, nu alta, căci au și pentru cea mai subțire pănușă îndurare.

Dar n-avem lemn în loc de trupuri, nici obraji de știulete, nici rochii sau svetere din boabe de mălai. Și liniștea nu se face, e doar o vijelie din care, la sfârșit, nu ne mai oprim nici eu, nici fata mea cea mare. M-am făcut preșul cel mai soios, cel mai rupt, căci n-am putut-o apăra. Roșul se-ntărește, se face negriu, trebuie să scot spinii cât mai iute, nu se poate să mai rămână nici o secundă în carne. Și strig cu toate puterile, blestemat ești, Damiane, vrei s-o omori? Hai, omoară-ne pe toți și scapă-ne odată! Rup cămașa, nimic nu mai scoate durerea din ea.

Damian nu mai e, nu-l mai văd, doar m-aplec și-mi strâng copilul în brațe. Deodată e mică, îmbrăcată în rochiță până la călcâie. Am vederea prea slabă ca să pot scoate spinii rămași, dar nu stau pe gânduri, îmi lipesc fața de fiecare rană, până se face limpede și curată. Nici o urmă nu se mai arată pe pielea de prunc și nici n-o să se mai arate vreodată.

Fata mea foc și pară își ia valiza și, la început de noiembrie, își cumpără bilet de-accelerat ca să se ducă în alt capăt de țară. O însoțește la gară copilul cel blând, măgureanul, încă o roagă să rămână. Fata scoate o carte mare, ilustrată, numai fapte de vitejie.

— Ți-am cumpărat-o acum câteva zile. Voiam să ți-o pun în papuci, la sărbători.

Trenul pleacă, îmi ia fata, știu că n-o să se mai întoarcă. Foc și pară e totul, nu doar în ziua asta, ci și în cele ce vin, arsura crește pe dinăuntru și ne zdruncină suflarea.

După un timp de cenușă ce ține până la prima ninsoare, Damian jură să nu mai intre-n bufet niciodată. Și nu mai intră.

21

Acolo se odihnesc cei sleiți de puteri, zis-a Iov.

Credeți că-mi puteți ascunde una ca asta? Cine tremură ca varga, cu genunchii la gură? Primul meu născut, un bătrân acum, stă chircit între niște biete oscioare, de-ar avea aripi n-ar fi frânghie să-l țină. Dar unde să plece tocmai el? Cum să se desprindă încet și să mi-o ia înainte? Că la numai cincizeci de ani nu mai are putere nici cât mine, oarba și paralizata. Că poate îngăima câte-o vorbă, dar aceea e mereu nebunească. Uite-o femeie străină, îl aud cum zice, de ce stă acolo, la ușă? Și cum a intrat în casă? Cine ești, femeie? strigă. Dar nu e soția lui, căci pe-aceea, acum douăzeci de ani, a găsit-o în pat cu alt bărbat. Ciroza e rugină albastră. Nu face rană, nu doare, doar că-ntr-o zi o ghicesc, ce mare putere mi-ar trebui ca s-o pot trage-n mine. Din el în mine. Ca o pârtie pe care nu te poți mișca decât într-o parte.

— Dacă moare, îl aducem acasă, în grădină, tocmai șoptește o parte din trup.

— În adâncul grădinii e piatră. Dar poate-i loc pentru noi toți, când nu ne-o mai îngădui viața. Doisprezece, șase blonzi, șase bruneți, tălpi desculțe alergându-se cât e vara de lungă. Că timpul e pânză pe care, de ai știință, poți coase. Îi strâng pe copii și-i răstorn înăuntru, la adăpost, în vara aceea de trei ani. N-a apucat s-o vadă nici unul, nici măcar băiatul acesta, ce suferință grozavă!

— Plec să-l alin, zice Damian. Iau trenul, în douăsprezece ceasuri ajung la el.

— Nu, dau să strig, cine stă noaptea cu mine? Cine-mi face insulina? Cine-mi picură apa cu seringa? Cine-mi dă seara târziu, când casa s-a golit, iaurtul? Mi-ai pus picăturile-n el, Damiane? Le-a pus. Dorm și fac franjuri din soare, unul vânăt și-unul verde, îi torc ca pe lână, ca să-ncep apoi bluza pentru băiat. O să-l apere, o să-i țină de cald, măcar un timp, nu mi-l lua, Doamne, rup zilele mele, una câte una, le adaug în cheutori, trimite-i-le lui, că-i sunt de trebuință mai mare.

Damian le poate căra cu spatele, e încă-n putere, un tânăr de optzeci de ani.

Fuge la gară, ca un acordeon se face trenul. Îl prinde cu totul între vagoane, pârâie tampoanele, îi plesnesc brațele îndârjite de muncă, îi râcâie fruntea de sub care, din ziua cu gheața, s-a jurat să scoată murdăria. Și-a strâns-o-n anii din urmă, a tot strâns-o, cu frunzele și cauciucurile de mașini, cu turjenii și toți picurii de otravă, cu Cernobîlul și neputința asta a noastră care, văzută de-aici, ar încăpea poate într-un singur plic, sau într-o traistă veche. A făcut-o movilă, dar de aprins încă n-a putut s-o aprindă. Numai să-i pună un chibrit dedesubt, că se pornește din senin o ploaie. Tâlharul din dreapta sau tâlharul din stânga?

Chipul lui Damian se zbate, cum să se tragă el de pe șinele acelea, cum să nu se ducă-ndărăt în timpul când cântau amândoi, veseli nevoie mare, pe linia ferată? Își luaseră banii, se-opriseră la bufet, iar acum, în miez de noapte, ce om le ieșea înainte? Cine-i lua pe-amândoi la pumni, unul tânăr și altul mai vârstnic, și-i arunca-n balta de lângă linie? Cine le scotocea-n buzunar și-i ușura de toți banii?

— N-am văzut pe nimeni atât de suferind, șoptește Damian la întoarcere. Pe nimeni! E numai o umbră.

N-ar vrea să-l aud, poate nu-i pricep vorbele.

— M-am năruit de-amărăciune, Reghină. Săracul, e mai rău decât oricine, cinci litri de lichid i-au scos ultima dată din burtă.

Apă Albastră și Someș se strâng dintr-odată tocmai la mine sub cap. O să iasă izvoare, o să inunde casa. Ce-a mai plâns Damian, douăsprezece ceasuri pe drumul îndărăt nu și l-a mai putut scoate din minte. Primul nostru băiat.

— Sărman suflet, cum să-și vadă un tată copilul așa?

Stâncile s-au pornit la vale, cascadele-s repezi, dacă nu se oprește Damian, pietrele astea o să mă omoare. Cum să creadă că eu nu-i simt groaza, că nu-i desțelenesc ca pe-un pământ plin de bolovani spaima? Nu-i gata băiatul meu, încă nu-i pot da drumul. Cine-și poate răbda copilul smuls ca o inimă dintr-un trup de-o mie de kilograme?

— Visezi, mamă? mă-ntreabă fata care numai ascultă. A venit din București cu mașina.

— Te văd, îi strig fără vreun sunet, ești roșie toată în obraji.

Ea stă lângă mine, îmi masează picioarele, ce piele fină ai tu, mamă. Și ce mică ești, cu palme ca de fetiță. Trage cât poți, mă roagă, și apuc, cu toată puterea împing, ești ca o pală de vânt. Nici mâna cealaltă n-o mai poți mișca. Dar ce faci tu atâta vreme, în locul acesta, mamă? Ți-am comandat noi cel mai bun pat, cele mai nemaipomenite saltele. Ți-au venit copiii înapoi în țară, fata negricioasă i-a adus, unii după alții, iar apoi au rămas, pe rând, cu tine.

Până și fata asta din București te-a-ngrijit la vreme de vară. Din zori până noaptea, trup greu pe care trebuie să-l păstrezi ca mușcata, de trei ori pe zi spălat, pe întinderea lui să nu rămână nici o pată. Un câmp nesfârșit, proaspăt, pe care oare-l mai simt? Cât mai pot să aud din palmele ei care apasă? De la escare faci cangrenă și putrezești de vie.

— Ca un copil visez! Mult și numai culoare! răspund.

Fetei nu-i vine să creadă, ce minune, de când n-am mai zis eu ceva atât de clar?

— Vrei să-ți povestesc? adaug. Dar asta nu-i o născocire, să știi, căci așa s-a întâmplat. Și, pentru că m-am chinuit eu destul, până la capătul pământului am trăit pentru voi suferința, pentru fiecare-n parte am dus-o, poate că se va mai întâmpla. Tocmai l-am luat de-acum pe fratele vostru cel mare, suflet, sau inimă, sau cheag ce vă strânge și vouă durerea. L-am ridicat pe bărbatul mai nefericit ca oricine, ca să-l port îndărăt, mai înainte de nuntă, că mireasa i-a spus încă de-atunci că nu pe el îl iubea, bun și frumos, da, putea fi el oricât de mult, blând și gata să-i fie întruna pe plac, da, nu era rău, dar ce te făceai cu dragostea ei dată altuia? Și cum te descurcai cu sărăcia? Că-și luaseră ei apartamentul, de-l plătea el în rate, dar tot nu reușiseră să-și amenajeze decât o cameră. Ea niciodată, să fie clar, n-o să se mai întoarcă-n fabrică. Să-și zdruncine din nou capul, să ajungă iar la psihiatrie? O să se descurce cumva, n-aveau o bucată de pământ, să-și pună un cartof, acolo, noroc că puteau aduce de-acasă.

Doar o clipă îmi opresc băiatul la bloc, într-o seară când stă lângă muntele de vase din chiuvetă, n-are nimic de mâncare, a lucrat toată noaptea. Începe să spele, nu mult, cât să-și poată scoate dintre zoaie o farfurie curată. În frigider nu-i aproape nimic, ce să îmbuce? Ia ceapa roșie, o curăță, o zdrobește cu pumnul și-o mestecă îndelung, cu un colțuc de pâine. Încă n-a plecat la Sântana, nu mai sunt decât câteva luni până-și vor încărca toate, oare pe unde i s-o fi dus soția? E frig tare, gheață și mucegai la etajul ăla, de câți ani oare n-au mai primit decât câte-un ceas pe zi căldură? Și apă caldă aproape niciodată.

— Ce bine că m-ai purtat încoace, mamă! zice fiul meu tot mai în putere. Hai și mai departe, că aici încă mi-e greu.

Ne strângem amândoi, frunză prelungă de mălai sau numai spinare de păstrăv, ca să ne oprim în locu-n care știe că va da iarăși la facultate. E un ceas de seară, a muncit la drumuri și poduri din greu, tocmai au mai turnat pietriș înspre Ilve, unde-i nevoie de legături mai bune către carieră. În toamna aceea, va da examen din nou, și-acum n-o să se lase. A citit, se pregătește, mereu a fost cel mai bun la asta. Om mare ajunge, doamnă, îmi zice pe drum dirigintele, cu mustața lui neagră și întoarsă. Dar nu stăm decât o clipă cu el, căci ne ducem și mai înapoi, intrăm pe la profesori, înspre cancelarie, că-n ziua aceea e ședință. Să nu cred că-i lucru obișnuit cu băiatul ăsta, zice profesorul de română, scrie tare cu suflet, o să vă facă multă cinste. Și suntem deodată și mai timpuriu, ce subțirel mi-e acum copilul, stă aplecat peste-o foaie, cred că desenează. Ba nu, scrie, căci își face ultima pagină din revistă. Și-i pune la sfârșit o bandă desenată.

— Vrei să vezi, mamă? șoptește.

— Cum să nu, copile. Doar că eu, cât îmi place mie să citesc, n-am multă școală. Uite-mă, încă subțire, când termin de frământat aluatul și-l întind pe masă, pentru tăieței, și aștept să se usuce, mai scot câte-o carte. Avem câteva acum, dar tu, precum văd, tot cumperi, deși banii se fac greu, muncești vara pe la oameni, îți iei plata și fugi la librărie. Treisprezece ani ai împlinit, ești la-nceput de viață.

— A luat notă mare la olimpiadă, e foarte bun la istorie, zice și dirigintele ăsta. Dacă se ține de carte, ar putea ajunge departe. De ce vrea el să dea la marină?

Dar marinar nu se mai face, nu-i bun dosarul de înscriere, ce-i lipsește? Soarele-i lucitor, grădina e-n plină floare, nicicând n-au fost mai parfumați acății. Cum de-am uitat, cum de mi s-au șters din minte culorile acestea, numai văpaie? Suntem puf acum, ce bine-i acolo, la noi, Bălan latră, pe-un câine ca el n-ar trebui să-l țin în lanț, oile toate, negre și albe, deși au suit la munte, au rămas și aici, într-un țarc, vaca galbenă, de la tata, încă trăiește, și furgonul are cauciucuri zdravene. Prietenele mele, Amalia și Mărina, suie amândouă pe drum.

Țintirim nu se vede, nici alaiuri, nici durere. Și pentru prima oară-n viață trecem peste dealul din față, Pleșa, mai ușori ca o pană. Poate-o vulturoaică ne-a lipit deja pe-amândoi sub burtă, n-o vedem, plutim peste creste, peste Măgura Măierenilor, dar nu ne ducem, cum am crezut mai întâi, către cariera de la mine de-acasă.

O luăm în sus, ce mare minune-i asta, mamă, zice băiatul meu, o mândrețe oacheșă, cu bucle înfoiate. S-a lipit de piciorul meu, mă strânge tare, nici până la brâu nu-mi ajunge. Ne oprim numai pe vârful lumii, în Suhard, la tata la stână. Vai, Reghină, ce bucurie că mi l-ai adus, mi-l smulge tata din brațe. Băiatul meu, nu vrei să rămâi aici cu mine? Și el, mic de tot acum, zice că da, nimic nu i-ar plăcea mai tare. Păcurarii duc oile la strungă, ce șir lung se face. Băiețelul vrea și el, vină să vezi, băiete, râde tata, și-i întinde ulcica plină cu lapte. Patru ani are acum mititelul, numai lumină, clinchetește-n el bucuria. Vorbește clar, mai bine ca alții de seama lui, nu face nici o greșeală. Ia ulcica de la tata și, ca și cum ar avea cine știe ce treabă, se trage-ndărăt cu ea, mulsul oilor o să umple povârnișurile de lapte, ce dulce e așa, nefiert, scos cald tocmai pentru el. Nu-l varsă, căci are ceva de împlinit. Se duce până la pădure, intră-n frunziș, și-apucă spre tufele de zmeură. Niște vreascuri se rup pe-acolo, bufniturile-s mari, dar puiul meu se duce, n-are nici o grijă, a mai făcut asta de câteva ori, desparte tufișul și întinde cana. Mor, mor se bucură ursul, ce-ar vrea el mai mult lapte, ca pe vremuri, când l-a găsit baciul și l-a adus, aproape mort de foame, la stână. Și l-a hrănit cu biberonul pe care i l-a trimis Arsînica din vale.

— Vai de mine, strigă tata, unde-a dispărut copilul?

Și fuge înnebunit, prin locurile acelea se mai găseau mine neexplodate. Cât despre fiare, Doamne, să nu fi pățit ceva, tocmai acum când eu, la rugămințile lui, că nimic nu iubea tata mai mult decât copiii, i l-am lăsat câteva zile la stână. Și când a auzit mormăitul, te pomenești că-i zdrobise ursul copilul, i-a înghețat sufletul. A strigat după câini și s-a repezit în șlag cu toporul, o să-l căsăpească pe urs, numai să nu-i fi făcut ceva rău băiatului. Și-a încremenit tata când a văzut ursul cu ulcica goală între labe. Dar a priceput deodată că n-are de ce să-i fie teamă. Boro, vino încoace, te-ai întors și tu? Vrei lapte? Și-i aduce o vidără plină, să se bucure și fiara.

Ursul lincheșτe, copilul meu bate din palme, ce fericit e, nimeni n-a râs vreodată mai tare. Se strânge lângă ceoarecii tatei, îl apucă de genunchi, oare-aş putea rămâne cu tine, bunule, încă o vreme?

— Cum să nu? se bucură tata.

— Putem trăi aici cât vrei, dragul bunului, amândoi, ursul ăsta n-o să ne omoare.

E tânăr şi tata, un smoc de raze rupe tocmai atunci frunzişul, de-i înfăşoară ca-ntr-o bluză.

— Mai staţi o vreme, zic. Rămâneţi laolaltă, ţine-mi-l tată în pace, cât mai mult, că-n timpul ăsta toţi ne rugăm şi poate Cel de Sus o să ni-l aline. Numai El îi poate da vindecarea.

22

Spitalul acesta e mai la-nceput, parcă făcut din hârtie creponată. Mă tem că dacă-l ating se sfâşie tot şi se duce pe apa sâmbetei. Abia păşesc prin el, ce clar se răspândeşte tinereţea-n obraji! E roşie, parcă văcsuită şi ea. Deşi m-am făcut ferfeniţă, încă am cusături, sunt mândră ca o mireasă, cine-ar crede c-am născut băiat de patru kilograme şi jumătate?

Aşa-i cu primul... Apoi nu mai ştii, poate-i mai rău sau mai bine, oricum niciodată nu baţi din palme şi fluieri. Numai să fie cu sănătate, să nu fi putrezit încă din burtă, căci cine ştie cum sunt casele pe-acolo? Unele-or fi numai podoabe, altele ca vai de lume, poate din paie cu tină sau numai nişte însăilări de scânduri.

Cum să poţi şti de dinainte ce copil scade destul ca să poată intra-n lume, după cincisprezece ceasuri de chin, după răul ce nu se sfârşeşte că, dacă leşini, moare pruncul, aruncați apă peste ea, după scrâșnetele ce-ți rup și ultimul oscior din tine, cum să-l ghicești pe-acela care, vânăt și el, tăvălit deja-n groază, țipă pentru întâia oară?

Dacă-i băiat, cere-i bărbatului să-ți cumpere păturică albastră. Scutece ai, botoșeii o să-l țină până mai crește.

Un ochi uriaș, în care ne-am găsit loc atâtea neveste, e spitalul. Aduce lumina spre noi, mirosul de clor de pe coridoare, și sângele ce curge oricum, orice-ai face tot scoți după un ceas-două cearșaful. Noroc că au pus celofan dedesubt, că altfel saltelele ar fi niște lacuri. Dacă te-apleci peste ele, vezi cât de greu ți-a fost să rămâi ceasurile acelea în viață.

La douăzeci de ani m-am făcut cu băiat, nu mai pot de bucurie. Dar oare-o să-l știu auzi? O să am destul lapte, că nimeni nu-mi spune dacă e sătul. Să nu cumva să-l hrănească asistentele, cu biberonul, că atunci e jale. În veci n-o să-l mai poți întoarce la tine, unde-i greu și lucrurile, chiar dintru început, țin închise-n ele un strop de otravă. Încă n-o simți, dar de la un an la altul, de la o ruptură la altele, de la un sânge aprins la unul negru de cheaguri, de la cezariene și-apoi și de la pătrunderea-n moarte otrava asta se umflă-n ea însăși, se îmbuibă, uite-o, după un timp o să se ia la trântă cu mine și când trec pragul din bucătăria nouă în cameră o să mă doboare. De-o să-mi rup șoldul, praf o să mă fac, cine bagă cârlige într-o femeie atât de bolnavă? Dar asta-i tare departe, de ce-a trecut gândul prin deschizătura ferestrei, când încă mă găsesc în locul cu vremea cea bună?

Vara-i gata, s-a împăturit ca o bluză pe care-ai cusut-o singură, ai brodat-o, i-ai înflorit cele mai vinete ruje și-apoi a trebuit s-o lași din mână și s-o pui în tindă, în lada de zestre. Cu altele, mărgelele tale pe care n-o să le mai atârni la gât vreodată. Cu pânzăturile atât de minunat lucrate. Cu portul tău pe care-a trebuit să-l faci uitat, că numai în sfiiciune poți fi tu nevastă-n Văralia.

Juninca pe care salt pentru întâia oară nu mă vrea, n-are ce face ea cu-o tinerică. Dar nu se poate trage înapoi, de unde să știu că aici, în toamna asta, va fi începutul? Ce dacă-i miez de iulie? Vară aprinsă nu va mai fi niciodată. Cât despre orbire...

Ce vorbă-i asta? Iar a țopăit gândul rău pe pat, mă zgândăre, de ce nu mă aplec eu mai bine la zgomotele dinspre șosea, duruie o mașină mare, apoi, încolo, către piața de vite, se pornesc mugete. Să știi că e joi, cum de nu mi-am dat seama? Și-atâția oameni s-au suit unii peste alții-n vagoane, de s-au răsturnat grămadă-n Armadia unde târguiesc fel de fel, cumpără mici, sfârâie mirosul peste liceul silvic, în sticle bulbucește berea. N-aș vrea și eu o halbă? zice o lehuză.

— Altfel nu faci lapte. Hai, încearcă!

Mi-e sete rău, dar de apă, nu de altceva. Trebuie să-mi aduc de la baie, adică de departe. Când pășesc încă simt durere. Dar mă mișc totuși, am sticlă mare, o s-o umplu pentru toate nevestele. Că ele-s mai rău. Una, venită dimineață, e verzuie la chip, i-au oprit cu mare greu hemoragia. Copilul i-a murit. Cineva șușotește că i l-a scăpat moașa pe ciment, se jură, a văzut cu ochii ei că-n minutul acela tocmai o suiau pe ea pe-a doua masă de naștere.

Mă țin de pereți, nu mult, cât să nu mi se-mpăienjenească privirea. Am putere, nu glumă, zice lehuza de astă-noapte. Ea nu se poate clinti nici până la baie. De-aia nu vrea apă, să nu cumva să trebuiască să se ridice tocmai acum în picioare. Când or veni peste un ceas, la vizită, o să-și roage bărbatul s-o poarte ca pe-o traistă goală până-n capătul coridorului, la veceuri. Eu înaintez, gresie albă și neagră, talpa aici, talpa dincolo, halatul de molton transpiră, șosetele de bumbac sfârâie în șlapii de internată.

— Reghinuță?! Tu ești? aud din senin, parcă din altă viață. Nu răspund, căci una ca asta nu se poate. Dar ridic iute ochii, trebuie să văd, cum să pricep asta?

— Valer?! Nu se poate! Apoi mă fac flacără, limba mi se-ncleiază.

— Vrei să te sprijin? Ești bine?

Dar asta-i o glumă strașnică. Ce mai izbucnesc în râs, și-aș hohoti și mai tare, dacă de la zgâlțâire nu m-aș frânge-n două. Păi nu-și vedea ghipsul până sus pe picior, cum să m-ajute-n halul ăla?

— Ce-ai pățit? zic, doar zâmbind, căci acum și fața lui e mai veselă.

— Te caut. Am auzit că e pe-aici o nevastă tânără din Văralia și-am simțit, ca prostul, că ești tu.

Obrajii mi se udă deodată, dusă-i vopseaua din ei. Nu-mi spune nimic, Valer, ce să fi făcut? Tata m-a luat de mână și m-a suit frumos pe capră lângă bărbatul din Văralia.

— Ți-am adus caramele! Întinde o pungură legată cu nod, mi-o pune-n buzunar, încă mă țin de ziduri.

— Hai înapoi, zic, nu-mi mai e deloc sete.

Nu mai râdem nici unul, ne mișcăm greoi, el mai repede-un pic, deși fractura a fost rea, i-a ieșit osul prin carne și-a trebuit să-l opereze. Dar s-au făcut trei săptămâni de când l-a lovit necazul, acum nu mai doare.

— Dar tu, Reghinuță, tu cum ești?

— Bine! șoptesc.

Broboane mari îmi șiroiesc peste față. Șontâc, șontâc, vai de șandramaua care-am ajuns, uite-mă zdruncinată pe-o vacă, nu mă mai pot desprinde de oasele ei care, mai spre grumaz, îi ies ca niște cuiere prin piele. Nu pot să zic mare lucru, că ea, nătânga, îmi sugrumă toate vorbele. Îmi mușc numai buzele, sângele dă prin ele, peretele de vopsea are o dungă pe la jumătate, murdară și fără sfârșit, de care-ncepe deja să spânzure un soare vechi despre care-am știut, suindu-mă lângă Valer în car, că n-o să asfințească vreodată. Dar nici n-o să poată crește. Pălălaie de sânziene, foc uriaș din bușteni și cauciucuri sparte n-o să se mai poată face pentru noi.

Oare cum suntem noi văzuți din spate? El lovit de-un dulap pe care-l descărca pentru magazin direct în gară, eu o nevastă, de douăzeci de ani de-acum, rumenă și încă grasă, noroc că halatul îmi mai ascunde din burtă. Mi-aș strânge cordonul, tare, până nu l-aș mai putea suporta, dacă n-ar trebui să duc sticla goală-n mână și n-ar fi nevoie să mă sprijin de el, de bărbatul meu care n-a fost să fie, de tânărul ce tocmai rostește:

— Nu m-am mai putut gândi la însurătoare, am suferit ca neomul, Reghinuță, așa să știi. Te-am căutat în toate fetele apoi, te-am așteptat. Dar tu te-ai dus de tot, dincolo de munte, n-am avut cum zbura până la tine. Și-ar fi fost degeaba, știu... Numai că mi-am jurat că înainte să mă așez și eu la casa mea trebuie să te mai văd o dată.

— Și uite-ne aici, Reghinuță! Mai stai un pic.

Rămân cu el, nu mult, dar cât să ne-ajungă o veșnicie.

— Ce căutați pe palierul ăsta? iese tocmai atunci din camera asistentelor o moașă.

— Nu știți că-i interzis? Hai, mergeți repede la ortopedie, dacă vreți întâlniri, așteptați orele de vizită.

Valer nu dă înapoi, mă ține bine, îi simt degetele albăstrindu-mi brațul, cum să facă? Ușa se deschide larg, ne izbește pe-amândoi lumina, uite cum ne-aruncă pe coridor ca pe două semințe de păpădie. Nu ne legăm una de cealaltă, căci vântul e prea mare. Iau soarele-n pumn, ce mic s-a făcut de-acum! Îl strâng bine și-l pun lângă inimă. Pe pieptul primului meu născut apare-n secunda aceea o mică pată portocalie. Are raze, are fierbințeală și amintiri, fel de fel. Într-una, Valer mă sărută. N-o să mă piardă, tot o să mă ia el de nevastă. Numai eu știu că asta n-o să se mai întâmple vreodată. Trebuie să mă așez pe ceva, mă sprijin din nou de pereți, după două minute ajung la pat. Optsprezece ochi din salon se uită spre mine. Plâng mocnit. De la durere, zice una, că nici o naștere nu-i floare la ureche.

— Pleacă, Valer! șoptesc. Du-te liber de-acum.

Și fulgul iese pe fereastră, nu-l mai văd, pe deasupra Armadiei bate un vânt fierbinte, ca de mijloc de vară.

Copacii mi se scutură mie în inimă, toți, până la ultimul. Căci am pătruns de-o vreme într-o toamnă fără capăt, mai friguroasă ca oricare. Și-n toamna asta, după ce-am venit acasă, Bălan a început să latre sfâșietor, noapte de noapte, tot mai prelung. Ieșeam fuga la el, ce-ai pățit, viteazule, ce-i cu suferința asta mare? Ai îmbătrânit și tu, uite, nu mai poți roade nimic, pulbere-ți sunt măselele... Lasă că-ți aduc hâlbe înmuiate. Torn din belșug lapte. De ce nu mai mănânci nimic, Bălane?

În noaptea-n care vulturoaica a coborât să-l ia după atâta vremuire, ca să-l ducă-n aluniș verde și neumblat, unde murgii sunt stăpânii și vulturița cea mai curajoasă și-a făcut rostul ei, deja și-a luat zborul, n-am putut închide un ochi. Atât de mare-i era tânguiala. Schelălăia și urla, nu-l mai putea opri nimic, nici o mângâiere.

Când gheare micuțe au început să-mi rupă din inimă, am îngenuncheat lângă el, acolo, în cușca lui, de nu mai simțeam nimic, nici umezeală sau putoare de câine. Am zis doar atât:

— Ajunge, Bălane! Poți pleca.

N-o să-i uit niciodată răspunsul, mulțumesc pentru tot binele, Reghină! Gata, mi s-a sfârșit timpul în trup de dulău. N-a fost ușor, dar nici fără împlinire câinească. Acum poate-s vrednic de-o sarcină un pic mai înaltă, cine știe spre ce-o să mă-mpingă vulturoaica asta uriașă, o vezi cum mă ridică pe sus, o adunătură de blană, și mă suie tot mai drept, parcă spre lună. Nu te căina, rabdă, că atâtea o să mai vină. Dar la sfârșit, ține minte, rămâne numai iertarea. Și fără ea te preschimbi numai într-o grămadă de oase. Ai grijă, Reghină, să te ocrotească Dumnezeu, că eu, dulăul care-a oprit cândva ursul și te-a întors la viață, nu te mai pot apăra.

L-am luat pe Bălan și l-am pus în groapă săpată sub cea mai mare răchită din grădină. Mult mai târziu, într-o după-amiază de sfârșit de lume, trunchiul și crengile i-au fost rupte de gheață. Dar de ceasul acela noi toți am trecut cu mare greu, nici nu știu cum de-am putut răzbi mai departe.

23

Aș dormi și m-aș odihni
cu împărații și cu înțelepții pământului,
care au rezidit ruine pentru ei înșiși, zis-a Iov.

Nouă ani cu un harbuz în loc de burtă. Întâi floare galbenă, apoi nod tot mai strâns, de jur împrejurul pântecului, în douăsprezece locuri, să nu cumva să se se crape ceva, să nu cumva să se spargă. Pumnii s-au dat unii-n alții, amorțeala s-a-ntins pe pomeți, pete de toamnă mi s-au pus pe umeri și pe mijloc, până când o păturică zgrunțuroasă mi-a înlocuit parte din piele. Unde-i frumusețea mea, când au prins să mi se stingă ochii? Unde s-a fărâmat tinerețea? Nouă ani am croit continuu câte-o naștere. Laptele a curs dintr-o vacă, dintr-o capră, iar primăvara, înainte de-a fi duse la munte, din cele douăzeci de oi.

Căldările-n care-am fiert mâncarea pentru animale ar acoperi de hâlbe toată Văralia. Cartofii cât unghia ar rămâne la margini, ca bolovanii pe lâng-o apă. Și-n rest ar vâjâi terciuri fierbinți, urzici rupte și-amestecate-n oale de lături, cafeiul stricat, tocana de legume care, prin august, se-acrește-n câteva ceasuri, râuri de mâncare din care-ar putea crește deodată sute de porci.

Iau ligheanul cu mațe aburinde pe care merg să le curăț în pârâu. E gheață întotdeauna în miez de decembrie, trebuie s-o sparg, cât să deșart tot răul rămas înăuntru, duhoarea și putrezirea, uite cum le duce apa în jos. Mă las pe genunchi și, pe un scăunel, încep răzuirea.

Pentru cârnați care să nu te scârbească trebuie o grijă cum nu se mai poate. Nu lași nici o pieliță necercetată, o desprinzi pe-ndelete până nu mai rămâne decât partea lucioasă. Iar pe-aceea, numai când poți sufla-n ea, de vezi ca prin sticlă, o pui în găleată. La mațul gros e mai greu, câteodată cu îngrețoșare. Dar ce călbaj grozav o să-și găsească adăpost înăuntru!

Mâinile se fac stacojii de frig, de fiecare dată la tăiatul porcilor începe să ningă. Când degetele-și trag înăuntru simțirea, ca să nu-mi degere cu totul, le-afund un pic între mațe. Apa e o urmă mai caldă și mi le aduce-napoi cu durere. Să dau gata totul până nu mă preschimb într-un sloi. Să mă mișc, să țopăi pe gheață, să nu las apa să intre în cizme. Doar două ceasuri, nu mai mult.

La sfârșit, în loc de picioare am niște bușteni. Un copil îmi trage cizmele, ești udă, mamă, cum ai putut rezista atâta? Ce bine-ar fi fost să cresc un foc micuț înăuntru, care să se-nfoaie ușor, fără să ardă! Și să nu mă mai dezgheț acum cu-atâta durere. Doar să nu fi degerat degetele, că atunci rămâi fără ele. Dar dacă-mi vine să strig când le-afund în apă înseamnă că-i bine, în jumate de ceas ies la liman.

Șoricul se smulge fâșii, urechile-s ronțăite din rădăcină, e ziua cea mai fericită din iarnă. Slănina se taie de-a lungul, se cară apoi în pod la afumat. Carnea e strânsă de pe ea, uite-o cum a umplut trei ligheane. Din ea o să răzbim până-n martie, fata de liniște a curățat deja un blid de usturoi. Mașina de tocat e fixată deja pe marginea mesei. Băiatul făcut să aline i-a potrivit bine cuțitul și-ncepe să scoată mici râușoare ce vor umple apoi covata-n care Damian va pregăti și anul ăsta cârnații.

Jumările fierb deja pe flacără, trei zile n-o să putem scoate din casă mirosul de sânge și de grăsime arsă. Dar atunci o să avem totul făcut, podelele vor fi fost bine frecate cu dero, nici un strop să nu se-afunde-n ele. Pomana porcului se va fi dus în douăsprezece blide, toți vom fi mâncat ca niște morți de foame, iar seara, când cărnurile se vor muta pe rând în cârlige, când cârnații vor atârna cât mai sus, aproape de horn, când ciolanele, legate câte două, vor fi potrivite și ele, noi vom sfârâi în tigaie un ultim rând de chiftele.

Copiii se bucură nespus, în zori aproape că n-au vrut să meargă la școală. Carnea nu vine aici decât în ceasuri de iarnă și mult mai rar peste vară. Că nu tăiem găini în oricare zi, iar la alimentară nu se mai găsește nimic. Iei conserve azi, iei gem de porumbele mâine, dar apoi ce să mai iei?

Copilul făcut să aline îndeasă mușchiul ciopârțit, bucăți de ceafă și spată, tăiate mai înainte pe potriva mașinii. El unul mai mult ca sigur n-o să mai mănânce nimic. Îi întoarce stomacul pe dos ce toacă acolo, nu-și dorește decât o pară. Împinge-n metal bucată cu bucată, rotește mânerul, cuțitul din afund rupe-ncontinuu. Nici ațele de grăsime nu i se pot pune împotrivă.

Eu mă gândesc deodată la urzici, așa cum le strângem primăvara de pe coastă, încă tinere, ca să se mărunțească bine. Aveți mare nevoie de fier, doamnă, cu atâția copii trebuie să vă reveniți. Și lor le este fierul de trebuință, că primăvara-i cel mai greu, merele s-au terminat toate, ultimele-s putrede sau complet înghețate, cum să crească ei în mare putere? Că se fac cu toții anemici, ca fata ce-ascultă, care, la numai zece ani, s-a pomenit cu trei luni de injecții. Biata, le-a luat numai o săptămână, apoi n-a mai vrut, cum s-o chinuie seringile o vară întreagă? Cât despre cei mai mici, nici nu s-au născut bine că i-au mutat la distrofici. Numai cartofi ne mai rămân din martie încolo. Și fasole uscată, noroc că-n grădina aceasta vrejurile se-ntind câte trei metri pe-araci.

— Mâncarea de iarnă e... carnea! zice unul dintre copii. E bucuros nevoie mare, îi lasă gura apă.

— Mâncarea de primăvară-i... Oare ce-i? întreabă altul. Ouăle de Paște cumva?

— Ha, ha! Pe-o măsea ți-ar ajunge ouăle astea! râde băiatul care alină.

— Primăvara-i din cartofi, se știe, tocănițe și ciorbe, și, dacă mai găsesc ceva prin untură, e și din gulaș. Dar preferata mea rămâne salata orientală.

— De fapt, primăvara, zice altul, mie-mi place cel mai mult usturoiul verde.Te duci, îl rupi din strat și-l mărunțești peste orice... Un pic de oțet de picuri, preschimbi totul în ceva de să te lingi pe degete.

— Dar care-i mâncarea de vară?

Slănina, brânza și ceapa, dacă ești la fân, la capăluit, la robotit pe câmp. Dar și fasolea verde. Sau salata, ce mai ciorbă de salată face tata, dacă n-ar turna atâta zer în ea ar fi și mai bună. Și roșiile, când se coc, că aici, la munte, e frig, sunt nespus de bune. Doar castraveți nu mai există de ani buni, ce-o fi cu ei? Restul legumelor și-au revenit încetul cu încetul, oare ce-a putut strica într-atâta pământul?

— Mie-mi plac morcovii. Chiar când mama nu mă lasă, că-s mici de tot, eu tot îi smulg din pământ. Ce gust bun au.

— Dar de cireșe ce ziceți? întreabă băiatul care alină. Alea negre și mari, de care noi nu avem, de ți se topesc în gură. Când cresc am de gând să pun în toată grădina numai cireși. Și căpșuni, și agrișe, și ce ne mai lipsește nouă. Noroc cu merii și cu-atâtea pere de vară. Cine-mi aduce niște pere?

Dar nu-i nimeni să dea o fugă-n beci, toți ne-am împărțit lucrul, porcii ăștia doi trebuie pregătiți până pe seară. Omătul se prefiră ca o făină, deși, dacă ai ochi buni, descoperi că-i făcut din cele mai amestecate steluțe.

— Dar mâncarea de toamnă? Care-i aceea?

— Dulceața, zice unul mai mic. Dar n-a mai rămas nici un borcan.

— Eu cred că laștele. Dacă începe ploaia, mama nu mai are unde se duce, și face aluat. Apoi pune-n pachețele brânza și face o mâncare atât de gustoasă...

— Fasolea tânără, aș zice eu. Cea care-i și păstaie verde, dar și bob ascuns. Ce ciorbă nemaipomenită iese din ea!

Iarna-i de carne, primăvara-i de cartofi, vara-i de cireșe negre, căci avem și noi un cireș ieșit tocmai lângă drum, din niște sâmburi pe care i-am aruncat eu acolo cândva. Iar toamna-i de nuci și de porumb, de mere-n anii norocoși și de tot ce strângem în beci și-n pod ca să putem trăi până-n primăvară. Lapte e destul, noroc cu el, în casa noastră nu se termină niciodată. Doar la autoservire bate vântul pe rafturi.

Dacă am sta la blocuri, n-am muri oare de foame? Dacă ni s-ar fi luat pământurile, nu ne-am da de ceasul morții să avem câte ceva de-ale gurii? Noroc că aici, în grădina asta, de ești vrednic un pic, ai din ce trăi.

— Auuuu! țipă din senin copilul care alină.

— Mi-am tăiat degetul, mamă... Dar nu mai continuă, că de la cum se revarsă sângele, băiatului meu îi îngheață gura și cade pe spate.

Doamne, ce-i nenorocirea asta? Picurii sar peste oale și peste măruntaie, se-mprăștie peste plămâni și peste rinichi, ca să-și ia avânt peste colțul de masă drept către noi, de nu mai vedem decât spaimă. Damian strigă, fă ceva, Reghină, cât din deget a tăiat?

— Doar nu i-a smuls tăișul din os?

Nu știu, valurile astea se-mprăștie cu groază și greață, trebuie strânse îndărăt, cum să le răstorni în ciotul din care-au scăpat? Urme de moarte-s pe pat și pe podea, nu e ștergar să le poată întoarce. Prosopul de vase se duce, prinde izvorul în loc, strânge tare, leagă-i, Damiane, brațul, pune-i mai sus de cot năframa, fă nod, tare, așa, până la capăt. Unde-i spirtul? Unde-i rivanolul? Unde-i carnea pierdută, sfertul acela de deget care trebuie cusut la loc?

Nu găsesc nimic, e terci, rupt și măcinat. Dă-mi țuica, Damiane. E ultima, torn din ea, oprește-te, sânge, lasă-mi băiatul în pace. Pielea e un rest, cine-ar putea ști ce se ascunde încă înăuntru?

— Damiane, nu pot fugi eu cu el. N-am atâta putere. Lasă tot și nu te opri până la dispensar!

Să-l coasă, să-l facă la loc, să-i dea leac de crescut înapoi o bucată de carne. Trezește-l tu pe copil, gata, vâltoarea nu mai e mare, acuși se oprește de tot. L-a luat somnul un pic, a obosit după atâta școală și după atâta îndesat capul sub pernă. Că el nu se poate împăca nicicum cu o moarte, mai ales cu a porcului hrănit o vară întreagă.

Copilul meu care-alină își jură să nu reteze nicicând gât de găină. Bărbat ești tu? Ce bărbat? Și să nu taie niciodată o oaie. Să nu jupoaie mielul de Paște. Când a ajuns aici, la tăcerea făpturii duse la tăiere, băiatul ăsta al meu n-a slobozit vreun oftat, doar și-a adâncit mai mult decât trebuia degetele-n mașină. Doar un sfert din arătător a luat cuțitul...

— Fugi la doctor, Damiane, fugi, du-l tu cumva, poate găsești la pod vreo mașină.

Și-l zgudui un pic pe băiat, cât să-și miște pleoapele. Cascada nu se mai simte, nici balta de cheag de pe margine. I-am șters cu o batistă rece și fața, hai, copile, ia-ți inima-n dinți, că doctorul e bun, te coase și te pansează, poate găsește pe-undeva și-un leac de amorțit ca să nu lucreze pe viu. Te-am încălțat, te-am îmbrăcat, ți-am strâns căciula sub bărbie.

Ninge cu fulgi cât mingile, trei kilometri sunt până la dispensar. Mă uit mult după ei, gata, au trecut de bazine, coboară acum spre ulița Savetei, o s-o ia pe linia ferată. Mă-ntorc doar când nu se mai aude nimic, cum se pot învârteji zăpezile în așa mare liniște? Iau blidul plin de tocătură, dar scot și ce mai e prin mașină, prefir printre degete sânge și zgârci, parte tare și moale, iar la sfârșit numai o urmă de grăsime...

— Care-i porc?... Care-i om?

— Nu știu, Doamne. Data viitoare fă-ne un pic mai altfel, lipsiți cu totul de oase și carne, curăță-ne cât poți de tare, pe mine poate cel mai mult. Și vânt slab m-aș mulțumi să fiu, și numai o răsuflare. Să nu simt nimic, să nu doară. Și să pot vedea-n toate părțile. Să-mi cadă solzii de pe ochi, cei ce fac să zărești atât de puțin, nici măcar cât s-ar deschide o ferestruică în burta asta de vacă.

Damian fuge, o să se piardă cu firea numai la dispensar, când o să vadă cum doctorul împunge pe viu cu acul. Copilul urlă ca din gură de șarpe.

— Ce facem cu carnea asta? zic copiii.

— N-o dăm la mâță, că-i deget de om în ea.

— N-o dăm nici la câine.

— Nici la șobolan n-o lăsăm.

— Nici la vierme nu se poate s-ajungă. Că-i viu de copil de-al meu în ea.

Apuc o pungă de plastic, răstorn vasul, leg totul la gură. Mai pun încă o pungă și fac nod de două ori. Apoi mă duc la un măr, în grădină. Damian i-a săpat de curând de jur împrejur, ca să le pună bălegarul din care vor rodi vara viitoare. Înfig lopata mai într-o parte, unde nu dau decât de țărână clisoasă. Și îngrop punga, ca să nu mai știe nimeni ce-a fost.

24

Pentru ce este dată lumină celui care suferă
și viață celor amărâți la suflet,
care așteaptă moartea și nu vine, zis-a Iov.

Pentru că lumina se află și-n întuneric, așa cum se găsește sub pleoapele mele. Ultimul lucru pe care-l văd cu ochii e un zâmbet, buze roșii, fetele mele adunate. S-au aplecat mult, așa cum îți aduci un nou-născut înaintea privirii. Mă ghicești, mamă? Dar pe mine, dar pe mine? Cum să nu? Nici nu-i nevoie de vedere, ca să vă strâng pe toți, și să vă aduc aminte. Iertarea-i lângă voi, n-o tărăgănați într-atâta. Schelălăie, amărâta, e o cățea prinsă-n capcană. Sau e om ce se bate cu pumnul în piept. Sau strigă cât o ține gura. E o biată oloagă sau un copil de țâță. E o cană poate, aproape neciobită. E o cuvertură țesută de mine, numai ruje mari, roșii și negre, de putem încăpea cu toții pe ea. De ce mă mai țineți în vaca asta, atât de înfometată? Cel fără de păcat să arunce primul piatra.

— Să-l iert, mamă?

— Iartă-l!

— Să-l iertăm, mamă?

— Iertați-l!

Damian vă duce pe toți în spate, pe rând, vă suie pe umeri, urcă dinspre dosul dealului spre partea unde e soare, asudă din greu, îl dor rău oasele, ce-a mai luptat el o viață întreagă! Dar nu vă scapă orice-ar fi, n-ați văzut cum vă ține? Cade-n genunchi, nu mai e mult, dar, cât de doborât ar fi, tot nu vă lasă. Nu cumva tocmai vă spune o poveste? E una nouă, n-ați auzit-o nici unul. Și-a luat mămăliga, a pus-o-n trăistuță, și-a purces la arat. E mic, un copil de clasa a doua, îi place atât de mult cartea cu fabule, cu chipuri, cu toate cântecele murmurate o viață. Când iese la liman, căci acum e tare sus, aproape pe culme, o să-nceapă să fugă din toate puterile. Nimeni nu-l poate întrece, căci și întristarea lui este mare. Unul din tâlhari va fi iertat, iar fiului risipitor i se pregătește-un ospăț.

Sunt în grădinuță, sap, niște domni suie pe uliță. Îi aud de departe, vorbesc ca orășenii, au întrebat deja vecinii pe unde-i grădina noastră. Bună ziua, ce faceți, bine, mulțumim, știți, noi suntem doctori, tocmai din Cluj. Și-au bătut cale lungă. Dar prin părțile astea e tare frumos, un peisaj ca de rai, de ce nu-l chem pe Damian, că vor să ne roage ceva. N-au venit la-ntâmplare, așa să știm, înainte au tot întrebat, s-au dus și pe la școală, numai vorbe bune-au auzit, mai ales despre băiatul cel mare. Dar și despre ceilalți, că toți s-ar descurca bine. Și-atunci și-au făcut curaj, de ce să nu încerce, poate o să-i putem ajuta, că la oraș, mai ales într-unul mare, totul se face mai cu spor, școala-i mai bună... Cât despre condiții, nici nu se poate compara. Ei au apartament cu trei camere, l-au primit de doi ani, e aproape de centru, cu un liceu foarte bun în preajmă, pe jos s-ar putea duce, că-s și clase mici, numai să vină vremea...

— De ce-ați bătut atâta amar de drum? Că tot nu pricep, îi oprește Damian. Spuneți mai clar.

— Doar să fiți de-acord, că o așa bucurie ne-ar schimba viața... Și pe-a dumneavoastră. Adică nu e că n-am mai ține legătura...

— Poftim?
— Să dai o șansă unui copil care trăiește-n lipsuri nu poate fi decât un lucru bun...
— Vreți bani, ceva? îi întrerupe din nou Damian.
— Doamne ferește, nu vă gândiți la așa ceva...
— Sunteți martorii lui Iehova?... Nu ne interesează...
— Nu, nici vorbă. Doar că nu ne vine așa de ușor!... Vă rugăm, ne dați și nouă puțină apă?

Doctorul poartă mustață, nu cred să aibă mai mult de patruzeci de ani. Împrăștie un iz parfumat, nu ca noi, cu fețele noastre șiroind de sudoare. Ea e subțire, cum n-am mai fost eu de vreo șaisprezece ani. Și-au lăsat Dacia în vale, că până-n locul ăsta al nostru, tocmai de la capătul orașului, n-aveau cum să urce. Drum prost, de țară, până și căruțele abia răzbesc. Dar și dacă n-o să fim de-acord, ei măcar au încercat. Și-n plus, nu le pare rău, au făcut o drumeție.

Ochii-mi rămân pe pantofii lor sport, așa ceva aș vrea să cumpăr când începe școala. Dar trebuie să fie tare scumpi. Noroc că trei dintre copiii mai mari s-au dus după afine, dimineață s-au trezit de la cinci, ca să fugă până la podul Cormăii de unde-i ia rata ca să-i afunde zece kilometri între munți. Acolo, de la centrul de colectare, se împrăștie și ei cu oamenii, pe toate văile, urcă abrupt pe câte-o coastă, pătrund prin păduri căutând luminișuri, suie cât mai sus, pe culmile cu stâne, adică prin locurile unde afinele ar fi putut crește ca-n poveste. Mari, neatinse, de să umpli piaptănul dintr-o mișcare. În burta de lemn să nu se strângă numai frunze, ci belșug de fructe, la paisprezece kilograme să ajungă în ziua aia.

Toată săptămâna s-au urcat în Bârlege, la cules de zmeură și afine, trebuie că și-au făcut niște bani. Dar azi ziceau că-și încearcă norocul pe partea cealaltă, spre Crăiasa, poate până-n Poiana Zânelor. Numai să-i țină picioarele și să-i îndrume Cel de Sus, să nu umble sărmanii degeaba. Dacă au spor, își cumpără singuri pentru școală cei mai buni teniși și cele mai bune treninguri. Și uniformă își iau din munca lor. Că, dacă s-au făcut mai mari, își câștigă singuri banii.

Aici, pe munții ăștia, dacă-i cercetezi bine, dacă te țin puterile să iuțești pasul când simți că gata, ești sfârșit, nici un metru nu te mai poți mișca, dacă reziști câte-o zi fără apă, că izvoarele-s pe la margini, n-ajungi ușor până la ele, dacă nu-ți pierzi munca la coborâre, când ai alunecat pe vreun povârniș, atunci toți te privesc cu invidie, ce găleți pline cu zmeură cari în spate, sigur ai ajuns prin locuri neumblate. Și ce boabe mari, cum de nu s-au zdrobit până jos?! Din ele faci destul pentru caietele de școală. Dacă ai putere și înduri urcușuri și mai grele de-atât, ajungi pe umerii munților în afinișurile cele întinse. Iar pe afinele astea, greu de strâns – dacă tragi o viperă-n piaptăn? –, ești plătit cu doi lei mai mult la kilogram.

Copiii mei au lucrat toată vara la fân, dar acum, c-am răzbit și cu ultimele clăi, au două săptămâni ale lor, în care-și pot face bani. Așa că fug după afine. Sunt sfârșiți de oboseală serile, adorm care pe unde s-au așezat, nici să termin mâncarea nu mai așteaptă.

În zori, când roua e atât de grea încât se prinde de încălțări ca niște lacăte, pleacă din nou la drum. Ce s-ar mai întinde acolo, în iarbă, și-ar sta nemișcați până când i-ar zvânta și i-ar încălzi soarele. Iar aceea ar fi ziua lor fără griji, în care pot face ce vor. Numai că afinele nu țin prea mult, la început de septembrie se-nchide centrul de colectare. Trebuie să meargă așadar zi de zi, cu îndârjire, că banii se câștigă greu și de ei e mereu trebuință.

Până și eu am ajuns să fac lucru de rușine, nici nu îndrăznesc să-i spun lui Damian. Acum, că-i august, culeg mălai în lapte, îl fierb și-apoi îl vând turiștilor din stațiune. În jumate de ceas adun cât strâng ei din afine o zi întreagă. Mă gândesc să cumpăr un scaun nou, cu spătar, că unul din alea vechi s-a descleiat de tot. Mai mult, are crăpate și două picioare. Apoi, din ce-mi rămâne, plătesc ghiozdane, și penare, și uniforme, și treninguri, și niște pantofi de purtat până vine frigul. Pentru toți trebuie să fac rost, că nu mai au nimic, ori le-au rămas toate prea mici, ori au ajuns niște zdrențe.

Damian s-a întors tocmai atunci cu o glajă plină de apă și le-a dat-o străinilor să-și stâmpere setea. Soarele ardea, dudul, văzut pieziș, părea o pălălaie. Acolo și-au făcut cuib tăunii.

— Ce vânt ziceați că v-aduce la noi?

Domnul își mestecă buzele, iar ea stă cu fața într-o parte. Părul creț i se desprinde de după ureche și, ca și cum vița asta căzută i-ar da curaj, străina spune dintr-o suflare:

— Vrem să înfiem un copil!...

— ?!!

— Pe băiatul dumneavoastră vrem să-l luăm. Cel din clasa a doua. La el ne-am gândit. Că nu-i bine să fie prea mare când îl ducem cu noi.

Cuvintele mi se bulbucă în gât. Cum de nu-mi dădusem seama? Damian se holbează la ei ca la strigoi. Oare auzise bine sau...

— Iar dacă-i mai mic, continuă doamna, atunci o să plângă după mamă. Și n-ar fi deloc convenabil...

— N-ați venit unde trebuie, oameni buni, i-o retează Damian.

Nu strigă la ei, dar mă-nfioară glasul ăsta al lui, nici tare, nici de aluat, nici cu jar, nici de fum, totuși gata să izbucnească.

— Cine are copii să și-i crească! continuă Damian.

— Iar cine n-are să se roage lui Dumnezeu să-i dea!

Apoi le întoarce spatele. Sapa mea se ridică numai un pic, dar n-are putere și cade-napoi.

— Gata, zice el, vă rog să faceți cale întoarsă, nu mai vreau să aud nimic.

Cei doi se uită unul la altul, nu prea vor să se miște din loc.

— Cum să-mi dau eu copiii? Vreți să dezleg câinele?

Domnii și-au strâns ultimele vorbe-ndărăt și, duruind ca pietrele, și-au dat drumul la vale. Nu i-am mai văzut niciodată.

Fetița înfiată la vreo două luni după întâmplarea asta, de pe-o stradă învecinată, a ajuns în alt oraș, parcă la Craiova. În partea asta, a noastră, doctorii din Cluj nu cred c-au mai îndrăznit să suie vreodată.

25

Și gemetele mi se varsă ca apa, zis-a Iov.

— Burtă fără măsură! Iar prășești ceva în ea?

— Lasă-mă, Damiane! Doar mi-a venit să vărs, am fugit mult azi. Iar soarele e din ace de tricotat, doar să te atingă, că și sfâșie. Bluzele copiilor au căzut de pe ei, spatele gol al băieților s-a înnegrit tare. Iar fetele, două, întorc brazdele dintr-o parte-n alta. Toată grădina-i pe jos, ce-au mai tras Damian cu cei mari la coasă! E cald, iarba sfârâie, o să facem mai târziu două clăi. Tocmai atunci se întorc și cei mici, cele două vaci smulg de pe unde pot smocuri de floare, iar mieii, pleoștiți de căldură, abia așteaptă să intre în staul. Tăunii zumzăie dornici de sânge, unde se-așază lasă-ndărăt picuri roșii. Ce mai doare când te-nțeapă, noroc că vacile-i mai plesnesc cu coada.

— Am văzut șerpi! strigă unul dintre copii. Acolo, în carieră, e un fel de lac. S-au strâns o mulțime. Mi-e groază de ei.

— Ce vrei, dacă-i groapă de gunoi? Sunt munți de mizerii aduse din tot orașul. Duhoare!

Las grebla din mână, se descurcă ei cu înturnatul, trebuie să le dau mâncare. Mi-am luat banii, abia de mi-au ajuns pentru pâine. Când mi s-au dat prima oară, fiindcă eram mamă eroină, îmi mai ajungeau măcar pentru niște haine. Pe-atunci mă lăudau la maternitate, sunteți un exemplu, meritați recunoștință. Așa ar trebui să se gândească orice femeie, că altfel cum să ne crească țara? Odată m-au și pus într-un ziar, cu-al nouălea născut, dar n-am reușit să-mi văd poza. Mi-au spus femeile când stăteam la coadă la rații. Spălaserăm sticlele de ulei, ce ne mai luptaserăm să le facem curate, fără nici o pată grasă pe ele. Și-acum le luam nu de la autoservire, ci din stațiune, de la alimentara de-acolo.

— Mai frumoasă ca o doamnă erai, Reghină, a zis o femeie. Am văzut cu ochii mei. Te-au tăiat cu foarfeca și te-au lipit la panou, în spitalul din Armadia. Când mai ajungi pe-acolo, să te uiți, că nu cred să te scoată așa de repede. Câți copii ai acum?

— Nouă.

— Și cât îți dau pentru ei?

— Trei sute cincizeci de lei. Dar banii ăștia nu ajung pentru nimic. Pentru atâtea guri de hrănit e nevoie de lucru, nu glumă. Noroc că noi avem animalele, locurile pe care muncim toți, cu mic cu mare, vara. Că dac-am sta în porțiile lor, am muri de foame. Dar ne bucurăm totuși de ele, avem dreptul la jumate de litru de ulei de persoană pe lună. Fără borcanele noastre de unsoare, n-am scoate-o la capăt, dar așa ne descurcăm. Țucăr tot o jumătate de kilogram pe lună ni se dă. Și pâinea, când se găsește, e câte-o jumate de franzelă de fiecare. Noroc că mi-a adus niște făină albă tata și, când nu reușim să cumpărăm pâine, frământ una-două niște plăcinte. Ce mai bucurie, e duminică-n ceasul cu aluatul, copiii nu se duc de lângă tigaie, îmi smulg plăcinta și-i prefiră pe deasupra brânză.

Azi ce să le dau oare? Că nu mai e sărăcia de-atunci. Amărăciunea de-acum este alta, că pe Damian o să-l disponibilizeze curând. Cum trăim noi fără bani? După revoluție e greu în alt fel, poți cumpăra oricât, magazinele sunt multe și pline, doar banii nu mai au deloc valoare. Iar copiii mei, chiar dacă au început să se împrăștie prin lume, nu se cade să simtă vreo lipsă. Băiatul leit socrul a fost chemat în armată, l-am condus alaltăieri la gară. În valiza de soldat nu și-a luat nimic, decât niște cărți. Dar ca merinde de drum a vrut niște plăcinte. I-am făcut, am frământat grijă multă în ele, nu te împotrivi, copile, fă-ți rost de blândețe și mai pune frână când vezi că înainte e zid. Îndârjirea, de orice fel ar fi ea, nu te poate face decât fărâme. Cerne mereu, în tot binele se găsește și-un pic de rău, chiar când nu bănuiești, ca-n făina pe care-o scutur prin sită acum. Uite-l, a rămas, coji stricate, țărână, două-trei pietricele. Nu le-ai fi ghicit niciodată în lucirea aceea îngrămădită în sac.

Dar în rău, cât bine se află? Nu pot răspunde, buzele mi se cos pe dată. Damian e-n toată puterea, ce mai răscolește-n orice rană, cum îndeasă suferința în ea! După plecarea fetei numai foc și pară, n-a mai băut niciodată. N-a mai pus nici borhot în butoaie, perjele cad, le strângem, le răsturnăm în câte-o troacă. Poate se-mbată porcul din ele, cine știe?

Fata care numai ascultă a semănat flori într-o primăvară, multe, multe, straturi, iar Damian le-a făcut după un timp gard. Le plivește, din vreme-n vreme mai aduce câte-un mălin. Când e afară, dincolo de camera asta, e bine. Când pătrunde-năuntru, cioburile de sticlă sar de peste tot, se lipesc pe dată și ies prin glasul lui ca o lamă. Grea viață am avut, grea, ca măzărichea de iarnă, ca fierea, ca omul care, plin de bube, stă pe-o groapă de gunoi și încă mai cere-ndurare. Ține, Iov, robul meu preaiubit, ia-ți toată bucuria înapoi, zice Domnul, și-acesta se însănătoșește, întinerește, își clădește din nou casele, soția îl așteaptă și copiii îi aduc cinste pe lume. Cum m-a încercat Domnul pe mine? Ce nu mi-a dat încă, adică îndurare, e crusta mea tivită cu spini. O port pe mine, e pe sub rochiile de lucru și sub cele de sărbătoare, e când nu mă duc la biserică, fiindcă de-atâta timp nu mă mai pot desprinde de copii și de grădină. E peste tot, dar mai ales peste harbuz, nouă ani de nașteri continue, o Golgota mai mică pe care mi-a fost dat s-o am eu, acolo, în lada mea de zestre.

Ce bătrâne au ajuns toate, mi-e rău din nou, fug afară să vărs. Copilul din leagăn, al doisprezecelea, e fată, se trezește, plânge s-o schimb. Am fiert și mâncarea, zamă de vară, legume și cartofi, am turnat pe deasupra și rântașul. Dar lui n-o să-i placă, se uită la mine cu ură, iar n-are nici un gust, ce batjocură-i asta?

Femeile celelalte au rămas în urmă, femeia din Beclean nu s-a mai întors niciodată. Pe cea de la bufet poate că o mai vede, umblă zvon că o fată de-a ei seamănă ca două picături de apă cu una de-a mea. Dar eu n-am întâlnit-o, nici acum, nici mai târziu, când vor intra amândouă la liceu și vor trage una la alta fără să priceapă.

Cât l-am iubit eu pe Damian? Oare l-am iubit? N-apuc să răspund, simt din nou răcoare, ce-i iar cu greața asta? Damian e în curte, au terminat cu înturnatul, acum se lasă fânul ca la vreun ceas, cât să îmbuce toți ceva, și-apoi facem claie. Bărbatul meu nu zice nimic, niciodată nu spune ce are în minte. Dar eu știu care-i e gândul, în douăzeci și cinci de ani de când am venit în Văralia, am învățat că sunt atâtea care nu pot să se rostească. Nu îndrăznesc să le zic nici aici, în burta asta de vacă sfârșită, ce n-a mai văzut pajiștea de-o veșnicie. Doar aduc vorba, puțin, că mai mult ar fi poate ca o măciucă. Cine s-o poată răbda, ce om întreg să o ceară?

— Ce-i cu harbujii ăștia? tocmai strigă Damian. Nu i-ați pus nici unul la porci?

Omul ăsta se-nfurie din te miri ce, iar azi mi-e mai rău ca-n alte dăți, mai bine să nu intre-n casă. Oricum ies eu, în fugă, că altfel îmi vărs mațele. De câteva zile nu mai pot suferi nici un miros.

Știu bine ce-i asta, poate bănuiește și el. Că-s trecută acum, dar tot torn plozi întruna, la grămadă. Icnesc de câteva ori, e amar, ce împăienjenire umple deodată capul. Îl aud pe Damian, parcă ar zice ceva, însă de la icnete n-am cum pricepe. Mă îndrept, gata, și dau să mă întorc spre trepte. Numai că, din senin, un dovleac mare de tot, greu cât o basculantă, se ridică singur și pornește spre mine. Nu-l văd cu coada ochiului, căci nu mă-ntorc decât în ultima clipă, când mâinile sar singure să-l prindă, deși n-au cum, și să-l țină bine, iar eu să-l terciuiesc la nesfârșit, cu tălpile care-mi crapă, cu fluierele picioarelor care pocnesc și-apoi cu toate oasele, nu doar cu biet harbuzul din burtă, atât de mic, că nici n-a apucat să-și întărească marginile, nu doar cu alunecatul meu îndărăt, ca să cad, nevrednică și grămadă, numai un geamăt, pe colțul de piatră. Damian nu pricepe, ți-am zis că-l arunc către tine, Reghină, iar acum, văd că…

— Ce-ai pățit, femeie? strigă. Doar nu ți-ai rupt ceva?

Nu-l aud, pe soare e o pâslă, cerul a coborât, un fulger răzbește prin ea. Și trăsnetul ajunge la mine, ca apa și ca șarpele deopotrivă, se mișcă ușor, de umple locul de sânge... Îneacă într-o clipă cărarea. Iar fata care numai ascultă e deodată acolo, ai înnebunit, tată? Și strigă. Nu mai poate nici ea, strigă cât o ține gura, de se zguduie Văralia. Norii ies ca bulbucii, de după acăți, ce volbură mare. Fata plină de liniște, cea numai blândețe, rupe totul în jur, ce-ar zdrobi pas cu pas grădina, nici ea nu mai poate. Aduce ligheanul și cârpa și șterge negrul de-atâta sânge, și roșul, și galbenul și albul care de-atâta vreme nu mai există. E cineva care să-și mai aducă aminte de alb?...

Din capătul țării, fata foc și pară strigă și ea, chemați salvarea că moare, chemați salvarea! Dar cum să chemăm salvarea? Stațiunea noastră-i ruină, numai un doctor ne-a mai rămas. Iar fata a patra, cea negricioasă, mă acoperă cu brațele, n-o lăsa acum, tată, ce să-i facem, cum să-i oprim sângele? Mă trag pe-o pătură, sunt prea mare să mă poată purta până-n casă. Așa că mă lasă culcată-n ocol, lângă urzici și viță-de-vie. Ce-i cu mama? strigă de nu mai poate și fata mea născută pe moarte. Doar cea mai mică, din leagăn, a douăsprezecea, plânge de nu mai știe de ea, cineva să-i schimbe scutecele o dată, să-i dea biberonul cu lapte!

Băieții mi s-au strâns și ei, toți, până la unul, și cel plecat la serviciu, și cel dus în armată, căci suferă groaznic, uite cum mă golesc de viață și, ca și cum n-aș fi fost, mă scurg în pământ.

Se-aude deodată un tunet. E mai aspru ca orice, hodorogește încoace din altă lume. Văzduhul se înnegreşte într-o clipită, trebuie să ne-adăpostim cu toţii, că nu s-a mai pomenit nicicând aşa început de furtună. Dar eu nu mă pot clinti. Noroc că băieţii mă potrivesc pe pătură, fetele storc în lighean sângele, ce mai curăţă toate după mine, în rând, înnebunite, n-o să mă lase nici una, nu în ceasul acela. Se-opintesc, mă poartă pe sus, lin, fără zguduire, că viaţa aceea a mea nu se poate să-şi ia lumea-n cap. Şi mă duc în partea cealaltă, în casa noastră niciodată terminată, ca să m-aşeze pe podele, acolo, pe veranda largă, la adăpost, în locul unde n-o să mă poată lovi niciodată nimic. Nici măcar gheaţa asta ce-a început deja să cadă din cer! Pietre mici mai întâi, apoi numai o perdea, albă, scânteietoare, ce mai vijelie, ce negreală grozavă. Sângele meu sare de spaimă, n-a mai pomenit nicicând aşa zguduire de lume. Şi dacă s-a oprit numai o clipă, de ce să nu se-ntoarne el, sângele, înapoi? Căci deodată se stârneşte un vânt fără seamăn. Casa veche se zguduie din temelii. Casa-n care-am trăit e sub cea mai mare drujbă. Cine-a rămas acolo cu ultimul meu născut? Şi dau să mă ridic, cine-i cu micuţa mea? Grindina asta nemaivăzută o să mi-o omoare! Căci, iată, *un vânt mare a venit de dincolo de pustie şi a izbit în cele patru colţuri ale casei, care s-a prăbuşit peste tineri şi au murit.*

— E tata cu ea, plânge fata mea negricioasă.

— Bine că vorbeşti, mamă! se căinează cea care numai ascultă.

— Eşti galbenă, eşti străvezie, eşti fum, zice şi fata mea născută pe moarte. Un abur mic se desprinde de mine, nu-s ochi să-l vadă, nici măcar ai mei nu-l pot îmbrăţişa. A ieşit din harbuzul căruia nici nu i s-a închis floarea. Se ridică ușor, fată sau băiat, nimeni n-o să știe vreodată.

Scândurile se smulg din acoperiș, vâjâie ca moriștile, ce mai zboară! Crengile mărului se rup într-o clipită, nu mai rămâne nimic din coroană, numai niște smocuri de frunze. Pietre mari, de gheață, se răstoarnă peste noi din cer. Când toate temeliile-au crăpat, când peste grădina noastră e o cuvertură uriașă de frig, de te poți adânci în ea până la genunchi, când aerul e viscol, iar porumbu-i zdrobit până la rădăcină, când n-a mai rămas un pom întreg, toți au fost jupuiți de fructe și de frunze, când toată recolta noastră ni s-a-ngropat, ne-am putut vedea deodată, îngroziți, casa. Acoperișul fusese smuls aproape cu totul, prin draniță trecuse urgia, lovise până și animalele-n grajd, rosese grinzile, spărsese toate geamurile.

— Fetița mea! am început să strig din nou. Dar fără putere, neștiind dacă mă mai aude cineva.

— Nu te mai zbate, lasă, o apără tata! zice fata născută pe moarte.

Damian a luat-o-n brațe și s-au adăpostit amândoi în tindă. Când tavanul s-a surpat peste încăperea în care-am trăit atâtea, apucaseră amândoi să iasă.

— Doamne, pe mine mă pedepsești acum, peste mine ai trimis prăpădul! a strigat atunci bărbatul meu.

Și-a căzut în genunchi, pe treapta încă păstrând urme de sânge.

— Iartă-mă, Doamne! și-a ridicat cât a putut de tare glasul. N-am vrut nimic din tot chinul, Doamne!

Și-a plâns în hohote. Și s-a zvârcolit pe locul unde căzusem eu mai înainte. Și-a vrut să se-afunde-n pământ, acolo, de să nu-l mai vadă nimeni niciodată.

Dar eu i-am ghicit gândul și, mai slabă ca firul netors de lână, m-am întins până la el și l-am tras înapoi, nu ești singur, Damiane, n-ai fost niciodată. De ce nu pricepi?

Gheața n-a ținut mai mult de zece minute, dar la sfârșitul ei din vechile noastre acareturi nu ne mai rămăsese decât grajdul. Soarele a ieșit la loc, strălucitor, în plină amiază. Pe locul grădinii noastre rânjeau numai trunchiuri jupuite, garduri spulberate, un tei rupt aproape de rădăcină. Plopii de la drum s-au prăvălit peste uliță. Legumele toate au fost îngropate de-a valma, iar porumbul și cartofii s-au făcut și ei țărână.

Sângele mi s-a întors înapoi, în vine, după câteva zile, dar niciodată n-a mai fost de copilă, de fată, de femeie-n putere. Gheața a înfipt iute țărușii dincoace de care nu se putea găsi decât bătrânețea.

Încă din amiaza aceea, casa cea nouă, care ne-aștepta de douăzeci de ani, podită și tencuită, dar fără mobilă, ne-a primit înăuntru. Pentru început, am adus numai paturile și ce ne mai trebuia ca să putem face mâncare. Apoi, pentru pereții grozav de goi, mi-am deschis, după o viață întreagă, lada de zestre. Am scos cingeauăle din ea, păretarele pe care le cususe în străvechime o fetișcană și cele două covorașe.

Și ne-am împodobit, în sfârșit, casa.

Pe Damian l-au mai ținut un an la CFR, cât să răzbim peste toamna și iarna care-au urmat, cele mai grele de până atunci. Cum gheața căzuse numai acolo, peste câteva străzi din Văralia, tata mi-a putut aduce mălai și făină de peste munte. Cartofii i-am cumpărat de undeva mai de la câmpie.

Damian a început să meargă, după mai mult de douăzeci de ani, la biserică. Frații l-au primit, dar l-au ținut numai la margine. Iar el s-a mulțumit cu atâta, n-ar fi îndrăznit niciodată să se mute pe vreun scaun mai în față. Nici până azi nu s-a mutat.

26

Suspinele îmi sunt hrana de toate zilele, zis-a Iov.

Care-i bolnavul? Cel care strigă mai tare sau cel care zace? Cel căruia-i ies bubele prin gâtlej sau cel cu tije-n picioare, ca mine, cu cârlig în șolduri, ca mine, cu zilele pe sfârșite, ca mine? Și cum e spitalul? Ca stânca din spatele casei pe care se suie toți, de-a valma, prunci cât pumnul, fete firave, femei în putere, bărbați cărora nu le stă nimic împotrivă. Se cațără unii peste alții, nu răzbesc decât puțini, căci ușa vindecării nu-i larg deschisă. Nici cât urechea acului prin care trece cămila nu-i, dar trebuie să lupți ca să se dea la o parte zăvorul. Ce-am mai urlat și eu, continuu, fără oprire, cu o durere cruntă, tot mai mare.

— Trebuie dusă la psihiatrie. Noi ce să facem cu ea?

E vreme de concedii, zice o femeie de serviciu. Toți doctorii s-au făcut nevăzuți, pe neurologie nu există nici unul, șoptește un paznic. Ce vreți, dacă suntem în groapă, specialiștii s-au dus prin țări mai bune, se-aude dinspre camera de gardă.

— Dar suferă groaznic, nu vedeți, până azi-dimineață a fost bine, paralizată, da, dar ne puteam înțelege.

După ultimul atac, aveam mintea limpede și făcusem atâta recuperare, că reînvățasem să mă mișc cu cârja. Și la toaletă reușeam s-ajung singură. Uite, fata mea, și-mi adun toată puterea, dacă-s în șezut, iau cârja, mă sprijin tare de ea, parchetul e rece, ce mai tremur de la sforțare, dar pot, un pas, încă unul, cine-mi deschide ușa? Iar acum mă ajutați ca să mă pot așeza? Trupul meu din doisprezece copii dă buzna să apese pe clanță.

Fata care ascultă e din nou aici, a venit de-atât de departe.

— De ce-ai îndurat atâta, mamă? întreabă. Continuu, ca nici un alt om pe lume. Și noi pe lângă tine. Numai că noi am fugit care încotro. Tu cum ai putut rămâne?

Nu-i răspund, o să afle singură, o să știe toți când va veni vremea, căci de viață nu ești scutit odată ce-ai pășit în ea. Cât te lupți ca să ajungi, pe ce coclauri nebănuite te-apropii, ca să strigi în ceasul dintâi și-apoi să tot strigi cât mergi, de-a bușilea sau cătinel, în fugă sau cu sudorile înmuindu-ți oasele, șontâc, șontâc, sau cu picioarele rupte, cu proteze de tot felul sau numai cu niște varice groase de care, unii, ca Damian, n-o să scape niciodată. Poze după poze după poze, ce pricepeți oare din înșiruirea asta? Dar eu, cu mintea mea terci, cu creierul rupt ca buretele, cu tot ce încetul cu încetul mi s-a luat, ce mai pot înțelege? Stau pe movila de gunoi, cea mai mare, ce rău atât de grozav am făcut încât să fiu suită până aici? Sufăr, Doamne, poate-mi dai dezlegare. Cu Avram, cu Isac, Iacov și Emanuel, ca un vis viața s-a terminat. De câte ori n-am șoptit cântecul pe care l-am auzit prima oară atunci, la un pocăit, după moartea surorii mele de nici zece ani, Valeria?

— Nu mai poate vorbi. Nu vedeți? A mai avut un atac și ne țineți de șase ceasuri aici, spune băiatul meu de aur, cel care-a chemat salvarea.

— Internați-o acum! strigă Damian. De ce strigă încontinuu? Nu vedeți că nu se mai poate?

Asistentele fug care încotro, mi-au luat sânge, glicemia o țineți sub control, cu insulina pe care i-o dați e bine. Doctorița de gardă a plecat, de la unsprezece – am ajuns și-acum e aproape șapte seara. Doar n-o să rămânem în locul ăsta până dimineață, dacă moare, nu vă faceți păcat? Și vă dau în judecată, zice băiatul meu cu părul de aur. El a venit din Spania, unde lucrează, și uite necazul. Psihiatra a fost, nu-i de secția mea, trebuie s-o vadă mai înainte neurologul. Iar eu, chiar dacă nu mă aud, pesemne că strig din răsputeri, încontinuu, ca o cascadă căreia nu-i poți pune vreo stavilă, dați-mi drumul, faceți-mi un calmant, durerea asta-i cruntă, nu-i făptură pe lume care să n-o socoată prea mare.

Damian nu mai poate, stă lângă mine, îmi șterge corpul cu șervețele, fie ce-o fi, el se duce la directorul cel mare. Și se duce.

După o zi de așteptare primesc patul. Și-s aici, la terapie intensivă, urlu încontinuu, luați medicamentele astea. Mă vezi, mamă? Mă auzi? Dă din cap dacă da! Reghină, am stat toată noaptea pe scaun, zice Damian, printre morții ăștia. Pe femeia din margine au dus-o la morgă pe la șase. Dar tu te-ai liniștit trei ceasuri, noroc că ți-au dat injecțiile alea, că nu dormea nimeni de la strigătele tale.

— Nu te duce! sar să-l opresc când văd că pleacă.

Să stau liniştită, că rămâne-n loc fata care ascultă. A fost odată ca niciodată un trup de o mie de kilograme, zice ea. Mai ştii de el, mamă? Dar nu s-a găsit încăpere pe lume care să-l încapă. N-a fost scaun uriaş făcut pe potrivă. N-a fost ceaun în care să găsească din belşug mâncare. N-a fost cine să-l învețe să scrie cu toate cele douăzeci și patru de mâini deodată. Sau să fugă cu toate cele douăzeci și patru de picioare. Noroc că trupul a avut o șiră a spinării cum nu mai e alta. L-a ținut zdravăn, l-a strunit când era cât pe ce să cadă într-o parte, l-a îndrumat să crească liber și cât mai bine, l-a obișnuit de mic cu strădania, nu s-a dat îndărăt de la nici o muncă, fiindcă numai aceea, dacă-i cinstită, îl face întreg pe om. Și s-a luptat spinarea asta până-a început să crape, într-un loc mai întâi, apoi, când o parte din trup, poate inima, s-a rupt de rest și-a început să se zbată singură, că acum, bietul, întâiul născut e și el poate pe moarte, spinarea a trosnit cu putere.

— Cum ai îndurat atâta, mamă? șoptește fata asta a mea.

Își ține fața-ntre palme, s-a oprit o clipă din masat picioarele.

— Cât îți mai aduci aminte de toate? Ești de patru zile aici, te-am vegheat pe rând, deși noi n-avem voie-n spital. Omul din colț a făcut escare, gata, pe partea aia de trup nu se mai vindecă. E-n comă de câteva zile, dar e știut, azi l-am auzit pe doctor, neurologul, a venit chiar din noaptea aia, prima, că n-aveau medic pentru un județ întreg de bolnavi, sute de mii de oameni, mamă. Dă din cap dacă auzi! Și-am dat.

— Da, și le-a zis rudelor că pot să se pregătească, să fie gata, că nu mai e mult și-l trimit acasă. Pe când tu, mamă, nu vorbești, dar ai chipul atât de frumos. Ești mai tânără ca toți de-aici, iar noi stăm cu tine, nu lăsăm microb să te-atingă, te curățăm cum putem, plătim asistentele să ne-ajute, ele iau banii, îi pun în buzunar, dar ne dau câte-un pic de apă mai caldă și ne-arată cum să te-ntoarcem de pe-o parte pe alta. Și-așternutul îl schimbăm măcar o dată pe zi. Dăm bani infirmierei și ea ne-ajută să primenim cât mai bine salteaua. Că o bubiță dacă faci, apoi, în locul ăsta, aia te omoară. Dar să vezi, în salonul celălalt, e un tânăr pe care-au trebuit să-l lege. Are capul crăpat și pe creștet o cusătură adâncă. A căzut de pe casă, n-a murit, numai că-i dus de tot, nu te poți înțelege cu el. Îi fac nod strâns și amărâtul, în câteva ceasuri, tot se dezleagă. Mă uit acum și de el, vă rog, veniți, că iar cade și poate-și zdrobește de tot țeasta. Eu nu-l pot împinge, mamă, nu singură, asistentele-s în altă parte, noroc că m-ajută un bărbat. Și-l punem la loc, mamă, și-l ținem amândoi până se-ntorc ele ca să-l lege.

A fost și primul tău născut, te-a vegheat peste noapte. Ți-a povestit încontinuu, despre cum n-a avut el destulă putere. Un nevrednic a ajuns, că n-a fost în stare să vă spună poveștile. Și-acum povara-i nespus de grea. Care parte din trup o s-o poată duce? Și-acum, îl auzi, a venit din nou tata.

— Cum? Tu, Damiane, te-ai întors? strig mirată.

Dar iese numai un urlet, ca de-o săptămână încoace. Deși m-am liniștit, nu mai pot scoate-un cuvânt, ca să zic da, urlu, și ce lumină blândă vine de-afară urlu. Și urlu pentru că mâncarea asta e cu gust diferit și urlu și pentru cât mă bucur, Damiane, că ești cu mine aici, cel mai frumos tânăr pe care l-am văzut vreodată, cum îți străluceau ochii aceia albaștri. Dar atât de chinuit, săracul de tine, de ce nu te-o fi iertat socrul, de ce te-a împovărat atâta tocmai înainte de moarte? Și ți-ai dus viața ca un neom, ce ne-ai mai chinuit și pe noi. Dar despre asta, de-acum înainte, nu se cade să mai zic, nu-i așa, vulturoaică? Cioc, cioc, bați în burta de vacă, acum e smulsă cu totul din carne și ascunde în ea un spital. Cel mai mare, cu doctorii cei mai străluciți, nu ăla din Armadia, făcut numai să se moară. Medicul vine, e stabilă, zice, de-acum să vă gândiți. Se poate întâmpla și azi, dar poate-o mai ține și-un an. Poate și doi. Niciodată nu știi în cazurile astea.

— Dar o să vă fie greu, continuă doctorul. Auziți cum urlă. La orice urlă. De vorbit e greu de crezut c-o să mai recupereze ceva vreodată. Într-o zi, două, e cazul să vă decideți. Aici, uitați-vă în jur, se poate îmbolnăvi și mai tare. La o infecție ea nu mai rezistă.

Iar infecțiile astea sunt deasupra, în salon, ca ninsoarea. Fulgi mari, se leagă-ntre ei, bulgări se fac. Și când ajung om mare și greu de zăpadă se prăvale peste ultima internată, cea care-a făcut infarct cu o zi în urmă. Oare-o să se stingă înaintea mea?

Dar eu nu mă duc de pe-acum, domnule doctor, ce tot ziceți acolo? Sunt șiră a spinării pentru un trup cum nu mai e altul. Eu încă mă țin bine, de-aceea tot strig. Mai e mult de-așteptat, copile?

— Știu un centru la Cluj, zice doctorul. E cel mai bun. Costă mult, dar măcar știți c-o să fie îngrijită.

Adică nu moare într-o săptămână. V-aș sfătui să-i găsiți un loc acolo, că altfel o să vă înnebunească. Acum e sub tratament, iar noi intervenim cu medicamente diferite de fiecare dată când strigă. Acasă n-o să puteți face asta. N-o să mai puteți dormi, o să vă îmbolnăvească pe toți. Pacienții de felul ei nici măcar nu mai știu cine-i în jur, nu mai înțeleg nimic, așa că...

— Dar eu pricep, domnule doctor, înțeleg mai bine ca oricine! Cum puteți zice asta? Și urlu mai tare ca niciodată.

— Vedeți! O să fie greu cu ea. Vreți să vă ajut cu un telefon?

Copiii mei se tulbură, cum așa? Ne gândim, domnule doctor, vă spunem până pe seară. Adică noi ne-am întors de peste mări și țări ca să fim lângă ea, i-am făcut rost de cel mai bun pat, încercăm s-o îngrijim cum nu se poate mai bine, facem cu rândul, plătim și ajutoare.

— Ce seară? zice Damian. Pentru mine e clar, domnule doctor! Reghina vine cu mine acasă! N-o las în nici un centru, oricât de lăudat ar fi. Eu dorm cu ea-n cameră, eu hotărăsc.

Apoi nu mai merg deloc în spital, nici când vomit sânge, nici când mi-e mai rău și poate că strig mai tare. Iar dacă am atâta vreme numai pentru mine, iau din lada mea de zestre acele de tricotat, deșir două pulovere, cel galben, cu înflorituri, de când aveam eu cincisprezece ani și nu bănuiam c-o să mă fac în scurtă vreme nevastă, și cel maro, cu apă albăstruie dedesubt, de când avea Damian douăzeci și patru și-a venit pentru prima oară la tata acasă. Când am firele făcute ghem, mă așez cum pot aici, în șirul ăsta de vaci prin care tot cad sau urc și încep să le pun laolaltă. Ce poveste o să iasă, nu știu, dar n-aș putea să-mi iau rămas-bun fără s-o pun într-o haină. Dacă unii o vor socoti cârpă și-o s-o arunce, n-a fost pentru ei strădania asta a mea. Dacă alții vor alege s-o poarte cu fală, nu va fi cel mai bine, căci în ea e vorba mai ales despre ce nu-i scos la vedere. Iar smerenia e întotdeauna mai bună.

Și-acum, dacă am ajuns aproape de guler, nu-mi pot închipui trupul care-o să încapă înăuntru. Cât despre partea și mai de sus, cercul care ține totul laolaltă, o să se poată oare închega? La ce adâncime și-n cât adevăr mi s-a dat mie să le potrivesc pe toate?

Câte cheutori din viață mi s-au mai lăsat?

27

De ce mă tem, aceea vine peste mine;
de ce mi-e frică, de aceea am parte, zis-a Iov.

— E trăistuța mea! Să nu cumva să mi-o mai iei vreodată! zic. Și mă uit crunt, printre gene, așa cum face tata când vrea să pară supărat.

— Iartă-mă! râde Valeria. Știe că n-o bat, că doar e sora mea. Dar nici să mi se urce-n cap. Odată mi-a luat mărgelele cumpărate din Armadia, de Ispas, azi îmi ia trăistuța de Paști, mâine o să-mi vrea jacheta de catifea. Norocoasa! Eu n-am de la cine lua nimic, că-s cea mai mare. Și-apoi, când mergem la școală, nu ne trebuie mare lucru. Uniforma mea e cu sarafan și cămașă, îmi place mai mult decât cea de dinainte. Bine c-am scăpat de șorțul albastru pe care nu-l găseam niciodată. Purtăm amândouă cordeluțe, dar asta nu e decât urât, nu și rău, că ne ține părul pe cap și nu ne facem ca niște mume-ale pădurii. Valeria, cu vârtejurile ei blonde, că numai bucle are duminica seara când ne spală mama pe cap, poate chiar e o fata pădurii. Are ochi albaștri, nu ca mine.

— Mă fac zână când cresc! mi-a zis acum doi ani, când abia intrase-n clasa întâi. Tata ne-a adus o carte mare, plină de desene, o minune. Fata craiului, din pădurea fermecată, avea vițele până-n pământ, mai lungi chiar decât poala rochiei. Și ochii-i sclipeau ca ai Valeriei.

— Pe când tu – și s-a întors spre mine –, tu nu poți fi decât cel mult o slujnică! O slujnică de alb. Că zâna de roșu, de verde, de albastru și de toate culorile care există eu voi fi, nu altcineva! Și-a luat-o la fugă, a sărit peste paturi, a răsturnat un lighean cu mere, că știa că am pași mai mari și una-două pun mâna pe ea. Și-i arăt eu, de-o să-i iasă înfumurarea pe nas.

— Eu mă îmbrac în prinț, auzi! am zis eu. Nu vreau să fiu prințesă! Îmi pun haine bărbătești și plec la drum. Călător mă fac, nu servitoare.

Dar acum sunt mai mare și nu mă mai gândesc la asta. Cos frumos, ștergare, cu multă râvnă, o să-mi umplu o ladă de zestre cum nu mai e alta. Și le știu pe toate ale casei, nu ca Valeria, care nici să răsucească n-are habar. Până și să facă un ghem cu vârtelnița i se pare greutate mare.

— O să-nvețe, lasă, zice mama! Curând o să-și pună și ea ladă, lângă a ta, colo, în odaia de oaspeți. Nu e fată care să scape.

Mie, să fie limpede, nu mi-e ciudă pe Valeria. Îmi place cum sărim coarda, câștig mereu la asta, că-s lungă-n picioare și parcă și mai slabă. Mă-nveselește nespus când face pe omul sălbatic. Se atârnă pe crengile părului și se hâțână, ca și cum ar putea sări de pe una pe cealaltă. Numai că nu reușește niciodată. Nici măcar eu, care-s mai iute, nu mă descurc la salturile astea. Și-mi place cum ne facem noi case-n fân, de nu ne mai găsește nimeni. Și stăm ghemuite înăuntru ca s-auzim povestea pe care-ar putea să ne-o zică paiele. Sau firele de păianjen crescute ca o perdea până aproape de capetele noastre. Sau hornul casei, da, acela nefolosit, de deasupra șurii, că aici n-a fost niciodată cameră să faci foc, ci numai grajd pentru animale. Și-atunci la ce mai e bun hornul? Ridicăm amândouă din umeri.

— Pe-acolo a scăpat capra cea nebună! Îi arăt geamul și ea nu crede una ca asta. Cum adică să se-mpingă-n el până-l deschide? Cum să-ncapă apoi, că ea nici cu trupușorul ăsta mic nu s-ar putea strecura afară.

— Iar acoperișul nu-i pârtie, de-acolo cazi și-ți rupi oasele.

Cu Valeria mă joc de-a ouăle, de-a Bălan și vulturoaica, de-a prinselea, de-a sărit într-un picior pe toată ulița, de-a pescuit clenii cu mâna, de-a ascunselea, de-a înotat în râul de munte, de-a găsit cele mai colorate frunze toamna, de-a căutat în pădăricea de lângă stâncă primele viorele. Dar și de-a pornit cu sania de pe coastă, cu avânt atât de mare, că nu te mai oprești niciodată. Treci pe lângă unchiul Pamfir, care vine cu furgonul din sat, aluneci pe lângă casa lelii Lucreția care crapă lemnele, că e ger mare, și-apoi intri între casele celelalte, de dinaintea carierei, și nu încetinești deloc, zbori, nu alta, mai iute ca trenul care-a șuierat în gară. Aluneci cu Valeria ținându-te de spate, tot mai în viteză, uite biserica unde-un bunic a fost preot, a rămas în dreapta. Nu te mai oprești, nici Colnicul nu-ți stă-n cale, nici muntele care se hâțână-n creștetul lui, dincolo de care o să nimerești într-o neasemuită primăvară. Dar n-o să vă opriți nici acolo, o să vă duceți tot mai departe, fără frică, niște călători cum nu mai sunt alții, ce știu să pună frână întorsului acasă. Și se pierd pentru totdeauna în lumea largă, de nu le mai știe nimeni soarta.

Numai că și-aici, lângă Ilva, au plesnit toți mugurii, e un sfârșit cald de martie. Încă merg la școală cu traista de anul trecut, chiar dacă s-a ros puțin într-o margine. Înăuntru țin cărțile, caietele și pana cu cerneală. Îmi taie umărul într-un loc, dacă n-o mut din când în când și pe celălalt, mi-a zis profesoara, o să cresc strâmbă. Dar n-o cred.

Când ajungem în dreptul punții, vedem caii noștri, i-a scos iar tata pe mălăiștea din vale.

— Hai să-i ducem acasă, zice Valeria, că le trebuie apă. Mai bine-i luăm de-acum, decât să ne trimită mai încolo după ei.

Cel alb nechează, vine spre gard, de unde-ați făcut rost de-o zi limpede cu soare atât de blând pentru mine, stăpânele mele? Ca gândul să vă port sau numai ca vântul? Lasă, murgule, râdem amândouă, abia te-am scos din grajd după ce-am întins vătraiul cu jăratec din care numai tu te-ai învrednicit să mănânci. Acum trebuie să te-ntremezi, paște iarbă destulă, bucură-te de gălbenele și de buburuze, că nu mai e mult până ies din pământ cărăbușii și-apoi te vei duce departe de noi, în cea mai fără de capăt pajiște, pe-o culme unde răsăritul și-apusul sunt totuna, căci timpul nu vremuiește și numai amiezele se-nting unele din altele. Cât despre tovarășul tău, brunul cu pată albă pe frunte, ți l-am adus să-ți petreci ziua mai cu veselie. Că nu-i nimic mai rău ca singurătatea, de-aia noi două, surorile, ne ținem scai una de alta. Nu vreți să ieșiți voi, căluților, pe poartă și să vă mânăm până la halău ca să vă stâmpărați setea? Cum să nu, stăpânelor, doar să-l chem pe brun, că azi, nu știu de ce, a fornăit toată ziua, din te miri ce a bătut din copite. Când ne-om strânge pe seară de la pășune, o să-i găsească leac baciul. Că doar el l-a scos din moarte atunci când era mânz și-a alunecat de pe-un mal abrupt în râu. L-a luat și l-a-ngrijit ca pe-un copil, i-a pus atele pe picioare, l-a hrănit cu iarbă mustoasă, ca să prindă cât mai iute putere și mare i-a fost bucuria când l-a văzut sărind iarăși prin curte. Iar brunul s-a dovedit vrednic, s-a-nălțat mai tare ca toți caii, a făcut piept vânjos de-ar putea trage singur două furgoane. Și-i iubit de toate iepele. Doar să nu-l ducă-n primăvara asta la veterinar, c-așa pățim mereu noi, caii. O dată-n viață, după potcoavele fierarului mai ocolim și pe altundeva... Hai, brunule, că ne-ntoarcem mai târziu și ne hrănim cât pentru o iarnă. Ne duc stăpânele noastre acasă, Valeria și Reghina, uite, ne-așteaptă dincolo de poartă. Ce-i cu întunecarea asta, de ce te tragi în partea cealaltă, de parcă ar porni dinspre carieră, drept spre noi, de să ne șteargă de pe pământ, o umbră grozav de mare? Vino, odată, doar nu te-a ajuns frica tocmai pe tine, cel mai plin de putere tovarăș?

Brunul se-apropie, lasă, trece el primul, Valeria-i deschide larg poarta. Dii și tu, Argint, hai, că poate vă găsesc și niște mere uscate, parcă mai sunt câteva-n beci, căci dacă-au prins putrezeală, nu le mai luăm noi pe masă. Dii, Brunule, ce-i cu fornăiala asta, doar nu te-or durea oasele, când nici n-ai împlinit trei ani?

Îi mânăm amândouă, Valeria strânge în pumn gălbenele. Răchițile de pe marginea râului sunt puzderie de floare, dacă noaptea n-ar fi încă frig, ar zumzăi peste ele bondarii. Numai iarba îndrăznește să se-arate, în curând fiecare părticică de loc o să-nverzească. Smocurile de pe marginea drumului ajung în botul cailor, amândoi se-apleacă într-o parte și-n alta, brunului i-a crescut păr lung pe frunte, trebuie să i-l reteze din nou tata. Bună ziua, lele Lucreție, strigăm. Femeia smulge turjeni pe mălăiște. Bună ziua, ba Mihai, zicem din nou, că nu se cade să nu dăm binețe la toată lumea. Caii se mișcă încet înaintea noastră.

— Stai un pic, zice Valeria, când ajungem în dreptul casei prietenei ei, Mina. O strig numai o dată.

— Nu-i vreme acum, dau să spun. Ne întoarcem mai târziu, sigur ne lasă mama. Dacă are jucărie nouă nu înseamnă că ne-o dă și nouă să ne jucăm.

Dar buzele nu mi se deschid, nu se-aude nimic, căci vorbele se fac corcodușe și-apoi bulbuci ce-mi umplu gura ca la broaște.

— Nu te opri, surioară, ne-a făcut mama pancove, nu simți mirosul?

Dar nu-s în stare să rostesc nici asta.

— Hai odată, Valeria, că ne strigă tata! Nu vezi că ne face semn din fața coastei? Știe c-am scos caii și că-i aducem însetați acasă. Ce-o să ne mai laude el pentru așa ispravă, fete ca ale lui nu mai are nimeni.

Dar și vorbele astea înțepenesc undeva, nu ies nici ca funinginea când ațâți focurile de primăvară. Oamenii aprind turjeni peste tot, dacă-i așa cald, peste numai o lună încep să are. Miroase a fum, îl simțim amândouă, răzuie părul murgilor și pătrunde în nările lor fremătătoare.

Valeria se-oprește. Cozile grele-i cad peste uniformă ca să-i coboare pe spate până la brâu, ciorapii i s-au strâns sub genunchi, nu pentru c-ar fi prea mari, ci de la atâta alergat, șorțul albastru îi stă un pic într-o parte, îmi vine să-ntind mâna ca să-l îndrept. Brunul fornăie lângă poartă, iarba de-acolo e crescută parcă din căldură și-are și niște flori galbene prin ea. Gustul lor adânc capătă un început de negreală, încă nu-l știu, dar alunecă șerpește spre mine, e vrej acum încovrigat pe genunchi până sus. Rupe-l, Reghină, ai încă putere, du-te spre poarta aia a Minei, smulge-o din țâțâni dacă vrei, numai n-o lăsa pe Valeria, doar nouă ani are, să-și cheme prietena. O s-o aduci tu mai pe seară și-o să-i scoți toate jucăriile pe-o pătură. O să-i dai Minei în schimb tot ce ai mai de preț: mărgele și talerii de la mama, trăistuța de Paști și bluzele de sărbătoare, jacheta de catifea și orice-ți mai cere. Cât de tare-o să te bucure să le vezi pe toate înaintea Valeriei, stai aici și te joacă, numai nu te mai duce acum la gard, în ceasul deja vânăt, nu te mai apropia de poartă, ascultă-mă, surioară! Pune-ți mâneca peste gură și nu lăsa nici un sunet să treacă.

— Mina! o aud tocmai atunci pe Valeria. Vorbele i se strecoară pe sub ușă și se furișează pe lângă geamuri, ca să treacă mai departe spre bucătăria de unde iese tocmai atunci mezinul familiei, Anton. Nici doi ani n-are. Dar dacă ne-a auzit, vrea să mă vadă, căci numai eu, Reghina, îi mai aduc uneori câte-o felie de pâine cu marmeladă. Oare i-o voi scoate din punguță și azi ca să i-o întind peste gard?

Fuge Anton, se poticnește numai o dată și cade. Mina a deschis antreul, coboară treptele, uite-o că deschide poarta. Dacă-am ști ce-a primit, o minune! O casă ca pentru păpuși. Sau ca pentru oameni mici de tot. Ce ne miram așa? I-a făcut-o un tâmplar din Șanț și e mai frumoasă ca orice altceva. Dar se teme să ne-o aducă acolo, nu vrem noi mai bine să intrăm doar un pic?

— Nu, Valeria, ar trebui să mă împotrivesc. În ruptul capului nu ne apropiem de poartă. Plecăm chiar acum, Valeria! Dar nu se-aude nimic, vorbele mele-s câlți, vreau și eu să văd jucăria asta. Cum adică, o casă micuță de tot care are și acoperiș? Ba i-a făcut și ferestre, iar ușile se deschid de parcă ar avea balamale! Nu credeam, nicicum. Așa că ne-am dus amândouă spre brunul nostru ce păștea tocmai lângă poartă.

Nu l-am văzut pe Anton cum vine... De unde să fi știut, Doamne, ce poartă-n mână? Căci nu-i o coropișniță. Nici un șarpe. Nici bolovanul care sparge orice cap. Ci numai un clopoțel, mic, ușor de agățat la gâtul celui mai pricăjit miel, ca să țină-n loc turma. Tocmai l-a găsit pe cărare. L-a luat, dar n-a știut să-l facă să sune. Așa că, de bucurie că mă vede, uite, și-a adunat toată puterea și-l aruncă spre mine. Nu e gard să-l oprească. Nici poartă până la cer de înaltă. Nu e decât un cal, Brunul, mai mare ca toți ceilalți, mai înfricoșător ca însăși cloanța cea mai bătrână, mai muma mumelor pădurii ca oricine. Nu e decât un murg pe care cel mai dezlănțuit clopot îl lovește drept lângă ureche. Și Brunul, de spaimă, se rupe numai pentru o clipă, doar cât copita, una singură, să-i țâșnească-napoi, scurt și cu toată puterea. Întâi nu se-aude nimic. Dar apoi sunetul acela grozav îmi crapă mie, pentru totdeauna, capul. Sunetul acela crește cât lumea, că e parte dintr-un trup de numai nouă ani, izbit de gard, din care nu mai poate ieși nimic altceva decât un icnet, unul mic de tot, dar care nu se mai poate opri niciodată... E și-acum aici, coastele-i trosnesc încontinuu, inima crapă mereu, iar roșul țâșnește pe gât și-apoi, numai o dâră vișinie, și pe gură.

Sora mea, Valeria, se risipește necontenit, de peste șaizeci de ani de-acum, pe niște flori galbene, în timp ce mintea mea urlă din toate puterile, nuuuuuu, nuuuu, nuuuu! Sar să-i întorc toate în rânduială, trebuie să le potrivesc înapoi, cu orice preț, cu suferința dată pe viață, cu îndurarea care nu s-a mai arătat de-atunci, căci pieptul ei n-a vrut să se lase lipit și s-a făcut deodată lung, ca de zână. Broderiile se-aprind singure, cu flacără, trec întruna prin guler și-i pârlesc buclele, cozile groase i se despletesc ca s-o învăluie încetul cu încetul, ca niște rădăcini de-alamă și de aur, într-o deșirare grozavă, cea mai fără de sfârșit. Albul sapă drum în ceara cea mai grea, căci văzduhul s-a strâns tot, în doi bulbi mari, nespus de albaștri, care aveau să-i rămână Valeriei pe chip, în neasemuită înflorire, și când a ajuns la noi tata, înnebunit de urletul care ieșea nestăvilit din mine. Și care n-avea să se mai oprească nicicând, nici în serile de priveghi, nici mai târziu când am pus-o pe sora mea îmbrăcată-n cea mai mândră mireasă în încăpere tivită cu mătase, iar oamenii au purtat-o pe sus, pe lângă râul care-a-nțepenit între maluri, pe lângă școala unde toți copiii au ieșit înaintea ei, în careu, cu fața spre alaiul de înmormântare, și-ntreg satul s-a strâns, cu mic cu mare, s-o plângă și s-o îndrume până-n cimitir, unde casa ei de țărână s-a deschis larg și cineva a coborât-o cu grijă înăuntru, să nu-i crape cumva vreun perete, să nu cumva să se mai vadă soarele printr-un geam făcut numai și numai din tină.

Urletul nu mi s-a oprit nici mai târziu, când tata n-a mai putut îndura și-a luat calul brun de l-a dus departe, în cel mai îndepărtat munte, ca să-l omoare. Dar nu i-a putut lua zilele cu mâna lui. Așa că l-a lăsat pe-un povârniș ca să-l mănânce poate chiar în ziua aceea fiarele.

Urletul n-a trecut nici așa, doar mi s-a tras în cel mai ascuns loc din piept, să nu-l știe nimeni, să nu-l audă străinii vreodată. Dar dacă marele meu trup o să se împrăștie până la urmă prin lume, atunci poate că-i vremea să mărturisesc.

— Căci de-asta am răbdat, fata mea care ascultă. De-asta am suferit cu toții, laolaltă, și-am tânjit după o singură iertare.

— De ce-am luat noi, Valeria mea dragă, caii, încă-mi șoptesc în locul ăsta unde am desenat șotron pentru amândouă și-am pregătit și coarda.

— De ce nu i-am lăsat pe-amândoi, pe țeasta aceea de pământ, să pască la nesfârșit, până când burta brunului crește ca o movilă și-l scufundă-n puhoiul de la zăpezile abia topite, și-l trage cât mai departe de stânca noastră, de casa noastră cu mușcate, de cele două lăzi de zestre niciodată terminate.

— De ce n-am dus eu caii, Valeria, că eram mai mare și-ar fi putut bea gălеți pline de apă, unele după altele, pân-aș fi golit fântâna?

— De ce i-am dat felii de pâine cu marmeladă lui Anton, blestemate fie prunele și căldarea care le-a fiert.

— De ce nu s-a poticnit copilul și-a răzbit până la noi, la gard? De ce n-am văzut eu clopoțelul, tată, de ce? De ce nu l-am ridicat, du-l în casă, du-l în staul, că numai acolo-i de trebuință. Și de ce n-am tras-o pe Valeria din dreptul Brunului? De ce n-am zdrobit copita care se ridică, de ne umple întreaga viață de oase?

— De ce nu m-a izbit Brunul pe mine, de ce, Doamne? Că atunci Valeria nu s-ar mai fi făcut zână, ci ar fi rămas acolo, în cea mai frumoasă viață. Iar eu n-ar fi trebuit să merg târâș-grăpiș, prin tăvălugul ăsta de vremi, slujnică de alb pentru totdeauna, nimic altceva, numai slujnică. Urlând încontinuu, în tăcere, iartă-mă, soră a mea omorâtă la nici zece ani de-un cal, iartă-mă, iartă-mă, iartă-mă, iartă-mă, cât pentru aproape șaptezeci de ani de viață, pe care acuși îi împlinesc, iartă-mă. Și poate-n tot acest timp, nu burți de vaci mi-au fost sălaș, ci numai o burtă uriașă, de cal brun, în mijlocul căreia e săpată o casă, în care stă sora mea, Valeria, pe care-a trebuit mereu, oricât de mare-ar fi fost prețul plătit, s-o apăr, s-o păzesc, s-o țin lângă mine până când bubele s-or curăți singure de pe trup și-o să fiu luată de pe movila unde-am ajuns să-mi scurm rănile cele mari și, tămăduită, o să ne putem trage amândouă în locul unde nu mai este nici vină, nici oroare, nici lucru spus pe sfert, ci numai pace și pereți deschiși în lumină.

Un cântec se-aude dinspre alt mormânt, cu Avram, cu Isac, Iacov și Emanuel, ca un vis, viața s-a terminat. Mama se clatină, hai, spune-l și lângă crucea asta, omule bun, că nu știu cine mi-a luat copila, n-o mai văd, oricât o caut pe Valeruța mea, nimeni nu mi-o mai dă înapoi. Și omul vine, murmură cântarea, cât să ne tragă pentru totdeauna din rosturile noastre.

28

Era într-o țară o femeie care se numea Reghina. Și femeia aceasta nu era desăvârșită, căci ascundea în suflet o vină mare. Ea se temea de Dumnezeu și se abătea de la rău. A născut șase fii și șase fiice. Pe alți doi copii n-a putut să-i aducă pe lume. Avea douăzeci de oi, două vaci, doi porci, găini și curci. Și femeia aceasta era mai neînsemnată decât toți, o slujitoare, o slujnică de alb, care-ar fi putut fi în tot ceasul alungată. Femeia trăia într-o grădină mare, care nici măcar nu era a ei, căci o primise dar de nuntă. Și mai avea o ladă de zestre, încăpătoare, în care nu se știa ce păstrează. O deschidea rar și numai ca să mai pună înăuntru câte-un lucru de care nu se putea despărți.

Când femeia s-a îmbolnăvit de-o boală grea, deși nu se mai putea mișca deloc, a început să despăturească la întâmplare ce se strânsese acolo. În câte-o zi, un trandafir străvechi se făcea pulbere peste o uniformă de școală. În alta, un cal brun tropotea aprig, fugind spre cea mai adâncă prăpastie. În alta, un câine scăpa din ghearele vulturoaicei, ca să se lupte apoi cu un urs. În alta, un tânăr, iubit parcă-n altă viață, se făcea scamă și ieșea pe deasupra orașului ca să se-ndepărteze apoi cu totul, mergând numai cu spatele. În alta, trupul de-o mie de kilograme era izbit, în fața bufetului, de-o mașină. Trupul era apoi curentat pe un stâlp de înaltă tensiune. O parte a lui aproape se îneca într-o cascadă. Mâinile, multe, îi erau rupte pe rând. Picioarele i se sfărâmau, șoldurile-i ieșeau din țâțâni, de-a lungul femurului i se-adăugau niște tije. Trupul prindea vânătăi pe alocuri. Uneori se-arăta suferind, fără putere, într-un geamăt continuu. Dar cel mai adesea urma vindecarea și veneau mereu niște zile mai bune.

Sub capacul sculptat se mai aflau și altele, dar pe ele femeia nu mai avea putere să le-arate. Căci boala s-a adâncit tot mai mult, de-a țintuit-o cu totul la pat. Totuși, în unele duminici, nu se putea împotrivi nevoii de-a deschide din nou lada. Dar în loc să se bucure, se-ntrista tot mai tare. Viața aproape că i se trecuse, iar locurile în care-l găsea și pe Damian, cel împovărat de tată încă din tinerețe, omul lângă care viețuise cu greu, erau atât de puține. Oricât se luptase pentru el, oricât încercase să nu-și lase fiii și fiicele în învrăjbire, iată că nu izbândise.

— Copile pierdut, crezi că-i drept să se petreacă așa? întreba Reghina la răstimpuri.

Cum nu-i răspundea nimeni, femeia se-amăra tot mai tare. Dar n-a putut ieși în mijlocul așezării, pe-o movilă de gunoi, să-și scarpine buba cea neagră. Însă nici să lase nelimpezite apele nu se mai cădea. Bolboroseau în adânc, goale de pești și de-orice viață. S-a târât cu greu până spre singura fereastră și-a început să toarcă povestea. Valurile au sărit cu creste albe, de parcă s-ar fi pornit un puhoi pe lângă stânca de-acasă.

— Iată numai o parte din ce-a fost, a șoptit încă de la-nceput Reghina.

Pe măsură ce zilele se-nșiruiau ca feliile de mere puse la uscat, undele ba prindeau cheag negru, ba se-albăstreau în bulboane, ba se-opreau din curs și porneau îndărăt, ba sticleau în cea mai tăioasă gheață. După ce brumele și grindinile și ninsorile cele mari s-au dus, apele-au ieșit din matcă de l-au prins din urmă pe copilul pierdut.

— Noi îi dăm iertarea! au zis într-un glas. Tu de ce n-o faci? Întoarce-te la Reghina și ia-o de mână, căci mare i-a fost suferința. Ridic-o ușor, ca pe-o pană, și du-o pe culmea cea mai de sus, în poiana unde soarele-i neclintit și vulturoaica își hrănește puii. Acolo-s toți, mama Arsînica, și baciul Filimon, și pastorul Maxim și nevasta lui, Ioana, și Bălan, și Mărina, și-un băiat al fetei foc și pară, și-atâția alții. Dar dintre toți, cel mai mult o așteaptă Valeria.

— Încă nu-i vremea, se luminează copilul. Căci, v-aduceți aminte, *Domnul a adus pe Iov iarăși în starea lui de la-nceput... Și Domnul i-a dat înapoi de două ori cât avusese înainte... Și Iov a mai trăit după aceea o sută patruzeci de ani și a văzut pe fiii săi și pe fiii fiilor săi până la a patra generație.*

Reghina și-a mișcat mai întâi, cu nespusă uimire, mâna întoarsă înăuntru, cea stângă, uscată aproape de tot. Și mâna s-a umplut de-o sevă nouă, s-a îndreptat, pielea s-a întins și, mai arămie ca oricând, a prins să-ntinerească. Mâna dreaptă s-a desfăcut și ea pe lângă trupul uitat, ce-ncepea iute să se-nzdrăvenească. Dunga tavanului s-a deșirat de-a lăsat să se zărească deasupra cel mai albastru cer. Căci ochii Reghinei, orbi de cinci ani, au început din nou să vadă. Părul tăiat scurt a prins să crească, în vițe tot mai lungi și mai negre, până s-a făcut două cozi groase împletite rotund pe cap. Cămașa de bumbac s-a schimbat în cea mai mândră catifea, cu flori mari, brodate pe tunică și-n lungul fustei. Corpul s-a-ntins plin de vigoare și, pe sub ciorapii subțiri, de mătase, picioarele au pășit pe podea. Pantofii ușori, de vreme bună, au prins și ei ca o rujă lângă șiret. Căci deodată s-a făcut primăvară, dar numai atât cât lumina să se desprindă ca un foc și să inunde din toate părțile grădina.

Reghina a pășit către geam și l-a deschis larg. Doamne, ce minunăție se-arăta acolo, pe pajiștea neasemuită din față! A luat repede făina, căci venea Paștele, și ea era atât de tânără, cum nu-și amintea să mai fi fost vreodată, și-a început s-o cearnă. Două lighene a umplut cu movilele albe.

— Toarnă-mi lapte, Damiane! E fiert de-acuma, va fi mai gustos ca oricând.

Bărbatul ei tânăr a auzit-o și-a dat să intre-n casă. Dar n-a putut s-apese clanța. Nici n-o atingea bine, că ea se preschimba într-un lacăt. Atunci Reghina s-a întors către copii.

— Veniți fiecare cu ulcica voastră! Vreau să fac pentru voi toți câte-un cozonac. Îl veți gusta și poate o să vă vindece. Îl veți mânca și veți avea parte, în sfârșit, de pace.

Fiecare copil și-a adus, pe rând, cana de lapte, de aluatul s-a făcut tocmai cum trebuie. Creștetul a-nceput să i se umfle și să crească. Când a dat pe dinafară, Reghina a-nceput să-l împartă și-apoi să-l întindă cu sucitorul. A pus nuca dată prin mașină într-unul, într-altul a prefirat macul, în altul a pus răbdarea, în altul putere, în altul liniștea, în altul, cel pentru primul născut, niște ani de viață, în altul bucurie mai multă, în altul înțelegere cât se poate, în altul un vis în care stăm toți, o mie de kilograme, fără să ne despartă nimic, niciodată. Norocul și l-a picurat într-altul și, în ultimul, a îndesat din belșug uitare.

— Dragii mei, de-acum nu mai e mult, cozonacii-s potriviți în tăvi, care dintre voi îi duce la cuptor? a rostit la sfârșit Reghina.

— Fiecare îl purtăm pe-al nostru.

Copiii au luat tava cea grea și-au trecut-o de la unul la altul până ce-au ajuns la cuptorul cel mare, cu focul potolit și jar numai bun să rumenească. Au așezat cu grijă cozonacii și, ca și cum nu s-ar mai fi văzut de-o veșnicie, au început, în sfârșit, să-și amintească.

— Fiindcă la urmă, a zis Reghina, înțelegi că viața întreagă-i un cozonac, poate uscat, poate tare ca piatra, uneori fără sare și fără gust, alteori cu miez aromat și crescut numai cât e nevoie.

Damian spărgea niște butuci în curte, cu îndârjire, fără s-o poată auzi clar pe Reghina, cum ar fi vrut, nu așa, ca o șoaptă. Cât de mult și-ar fi dorit să fie acolo, lângă ei. Oare-l vor primi înapoi vreodată?

Când odaia s-a umplut de-un miros fără seamăn, ușile s-au deschis larg și-o lumină nouă a înflorit afară. Reghina le-a împărțit tuturor cozonacii fierbinți, luați-i, mușcați din ei, că pentru mult timp de-acum înainte vă vor fi alinare. Și ei, flămânzi, i-au mâncat cu mare bucurie.

— Am ajuns, dragii mei! a zis la sfârșit Reghina. De-acum vom fi mereu, laolaltă, în vara de trei ani.

Și i-a scos pe toți afară, în grădina care se umpluse de soarele ce n-avea să mai apună vreodată.

Sfârșit

30 martie 2019

La prețul de vânzare se adaugă 2%,
reprezentând valoarea timbrului literar.